講談社文庫

寺町哀感

九頭竜覚山　浮世綴㈢

荒崎一海

JN259036

講談社

目次

『寺町哀感　九頭竜覚山　浮世綴（三）』──おもな登場人物

九頭竜覚山《くずりゅうかくざん》　総髪の浪人。団栗眼《どんぐりまなこ》と団子鼻《だんごばな》。兵学者。

よね　元深川《ふかがわ》一の売れっ子芸者米吉《よねきち》。覚山の押しかけ女房。

たき　通いの女中。

長兵衛《ちょうべえ》　永代寺門前仲町《えいたいじもんぜんなかちょう》の料理茶屋万松亭《ばんしょうてい》の主《あるじ》。覚山の世話役。

長吉《ちょうきち》　長兵衛の嫡男。

松吉《まつきち》　門前山本町《やまもとちょう》の船宿有川《ありかわ》の船頭。

柴田《しばた》喜平次《きへいじ》　北町奉行所定町廻り。

弥助《やすけ》　柴田喜平次の御用聞き。女房のきよが居酒屋〝笹竹《ささたけ》〟をいとなむ。

三吉《さんきち》　弥助の手先。

浅井《あさい》駿介《しゅんすけ》　南町奉行所定町廻り。

仙次《せんじ》　浅井駿介の御用聞き。

晋吉《しんきち》　寺町通りの大店《おおだな》料理屋但馬屋《たじま》の若旦那。

やえ　晋吉がかよっていた居酒屋〝宵月《よいづき》〟の看板姉妹の姉。

九《く》頭竜《ずりゅう》覚山《かくざん》 浮世綴《うきよつづり》 三

寺町《てらまち》哀感《あいかん》

第一章　慢心

一

寛政《かんせい》九年（一七九七）初秋七月三日。

暮六ツ（秋分時間、六時）の鐘を聞いた九頭竜覚山《くずりゅうかくざん》は、妻よねの見送りをうけて路地にある住まいをでた。

覚山は、江戸ではめずらしい総髪である。髪は、たらすのではなく、みじかい髷《まげ》にしている。羽織袴《はおりはかま》の腰には、大小のほかに、径《けい》が一寸（約三センチメートル）、長さが一尺五寸（約四五センチメートル）の樫《かし》の八角棒をさしている。

兵学を志す身だが、ただいまはなりゆきから花街《かがい》の用心棒が生業《なりわい》である。

宵の深川《ふかがわ》でもっともにぎやかで華やかなのが、油《あぶら》堀から枝分かれした入堀の両岸である。岸には柳と朱塗りの常夜灯が交互にならび、婀娜《あだ》な芸者がゆきかう。西岸が永代寺門前仲町《えいたいじもんぜんなかちょう》で、東岸が永代寺門前山本町《やまもとちょう》だ。二階座敷の障子窓を灯りが照らし、三味《しゃみ》の音《ね》が聞こえる料理茶屋は、門前山本町の通りより門前仲町の通りのほうが多い。そのぶん、門前仲町のほうがきらびやかだ。

芸者は、見習から十七、八あたりまでは水色から藤色がかった座敷衣装で、二十歳《はたち》からの年増はたいがい烏《からす》色になる。

覚山は、このごろになってそれに気づいた。十九歳は、藤色か烏色かはっきりしない。若ぶった藤色もいれば、年増ぶった烏色もいる。船宿有川《ありかわ》の船頭松吉《まつきち》によれば、十九は臭い年ごろなのでそうなるらしい。はからずも所帯をかまえることになって半年、深川一の名妓《めいぎ》米吉《よねきち》だったよねは、若い妓《こ》に三味線と踊りを教えている。

昨年の大晦日《おおみそか》におしたおされて禁断の女体《にょたい》を知るまで、門前仲町に住まいし料理茶屋の用心棒をしておりながら、興味と関心はもっぱら書物にあった。いまは、生身の女について、極楽曼荼羅《ごくらくまんだら》、奇怪至極《きっかいしごく》、理不尽千万《りふじんせんばん》、悦楽困惑《えつらくこんわく》、とまどいながらも日々さまざまに学びつつある。

覚山は、路地から入堀通りにでた。

岸辺の駕籠舁《かごかき》や船頭らが辞儀をする。覚山は、顎《あご》をひくことでこたえた。

入堀は、幅四間半（約八・一メートル）、長さ一町半（約一六四メートル）。入堀通りは、両岸ともに幅四間（約七・二メートル）。

門前仲町裏通りのまえに門前山本町へわたる名無し橋が架かっている。名無し橋から堀留の大通りまでは半町（約五四・五メートル）ほどだ。油堀との境には猪《い》ノ口《くち》橋がある。

覚山は、堀留をまわって山本町の入堀通りにはいった。

季節は初秋だが、残暑のさなかである。それでも陽が沈むと、川面《かわも》から柳の枝とたわむれて吹いてくる夕風がここちよい。

川は荷を運ぶ水路である。多くの橋は、川岸からなだらかに盛り土がされ、まるみをおびて架けられる。したがって、そのぶんが川のなかへ突きだすので、たいがいの橋は川幅より短い。しかし、猪ノ口橋は、長さが入堀の幅とおなじ四間半ある。いくたびか架けかえるうちに船の出入りが多いので川幅とおなじになったのであろう。そのぶん、通りからの盛り土がやや急である。

覚山は、橋板をのぼっていった。

川風がいっそうここちよい。

いただきからくだりにかかる。

猪ノ口橋の右斜めまえに路地がある。両かどとも小店《こだな》で、日暮れまえに雨戸をしめる。これまでいくたびか、そこで待ち伏せされた。いまも、ひそむ気配がある。

左手で羽織の紐《ひも》をほどく。すばやく右腕を抜いて、左肩からすべらせて脱ぐ。路地を見すえ、左の欄干《らんかん》よりにゆっくりと歩をすすめる。

路地から人影がでてきた。二本差しが三名。袴姿だが、羽織はきていない。

覚山は、羽織を落とし、まんなかへよった。猪ノ口橋の幅は一間（約一・八メートル）余。身動きして刀をふるうにはせまい。

ちかづいてくる三人の足はこびから技倆《ぎりよう》をみてとる。なかの大柄と右の中背はそれほどでもないが、左の痩身《そうしん》が遣える。

三人がたがいの間隔をあけて抜刀。

覚山は、刀にもっていきかけた左手を脇差の鞘《さや》にあてて鯉口《こいぐち》を切った。一尺七寸（約五一センチメートル）、刃引の多摩《たま》を抜く。ついで、左手で八角棒を帯からぬいた。

多摩と八角棒とを左右にたらして坂をおりていく。

刺客三名が、白刃を上段に構える。

右斜めさきの油堀にめんした黒江町《くろえちょう》の路地からぶら提灯《ちょうちん》を手にでてきた町人が、躰《からだ》をむけたとたんに足をすくめた。

仲町の入堀通りを駕籠舁や船頭らがやってくる。

坂をおりきったところで、覚山は両足を肩幅の自然体《じねんたい》にひらいて立ちどまった。

――水形流《すいぎょう》、不動の構え。

三人が、怒気に尖《とが》り、すさんだ臭気を放っている。刀ではなく脇差と棒を構えたのを愚弄《ぐろう》とうけとったようだ。

息をゆっくりと吸い、しずかにはき、臍下《せいか》丹田《たんでん》に気を溜める。

刺客どもの肩が膨らんでいく。

間合が割られ、殺気が弾けんとするせつな、覚山は右端の中背にむかって跳びこんだ。

顔面を朱に染めて眦《まなじり》を決した中背が、上段からの渾身《こんしん》の一撃を見舞わんとす。なかの大柄は上体を向けなおしたぶんだけ遅れる。

中背の白刃が薪《まき》割りに落下。

風を切る白刃の鎬《しのぎ》を、多摩で撃つ。八角棒で中背の額を痛打。左足を開く。よろめく中背の額から八角棒を薙《な》ぎに奔《はし》らせ、まっ向上段から襲いくる大柄の鎬を叩く。右手の多摩で、白刃の鎺《はばき》うえの棟を撃つ。左手の八角棒を撥《は》ねあげ、大柄の額に一撃。

――ゴンッ。

大柄がのけぞる。

左斜め後背から殺気。

上体を左回りにひねりながら八角棒を握る左腕を高くあげる。左二の腕に痛み。瘦身の袈裟懸《けさが》け切っ先が、左袖《そで》を裂き、月明にあやしく光る。

八角棒に力をこめて瘦身の右手首を撃つ。瘦身の右手が柄《つか》から離れる。

髪を束ねてある髻《もとどり》あたりに殺気。

右回りに顔をむけながら多摩を振る。中背の白刃とぶつかる。

――キーン。

甲高い音が夜を震わせる。

撥ねあげた八角棒で柄頭《つかがしら》を握る瘦身の左手に一撃。敵の柄が手からこぼれる。左足を爪先立ち。上体を右回りにひねり、中背の右耳うしろに八角棒を見舞う。

覚山は、さっと跳びすさった。

不動の構え。

口をすぼめて肩で息をし、まるい眼を細め、ひとりずつ睨《にら》みつける。中背と大柄は額から血を流し、痩身は右手を脇差にあてている。おのれも、左の二の腕から血が肘《ひじ》のしたへとつたわり流れている。

覚山は、冷たく言った。

「自身番へ報せが走ったであろう。町奉行所の廻り方には、身動きできぬようにして待つか、やむをえずば斬ってもよしと言われておる」

痩身が、脇差から右手を離し、身構えながら屈んで刀の柄をつかんだ。大柄と中背は、こちらが痩身を襲えば手助けせんものと身構えている。

腰をのばした痩身が、大柄と中背とに顎をしゃくり、おおきくまわりこんで、でてきた路地へ小走りに去っていった。

覚山は、胸腔《きょうこう》いっぱいに息を吸い、しずかにはいた。

左二の腕に、ちくりちくりと刺すがごとき痛みがある。

左手の八角棒を左腰にさす。左手で懐紙《かいし》をだして多摩の刀身をていねいにぬぐい、鞘にもどす。懐紙をふところにもどしてから右手で手拭《てぬぐい》をだし、縦におった端を嚙《か》んで、左二の腕の疵口《きずぐち》に二度巻きして、歯と右手でむすんだ。

柳のところで見ていた駕籠舁や船頭らにどよめきがおこる。船頭ひとりと駕籠舁ふたりが背をむけて駆けていった。

右手を左袖にいれて手拭をつかみ、腕と肘の血をぬぐう。

橋にもどって羽織をとり、四つ折りにして左手でにぎった。橋をおりて入堀通りに躰をむける。

柳のところにいた船頭が心配げな声で訊《き》いた。

「先生《せんせえ》、でえじょうぶでやしょうか」

覚山はほほえんだ。

「かすり疵だ。礼を申す」

そういう者ばかりではない。おなじように気づかわしげな表情をうかべたり声をかける駕籠舁や船頭らもいたが、知らぬふりをきめこむ者もいた。たんこぶの件を根にもっているか、こちらをおもしろからず思ってる者らである。

料理茶屋万松亭《ばんしょうてい》のまえに、主《あるじ》の長兵衛《ちょうべえ》と、小田原提灯《おだわらぢょうちん》を手にした倅《せがれ》の長吉《ちょうきち》がいた。

案じ顔の長兵衛が、左二の腕と裂けた袖に眼をやった。

「先生、手疵をおわれたようだと耳にいたしましたが、だいじございませんか」

覚山は笑みをうかべた。

「あとで疵口をたしかめるが、金瘡《きんそう》(外科)の医者に診てもらうほどでもあるまいと思う。それより、誰《たれ》ぞ、自身番へ行かせてもらえぬか、浪人三名に襲われたが追っ払ったゆえ笹竹《ささたけ》の弥助《やすけ》親分に報せるにはおよばぬ、すでに誰ぞを走らせておるなら無用だと追わせてもらいたい。定町廻りの柴田《しばた》どのには、明朝に書状をしたためて笹竹へとどけさせる」

「かしこまりました」

長兵衛が長吉に顔をむけた。

「……おまえがお報せしてきなさい」

「はい。……先生、これを」

長吉がさしだした小田原提灯をうけとる。

ちいさく一礼した長吉が堀留のほうへ駆けだした。

笹竹は熊井町《くまいちょう》の正源寺《しょうげんじ》参道にある居酒屋で、北町奉行所定町廻り柴田喜平次《きへいじ》の御用聞き弥助が女房のきよにやらせている。

覚山は、長兵衛に礼を述べて別れた。

左手で羽織と小田原提灯の柄《え》をにぎり、路地へはいった。

万松亭うらの路地にある住まいは、ちいさいながらも庭つきの二階建て一軒家である。覚山は、戸口の格子戸をあけて敷居をまたいだ。

「ただいまもどった」

居間からいそぎ足でやってきたよねが、笑顔をくもらせた。

「先生……」

「案ずるな。かすり疵だ」

覚山は、沓脱石《くつぬぎいし》にあがり、腰の刀をはずして上《あが》り框《かまち》に腰をおろした。

土間におりたよねが、沓脱石にすすぎをおき、足を洗って手拭でふいた。

覚山は、刀と羽織をもって居間へ行った。刀と脇差を刀掛けにおき、八角棒も手拭でぬぐう。右手のみで袴も脱いだ。

すすぎをもって厨《くりや》へ行ったよねが、持ち手がついた長方形のおおきな盆に、手盥《てだらい》、晒《さらし》、手拭、油紙、膏薬《こうやく》をのせてはこんできた。さらに厨から焼酎《しょうちゅう》のはいった徳利《とっくり》をもってきた。

髪は姉《あね》さん被《かぶ》りでおさえ、襷《たすき》をかけて帯に前垂をはさんでいた。

よこで膝《ひざ》をおったよねが、手盥の水にひたした手拭をしぼって把手《とって》にもたせかけ、顔をむけた。

「先生、疵をしぼってある手拭をはずします。よろしいですか」

覚山はうなずいた。

「やってくれ」

「あい」

よねが、二の腕に巻いた手拭のむすびめをほどく。

覚山は、右手で襟《えり》を左へ押しひろげた。おなじように肌襦袢《はだじゅばん》もひろげる。

よねが両手でゆっくりと襟首をひらく。

左肩をぬいていく。疵口にちくりと痛みがはしる。肌襦袢にまで血がこびりついていて、疵口がひらいてしまったようだ。

覚山は左腕をぬいた。

血がつたわる。よねがしぼった手拭をあてて、やわらかくふいた。

「長さはどれほどだ」

「一寸五分（約四・五センチメートル）ほどにございます。血もおおくはございません。焼酎で毒消しをいたします」

「うむ」

徳利の栓《せん》をぬいたよねが、焼酎を湯呑み茶碗にそそいだ。

覚山は、左肩をまえにたおし、左腕を肩の高さまであげてひねった。疵のしたに手拭をもってきたよねが、疵に焼酎をかけた。

しみる。思わず顔をしかめそうになるのをこらえる。

よねが、乾いた晒の布《きれ》で水気を吸いとったあと、疵口に膏薬を塗って油紙をあて、裂いた晒を幾重にも巻き、端から裂いて紐状にし、腕にまわしてむすんだ。そして、焼酎のしみこんだ手拭で腕の血の痕をぬぐいとった。

覚山は立ちあがった。

よねが帯をほどき、木綿《もめん》の肌襦袢と絹の単衣《たんい》をきせて帯をむすんでくれた。

痛みはじきにおさまった。

刻限をみはからってしたくをするというと、よねが疵がひらきはせぬかと案じた。

覚山は、おだやかな笑みをうかべた。

「だからこそふだんのごとく見まわらねばならぬ。さすれば、みなも安堵するであろう。できるだけ左腕はつかわぬようにする」

よねがほほえんだ。

羽織袴になって待ち、夜五ツ（八時）の鐘を聞いて住まいをでた。

路地は灯りがいる。左手で小田原提灯の柄をさげて万松亭の暖簾《のれん》をくぐると、内所《ないしょ》から長兵衛がでてきた。

「先生、よろしいので」

「うむ。たいした疵ではなかった」

「それはようございました」

「これをたのむ」

「おあずかりいたします」

小田原提灯をうけとった長兵衛が表まで見送りについてきた。

顔見知りの船頭や駕籠舁らが、うれしげな表情で挨拶《あいさつ》した。

覚山は笑顔をかえした。

なにごともなく見まわりを終え、万松亭で小田原提灯をもらって住まいにもどった。

夜四ツ（十時）の鐘を聞きおえてから戸締りをして二階の寝所へ行った。よねに単衣と肌襦袢とをぬがされ、寝巻をきせられた。まえにまわって帯をむすぶよねから甘い香りが鼻孔と胯間をくすぐった。

左腕はだめだが、右手はさしさわりない。そうは思ったが、いくらなんでもあさましすぎる気がしたので、おとなしく床についた。

翌未明、下総《しもうさ》の空がしらみはじめたころ、覚山は寝床を離れて寝所窓の雨戸をあけた。

雨でなければ万松亭の長吉に朝稽古をつける。窓から流れこむ夜気はかすかに湿り気をおびて香《かぐわ》しかったが、東の空は雲のけはいがなく、暑い一日になりそうであった。

　よねにてつだってもらって稽古着にきがえた覚山は、一階へおりて居間の雨戸をあけた。沓脱石の下駄をつっかけて庭すみのくぐり戸の閂《かんぬき》をはずし、もどって濡れ縁に腰をおろした。

　きがえたよねが居間に顔をだし、厨へ行った。

　ほどなく、庭のくぐり戸があけられ、稽古着姿で木刀をさげた長吉がはいってきた。

　やってきて、両足をそろえ、一礼する。

「先生、おはようございます」

「おはよう。疵がふさがるまではあいてができぬゆえ、素振りと、よきおりゆえ、あらたな形《かた》の稽古をはじめる」

「はい、お願いいたします」

　おのずと身につくまでくり返す。それが修行だ。おおくの流派はそう教え、稽古させる。

しかし、覚山は、理《ことわり》を説く。なにゆえ素振りをするのか。左手で柄頭をしっかりと握り、右手は鍔《つば》したを鶏卵でもにぎるかのごとくやわらかく捌《さば》かねばならぬのはなにゆえか。しかも、ときには両手で茶巾《ちゃきん》をしぼるかのごとく柄を握らねばならぬ。それらを得心させ、くり返させる。人は犬ではない。考えさせ、納得させたほうが上達が早いのではあるまいか。

覚山は、それを長吉でためしていた。

長吉の稽古は明六ツ（日の出、六時）までの半刻だ。明六ツの鐘が鳴り終わるまえに、ちかくの裏長屋に住むたきがやってくる。

たきに朝餉《あさげ》のしたくをまかせたよねが手盥と手拭をもってきた。

疵がふさがるまでは湯屋《ゆうや》へ行けぬ。諸肌《もろはだ》脱ぎになり、しぼった手拭で躰をふいてもらった。背と腕だけでなく胸や腹もだ。胸や腹はやってもらわずともよいのだが、やらせぬと寝床で背をむけられかねぬので黙ってなすがままにさせる。

そのあと、いつものように剃刀《かみそり》で髭《ひげ》をあたらせた。そして、顔を洗って歯をみがき、居間でよねと朝餉を食した。

たきは厨の板間で食べる。

以前は、火事で亡くなったかよいのてつがくる朝五ツ（八時）に湯屋へ行っていた。いまはたきがいるので待たなくてもよい。朝餉のかたづけがすんだ明六ツ半（七時）すぎには湯屋へ行っている。

よねとたきが朝餉のかたづけをしているあいだ、覚山は文机《ふづくえ》へむかって柴田喜平次への書状をしたためた。

湯屋へ行くよねとともにたきに笹竹へ書状をとどけさせた。

ふたりがでかけたあと、覚山は濡れ縁ちかくに書見台をだした。簾《すだれ》障子は左右にあけてある。

栞《しおり》をはさんである書物をひらいたとたんに、庭のくぐり戸があけられた。

はいってきた松吉が、笑顔になる。

「おっ、先生《せんせえ》。朝っぱらから学問。ひょっとして、もしかして、おじゃまでやしょうか」

「ひょっとせずとも、もしかせずとも、あきらかにじゃまだな」

「冷てえことをおっしゃらねえでおくんなさい。おけがをなすった。なら、湯屋へは行けねえ。そんなら、朝いちばんでお見舞《みめえ》に行かなきゃあ、あっしの男がたちやせん」

「男をたたせるのは夜だけでよい。朝はひかえろ」

「えっ。先生《せんせえ》、そっちの男じゃございやせん」

「わかっておる。からかっただけだ。かけるがよい」

「へい。おじゃましやす。真面目《まじ》な顔での冗談はなしでお願《ねげ》えしやす」

沓脱石にあがった松吉が、濡れ縁に腰かけた。腿《もも》をかるく叩き、廊下へ眼をやる。

覚山は、書物をとじて書見台をわきへよせ、訊いた。

「どうした」

「いつもならとっくに顔を見せてるのに、ここんとこ、あっしもいそがしくてくることができなかったんで、おたきちゃん、まさか、さびしさのあまり、恋煩《こいわずら》いにかかって寝こんじまったんじゃねえでやしょうね」

「たきが恋煩い、だと」

覚山は、まじまじと松吉を見た。

「そんなに見つめねえでおくんなさい。てれるじゃありやせんか」

覚山は首をふった。

「しあわせな奴だ」

「ありがとうございやす。てめえでもそう思いやす。芸者も、友助《ともすけ》だけじゃなく、このごろは玉次《たまじ》もあっしを見ると、笑顔でよってきて声をかけてくれやす。みな、うらやましがっておりやす。これも、先生《せんせえ》からいただいたキンのタマタマさまに、毎朝《めえあさ》、手ぇ合わせてるんで、きっとそのご利益《りやく》でやす」

「そうか、よかったな。たきは使いにやった。だがな、おまえ、わしの見舞にまいったのではないのか」

「そのとおりで。ついでにおたきちゃんにも会えるって楽しみにしてやしたのに。空のやつが、きゅうに暗くなったような気がしやす。先生《せんせえ》の元気なお姿も見やしたし、どうぞ学問をおつづけなすって。あっしは失礼《しつれえ》させていただきやす」

腰をあげた松吉が、辞儀をしてふり返り、去っていった。

しばらくしてたきがもどり、よねも帰ってきた。

朝も、昼も、よねの稽古どきをはずして見舞客があった。青柳《あおやぎ》をはじめとしてかかわりのできた料理茶屋や置屋、芸者がつぎつぎと見舞におとずれた。

二

翌五日の昼まえに、弥助手先の三吉《さんきち》がきた。夕七ツ（四時）すぎに柴田喜平次が弥助とともにたずねたいとのことであった。

覚山は、承知して、よねに告げた。よねが、先生はお酒なしですからねと言った。

覚山は、それでよいとこたえた。

夕七ツの鐘からしばらくして、戸口の格子戸があけられて弥助がおとないをいれた。

覚山は、ふたりを客間に招じいれた。

よねとたきが食膳をはこんできた。たきが、弥助のぶんをとりにもどる。

喜平次の食膳には皿や小鉢のほかに銚子と杯があったが、覚山の食膳は湯飲み茶碗であった。

よねの酌をうけた喜平次が、すまねえなと礼を述べてから顔をむけた。

「疵はどうだい」

「瘡蓋《かさぶた》になっておりまする」

「そいつはよかった」

よねが、弥助にも酌をして、簾障子をしめて去った。

喜平次が、諸白《もろはく》（清酒）を注いだ。

「おいらたちだけ飲んで、なんか申しわけねえな」

「お気になさらずに。弥助も遠慮せずにやってもらいたい」

「へい。ありがとうございやす」

覚山は箸をとった。

食膳には、鱸《すずき》切り身の塩焼き、しめ鯖《さば》、小蛤《こはまぐり》の塩辛、茄子《なす》の鴫《しぎ》焼きがあった。

しめ鯖の一切れをつまみ、醬油《しょうゆ》皿にかるくつけて食べた。

箸をおく。

喜平次が言った。

「文にはうしろから踏みこまれてしまったとあったが、察するに、三人めは遣い手だったんだな」

覚山はうなずいた。

喜平次が肩で息をする。

「おめえさんは、棒と、脇差は刃引だ。それを知ったからこそ、三人めは思いきって踏みこむことができた。ちがうかい」

「いいえ。おそらく、仰せのとおりにござりまする」

「お奉行よりないないのお言付けがある」

覚山はかたちをあらためた。

「うけたまわりまする」

「入堀通りは深川一の花街だ。その縄張をめぐって地廻りどもが諍《いさか》いをおこしかけているように思える。できうれば浅手ですませてもらいたいが、刺客とあらば斬り捨ててもかまわぬ。南のお奉行にも話をとおしておいてくださるそうだ」

「かたじけのうございまする」

覚山は、膝に両手をついて低頭した。

「おいらからもたのむ。遠慮するなとは言わねえ。おめえさんの気持ちもわかるつもりだ。だがな、遣えそうなあいてには刀を抜いてもらいてえ」

「こたびの疵は、おのが自惚《うぬぼ》れへの誡《いまし》めであろうと思いまする」

ほほえんだ喜平次が箸をとった。

鴫焼きを食べ、諸白で喉をうるおした。

杯をおいて顔をあげる。

「ところで、おめえさんが襲われた一昨日《おとつい》の夜、殺しが二件あった。一件は辻斬《つじぎり》なんだが、先月もあった。袈裟懸《けさが》けの一刀で、斬り口が似ている。駿介《しゅんすけ》によれば、たぶんおなじ奴のしわざだ。町方にとっちゃあ、辻斬はそれでなくとも厄介《やっけえ》なんだが、ひと月もたたねえうちにまたただ」

浅井《あさい》駿介は、本所深川が持ち場の南町奉行所定町廻りだ。喜平次は三歳うえの三十六歳だが、駿介は三十三歳でおない年である。

喜平次がつづけた。

「もう一件は、強盗だ。寺町《てらまち》の万年町《まんねんちょう》二丁目に但馬《たじま》屋って料理屋がある。二階《けえ》に座敷があって、本膳料理で精進落《しょうじんおち》ができる。仕出や弁当もやってる。寺町通りには何軒かあるが、海辺《うみべ》橋にちかい但馬屋と、富岡《とみおか》橋にちかい平野町《ひらのちょう》の上総《かずさ》屋が大店《おおだな》だ」

三日の夜五ツ（八時）から小半刻（三十分）ばかりすぎたころ、海辺橋の北岸たもとで但馬屋の若旦那晋吉《しんきち》が、強盗に遭い、殺された。

海辺橋から北に二町（約二一八メートル）ほど行くと、道の右に霊巌寺表門前町《れいがんじおもてもんぜんちょう》がある。その表通りに〝宵月《よいづき》〟という居酒屋があり、十六歳と十五歳の美人姉妹で繁盛している。

晋吉は足繁くかよっていた。三日も、夜五ツの鐘が鳴ってすこししてから勘定をすませて宵月をでている。

「……姉妹ともに愛敬《あいきょう》がある。晋吉は年齢《とし》が二十五、どうやら姉のやえに気があったようだ。やえもまんざらじゃなかった。死骸《しげえ》を自身番へはこばせ、話を訊きに行って、晋吉が強盗に遭って殺されたと告げたとたんに、蒼《あお》ざめ、気を失ってしまった」

妹のたみによれば、晋吉は寺町の若旦那仲間と連れだってくることもあれば、ひとりでくることもあった。

言いよったりすることはなかった。しかし、よくやえのほうを見ていたので、気があるのはわかった。

やえは晋吉のようすに気づいていた。もしかしたら、但馬屋の嫁に迎えられるかもしれないと夢見ていた。

「……ところが、晋吉には親どうしが決めたあいてがあった。十五歳で、十六歳になる来春に祝言をあげることになっていた。むろん、晋吉はそれを知っていた。だから、気があったんはたしかだろうが、本気で惚《ほ》れてたかまではわからねえ。奪われた巾着《きんちゃく》のなかは、銀と銭あわせて二十数匁《もんめ》くれえってことだ」

寛政九年（一七九七）ごろは、おおよそ六十三、四匁で一両である。一両は十五万円くらいととらえればあたらずとも遠からずであろう。

「……得物はたぶん匕首《あいくち》だ。水月《みぞおち》を一突き。海辺橋の下流は両岸とも河岸《かし》で蔵がならんでる。晋吉は長着《ながぎ》に羽織で、いかにも若旦那って恰好《なり》だった。屋号入りのぶら提灯は踏み消されていた。ちかくに縄暖簾や蕎麦《そば》屋なんかがあったが、声を聞いた者《もん》はいねえ。水月をやられると、てえげえはあまりの痛みに気を失っちまう。万年町のかどにある自身番は町内《ちょうねえ》をむいてるし、川幅は二十間（約三六メートル）。大声でなきゃあ聞こえねえ。若旦那ふうなのが居酒屋からひとりでできた。あとを尾《つ》けて襲い、巾着を奪った。そう見えなくもねえんだがな」

「そうではないかもしれぬ、と」

「まだなんとも言えねえ。決めてかかるとどじを踏む。もうすこし調べてみねえとな。というしでえでな、おめえさんが入堀通りをみてくれてるんで、こっちは助かってる。駿介も疵の具合《ぐええ》を心配《しんぺえ》してた。てえしたことなかったたって伝《つ》えておくよ」

喜平次が脇の刀をとった。

覚山は、廊下で膝をおってふたりを見送った。

翌六日も快晴だった。

三日ぶりに湯屋へ行った。晒をまいた疵を濡らさぬようにして、躰をすみずみまで念いりに洗った。帰りは、なんだかすっきりし、晴れわたった空のごとくよい気分であった。

湯屋からもどってきたよねが、疵にまいた晒をほどいた。もう膏薬はいるまいと言ったが、治りかけがだいじですと峻拒《しゅんきょ》された。

あらがうは愚かであり、おとなしくしたがった。

てつだってもらってきがえた覚山は、よねの見送りをうけて住まいをでた。うしろ手に格子戸をしめ、左手にさげていた刀を腰にさす。

昨日の柴田喜平次の言いかたがいささか気になった。それで、おのが眼でたしかめにいくことにしたのだった。

入堀通りから油堀ぞいを行き、黒江《くろえ》橋をこえ、富岡橋をわたれば寺町通りである。住まいから富岡橋までは二町（約二一八メートル）余だ。

橋をおりると、境内《けいだい》の杜《もり》からかまびすしい蟬《せみ》の声が聞こえた。

寺町通りは四町（約四三六メートル）たらず。なかほどの海福寺《かいふくじ》だけ、ちいさな門前町がある。

よねによれば、禅林《ぜんりん》の永寿山《えいじゅざん》海福寺が寺町通りではもっともひろい。高さ一丈（約三メートル）ほどの九層の石塔が池のほとりにあり、武田《たけだ》信玄《しんげん》のものだとつたえられているという。

兵学にたずさわる者としては、孫子《そんし》の〝其疾如風、其徐如林、侵掠如火、不動如山（其《そ》の疾《はや》きこと風の如《ごと》く、其の徐《しず》かなること林の如く、侵掠《しんりゃく》すること火の如く、動かざること山の如く）〟を旗印とした武田信玄ゆかりの石塔を拝観してみたい。しかし、そのうちいっしょに見物にまいろうとさきほどよねに言った。

山門まえをとおりすぎる。

町木戸と自身番屋のてまえに、暖簾のでていない店《たな》がある。軒《のき》にさがっている看板に、〝本膳料理、仕出、弁当、但馬屋〟とあった。

町木戸をすぎる。正面に海辺橋がある。

海辺橋をさかいに、下流が仙台堀《せんだいぼり》で、上流が二十間川《にじっけんがわ》と呼び名がかわる。仙台堀も、川幅は二十間（約三六メートル）ということだ。

仙台堀は両岸とも河岸で白壁の蔵がならんでいる。二十間川のほうは両岸とも土手だ。

土手では、松や柳などが風を誘い、緑に影を描いている。

覚山は、ゆっくりと海辺橋をのぼった。

川しもの両岸たもとに桟橋がある。

白壁の土蔵は川のほうに戸前《とまえ》があり、二棟か三棟おきに半間（約九〇センチメートル）ほどの荷運びのための通路がある。

桟橋に屋根船をつけるか、土蔵と川岸とのあいだ、あるいは土蔵と土蔵の隙間で待ち伏せができる。

橋のいただきからゆっくりとおりていく。

北岸の川ぞいは、上流も下流も町家の通りだ。

覚山は、海辺橋を背にしてまっすぐすすんだ。町家の奥行は半町（約五四・五メートル）もない。そこから武家屋敷の塀が一町半（約一六四メートル）ほどつづく。以前は、小名木《おなぎ》川のさきにある深川森下町《もりしたちょう》の刀剣商へ刀の研ぎをたのみに行っていた。晩春三月の下旬には、よねと霊巌寺へ花見に行った。にもかかわらず、道のようすをぼんやりとしか憶えていない。

あたりに気をくばっていないということだ。武に生きる者としては褒めたことではない。自戒せねば油断につながる。

右の武家屋敷はずれに辻番所があった。奥にある浄心寺《じょうしんじ》への参道をはさんでの町家が霊巌寺表門前町だ。

居酒屋宵月は紺地に白抜きの暖簾がかけられていた。

腰高障子がしめられ、脇の柱に〝休〟の札がある。裏店の独り者が朝を食べにくるあいだあけて、昼も九ツ（正午）をはさんであけ、夕刻まで休みにする。食の見世はそのような商売がおおい。

覚山は、まえをとおりすぎ、山門から霊巌寺の境内にはいった。

看板娘がいる出茶屋はめだつところにあり、腰掛台には緋毛氈《ひもうせん》がかけられている。

本堂への敷石から離れたところに、腰掛台に畳さえしいていないひなびた出茶屋がある。

よねと花見にきたさいもそこで休んだ。

腰から刀をはずした覚山は、腰掛台にかけて刀を左脇におき、老婆に茶をたのんだ。

柴田喜平次の疑念がわかったように思う。

辻番所は、角地に建っていた。門前町の通りは斜めまえだから見えるが、海辺橋のほうはまよこである。しかも、なかにいる辻番二名は年寄であった。夜もそうであろう。

泰平の世がつづき、辻番は年寄の捨て所と揶揄《やゆ》されていた。

いっぽうで、海辺橋両脇の町家には縄暖簾や蕎麦屋などがあった。

夜五ツ（八時）をすぎれば、表店にしろ裏店にしろ寝床につく刻限ではある。それでも、食の見世や裏店への木戸から人がでてこないともかぎらない。

襲うなら町家の通りではなく武家地であろう。町家よりも暗く、人影もない。但馬屋の若旦那晋吉が居酒屋からひとりででてくるのを見て狙う気になったのであれば、なにゆえ武家地で襲わなかったのか。

海辺橋の土蔵の陰に隠れてよさそうな獲物があらわれるのを待っていた。それなら、ありえなくはない。

晋吉が帰る刻限はたいがいおなじであろう。帰る道筋もおなじだ。狙いは殺し。強盗にみせんがために巾着を奪った。

柴田喜平次はこちらを試すことがある。晋吉の帰る刻限がおなじなのかを宵月だけでなく但馬屋でもたしかめただろうが話さなかった。しかし、三日も夜五ツ（八時）の鐘からすこしして勘定をすませていると言っていた。つまりは、たいがいそうであったということだ。

覚山は、巾着をだして茶代をおき、刀をつかんで腰をあげた。

きた道をもどり、住まいへの路地をおれると、かすかに三味の音が聞こえた。

戸口の格子戸をあける。

「ただいまもどった」

三味がやみ、よねが客間の簾障子をあけた。

「お帰りなさい」

覚山は、よいというふうにうなずいた。

腰の刀をはずす。

たきがすすぎをもってきた。

居間へはいった覚山は、大小を刀掛けにおき、羽織と袴をぬいで衣桁《いこう》にかけた。縁側の簾障子をあけて書見台と書物をもってきた。膝をおって書物をひらいたが、すぐに庭へ眼をやり、喜平次の意図を思案した。

中食《ちゅうじき》のおりに、但馬屋についてぞんじていることがあるかとよねに訊いた。

三日の夜に寺町の万年町二丁目にある但馬屋の若旦那晋吉が霊巌寺表門前町の居酒屋からの帰りに海辺橋のたもとで強盗に殺されて巾着を奪われたことは話してある。

小首をかしげたよねが、申しわけありませんと言った。

但馬屋は大店だから知っている。寺町通りに何軒かある但馬屋のような料理屋は法事や法要などでつかわれる。商売柄、料理茶屋へ行くとしても、深川は避けるのではないかと思う。ほかの客といっしょのことがあったかもしれないが、憶えていない。

覚山は、なるほどな、さもあろう、とこたえた。

昼も書見ですごし、夕餉を食べ、暮六ツ（六時）と夜五ツ（八時）の見まわりにでた。

夜四ツ（十時）の鐘を聞いてから戸締りをして二階へあがった。

寝所の襖《ふすま》をあけると、案に相違して、それぞれの寝床に枕がおかれてあった。

きがえながら、覚山はうしろのよねに言った。

「疵はまったく痛まぬし、そろそろだいじあるまいと思うのだが」

「まだだめです」

「そうか、だめか。やむをえぬ」

なんだかみじめな気がした。かといって、さらに言いつのるはいかにもあさましい。男は、こらえることもおぼえねばならぬ。

覚山は、あきらめ、横になって眼をとじたが、なかなか寝つけなかった。房事《ぼうじ》に執着《しゅうじゃく》がすぎるであろうかとおのれに問いかけた。きっと知るのが遅すぎたゆえ、失いし歳月のぶんもと欲ばっているのだ。ほどほどにせぬと嫌われ、ますます許してもらえなくなるぞとみずからをいましめ、いつしか、眠りにおちた。

翌朝、もうだいじないということをよねに見せねばならぬと思った覚山は、八角棒を右手でにぎって長吉に稽古をつけた。

湯屋からもどってきて待っていると、帰ってきたよねが疵の晒をとりかえてくれた。疵の瘡蓋はますます堅くなっているようであった。膏薬はわずかで、油紙はちいさく、晒も三巻きであった。

よねが、かえた晒などを厨へもっていった。

空はどこまでも青く、ちぎれ雲さえなかった。

庭のくぐり戸があけられた。

「おはようございやす。松吉でやす。先生《せんせえ》、おじゃましてもよろしいでやしょうか」

「かまわぬぞ」

「へい。ありがとうございやす」

松吉が姿をみせ、よねも厨からもどってきた。

覚山は言った。

「あがるがよい」

「おじゃましやす」

手拭で足の甲と裏をはたいた松吉が、濡れ縁から敷居をまたいで膝をおった。

「先生《せんせえ》、疵の具合《ぐええ》はどうでやしょう」

「すっかりよくなった」

「そいつはようございやした。……おたぁきちゃぁぁぁん」

「はぁ」

覚山は聞こえよがしなため息をついた。

むろん、松吉は聞いていない。背筋をのばし、首をのばし、顎をつきだし、目玉《めんたま》つきだし、鼻つきだし、涎《よだれ》をたらさんばかりの顔でたきを見つめている。

たきが、膝をおって、盆をおき、松吉のまえに茶托と茶碗をおいた。

松吉が、髷を鶏冠《とさか》のごとくふるわせ、指をおる。

「何日会ってねえのかな、何年も会えなかったような気がする」

うつむいたたきが笑いをこらえる。

よねがするどい声をだした。

「松吉ッ」

「おっと、怒っちゃあいけやせん。湯上がりのおよねさんは、十七、八」

「いいかげんにしないと、しまいにはぶつわよ」

「ぶつで想いだしやした」

盆を手にして腰をあげたたきがでていった。うしろ姿を追っていた松吉が眼をもどした。

「おんなし長屋に魚売りの勝三郎《かつさぶろう》ってのがいるんでやすが、こいつがぶつぶつうるせえ奴で」

「おまえがうるさいと思うくらいならよほどであろうな」

「先生《せんせえ》、それはねえ。あっしは有川じゃあ無口の松って呼ばれてるんでっせ」

よねが噴きだした。

「あっ、およねさん、なにがおかしいんでやす」

「べつに」

覚山はうながした。

「そのぶつぶつがどうしたのだ」

「先生《せんせえ》、疣野郎《いぼ》じゃあるめえし、ぶつぶつはかわいそうでっせ。勝三郎がおもしれえことを教《おせ》えてくれやした。〝きす〟って魚がありやす」

「うむ。あれは揚物にするとすこぶる旨《うま》い」

「旨《うめ》えはずで。字は魚が喜ぶって書くんだそうで」

覚山は、右手人差し指で〝鱚〟と書いた。

「ほう。考えたことがなかったが、たしかに魚が喜ぶと書くな」

「それがでやす、南蛮《なんばん》じゃあ、男女《なんにょ》が口を吸いあうを〝キス〟っていうんだそうで。魚だって喜ぶ。人さまがうれしくねえはずがねえって、奴が言ってやした」

「うむ。あれは、たしかによきものだ」

「えっ」

松吉があんぐりと口をあけている。よねはうつむいていた。首筋まで赭《あか》い。

「いや、そうではない。いまの男女でほかのことに頭がいった。松吉」

「なんでやしょう」

「寺町通りの海辺橋ちかくに但馬屋という料理屋があるがぞんじておるか」

「知っておりやす。何度も法事のお客をおのせしたことがございやす。そういやあ、あそこの若旦那が強盗に遭って殺されちまったそうで。お気の毒でやす」

「その若旦那は名を晋吉という。霊巌寺表門前町にある宵月って居酒屋からの帰りだった。そこには美人姉妹……別嬪《べっぴん》の姉と妹がいて、晋吉は姉のほうに気があったらしい。但馬屋なり晋吉なりについてなにか耳にしたら報せてもらえぬか」

「承知しやした」

よねが言った。

「松吉、いまのこと、余所《よそ》で口にしたら許さないからね」

「先生《せんせえ》なら言いかねねえって、みな、口とがらして魚みてえに喜ぶと思うんでやすが、やっぱりだめでやすかい」

「あたりまえでしょ。出入りをさしとめにするよ」

「そいつはかなわねえ。わかりやした。黙ってやす。なにしろ、あっしは、無口の松でやすから。……先生《せんせえ》、なんかわかったらお話ししにめえりやす。ごめんなすって」

辞儀をした松吉が、去っていった。

初秋七月七日は七夕《たなばた》であり、井戸浚《さら》いの日でもある。上水道《じょうすいどう》をもちいているところでは、武家も寺社も町家も総出で井戸浚いをおこなう。

しかし、本所深川では、この時代あたりになると、享保《きょうほう》（一七一六〜三六）のころから開発されだした掘削技術による井戸掘りが改良をかさねるほどに安価になって、掘抜《ほりぬき》井戸が普及してきていた。元荒《もとあら》川を水源にしていた本所上水も、玉川《たまがわ》上水から分水した青山《あおやま》上水、千川《せんかわ》上水、三田《みた》上水とともに享保七年（一七二二）に利用をやめている。のこったのは神田《かんだ》上水と玉川上水のみであった。

それでも習慣であり、朝のあいだに井戸ばたで井戸替えがおこなわれた。覚山も、よねやたきとともに釣瓶《つるべ》井戸と井戸ばたを洗い清める催しにつらなった。そのため、この朝のよねの稽古は休みであった。

朝のうちに竹屋もきて、庭の物干しに竹をゆわえた。昼をすませたあと、よねとたきが竹の飾りつけをした。

暮六ツ（六時）の見まわりにでると、そこかしこに高低さまざまな竹飾りがあった。入堀通りの表店も、それぞれ意匠をこらした竹飾りで七夕を彩っていた。

そして、暗くなるにしたがい、壮大な天の川が夜空を蒼く染めた。夜五ツ（八時）の見まわりでは、さらにまばゆいばかりの輝きであった。

やがて、夜四ツ（十時）の鐘が遠くへ去っていった。よねが二階へ行った。濡れ縁の簾障子をあけて夜空に眼をやり、覚山はつぶやいた。

「彦星も今宵は織姫に会える」

居間と戸口の雨戸をしめ、二階へあがった。

寝所の襖をあけると、ひとつ布団に枕がならべてあった。

よねはすこぶるやさしかった。覚山は、奮闘、我慢……無念、轟沈《ごうちん》。

祇園精舎《ぎおんしょうじゃ》の鐘の声。

――チーン。

諸行無常《しょぎょうむじょう》の響《ひびき》あり。

――チン、チーン。

連戦連敗は漢《おとこ》の恥。

――チン、チン、チン、チン、チンッ。

牽牛《けんぎゅう》を奮《ふる》いたたせ、ふたたび織姫に挑《いど》み、いささかもちこたえるも、やはりあえなくなりにけり、であった。

さらなる精進鍛錬《しょうじんたんれん》にはげまねばとおのれに言いきかせ、覚山は天の川を枕に夢のいざないに身をゆだねた。

八日も九日も快晴であった。

三

花街では、料理茶屋から縄暖簾まで女も男も朝湯にいく。もしくは昼をすませてほどなくだ。陽が沈むまえから稼ぎどきで、はやいところは昼八ツ（二時）すぎからしたくにかかる。

松吉によれば、船頭も、朝か、昼のはやい刻限に湯屋へ行く。荷船ならともかく、客をのせる船頭が汗臭いと嫌われる。ことに芸者衆がうるさい。

よねが湯屋からもどり、朝五ツ（八時）の鐘が鳴ってすこしして庭のくぐり戸がけたたましくあけられた。

「先生《せんせえ》、無口の松でやす」

よねが噴きだした。

簾障子は左右にあけてある。

松吉がにこやかな顔をみせた。

「おっ、およねさん、今朝はいちだんとかがやいておりやす。九日でやすが臭《くせ》え年ごろだなんて口が裂けても言いやせん。十九の弁天娘《べんてんむすめ》ってことでどうでやしょう」

「いいからおあがりなさい」

「へい。おじゃまさせていただきやす」

沓脱石にあがった松吉が、背をむけて濡れ縁に腰をおろし、懐からだした手拭で足をぬぐってあがってきた。

敷居をまたいで膝をおったとたんに鶏冠《とさか》と喉をふるわせた。

「おたぁきちゃぁぁぁん」

しんそこうれしそうな松吉の顔に、覚山は首をふった。

膝をおったたきが、脇においた盆から茶托ごと茶碗をとって松吉のまえにすすめた。

「酒じゃ酔わねえが、おたきちゃんの顔見ただけで酔っぱらっちまう。なんでかな」

よねがとがる。

「松吉ッ。いいかげんにおしッ」

「すいやせん。気ぃつけてるつもりなんでやすが、口の奴がことわりもなくしゃべっちまうんで。余所では無口なのに、どうしてでやしょう。こんどよく言っときやす」

「まったく」

たきが盆を手にした。顔をふせて笑いをこらえている。立ちあがり、居間をでていった。

両手で茶を喫した松吉が、茶碗をおく。

「先生《せんせえ》、昨夜《ゆうべ》はこまっちまいやした」

「女だな」

松吉が眼をまるくした。

「なんでわかったんでやす」

「おまえがうれしそうな顔でこまったと言う。女のことにきまっておる」

「決めつけねえでおくんなさい。知らねえ奴が聞いたら、あっしを色狂いだと勘違《かんちげ》えしちまいやす」

よねが顔をふせた。

「あれっ。およねさん、なぁんもおかしくねえと思いやすぜ」

覚山は助け船をだした。

「それでなにがこまったのだ。付け文でももらったのか」

「先生《せんせえ》、自慢じゃありやせんが、生まれてこのかた、付け文なんぞもらったことありやせん。そんなうれしいことがあったんなら、いまごろ熱だして寝床でうなされておりやす。そうじゃねえんで。向島《むこうじま》の料理茶屋で木場《きば》の旦那がたの寄合《よりええ》がありやした。屋根船が有川から二艘、二軒となりの千川《せんかわ》から二艘、寺町うらの掘割に架かる江川《えがわ》橋のよこにある川津《かわづ》が二艘《そう》。あっしの船に、なんと、友助と玉次がのってくれやした。行きばかりでなく、帰《けえ》りもでやす」

遠くを見る眼に、にやけた笑いがうかび、地べたに落っことした豆腐のごときしまりのない顔になった。

「……艫《とも》からのるさいに、おった手拭をのせて腕をだしやしたら、先生《せんせえ》、聞いておくんなさい、ふたりともあっしの腕につかまり、にこっと笑い、礼《れえ》を言ってくれやした。生きててよかったと、しみじみ、思いやした」

「それでなにがこまったのだ。ああ、なるほどな、わかった。おまえの船にのった芸者は友助と玉次だけではなかったのだな」

「やなこと想いださせねえでおくんなさい。三味線をもった大年増がふたりのってめえりやした。最後の菊助《きくすけ》が腕をぐっとつかむんで背筋に寒気がしやした。二十八か、九になるはずで。あっしは、てめえより歳とったのは女と思っておりやせん」

よねがすかさず言《い》った。

「なら、あたしも三十だから女じゃないのね」

「およねさん、先生《せんせえ》が三十をすぎてるからってあわせようとして鯖《さば》読んじゃいけやせん。およねさんはどう見たって二十四、五。今朝は十九の娘でやす」

真顔でうなずく松吉に、よねが笑みをこぼす。

「いただきものだけど、お菓子があるからもってくるわね」

「馳走《ごち》になりやす」

「わしにも茶をたのむ」

「あい」

よねが居間をでていった。

覚山はうながした。

「さて、いったい、なにがこまったのだ」

「先生《せんせえ》、友助や玉次のことでやすから、およねさんにも聞いてもらいてえと思いやす」

覚山はほほえんだ。

「では、待つとしよう」

よねが盆に三人の茶と松吉の菓子皿をもってきた。

菓子を食べ、茶で喉をうるおした松吉が、茶碗をおいた。

「夜はどうしたって酒でやすが、あかるいうちは甘《あめ》えもんが旨《うめ》えでやす。ですが、ばれたらみっともねえんで、お弟子衆には内緒でお願《ねげ》えしやす。……先生《せんせえ》、およねさんから聞いてて知っておられるかもしれやせんが向島のことからお話しやす」

向島は百姓地で地所をひろく借りられるので、凝った庭のあるおおきな料理茶屋が何軒もある。芸者は、対岸の山谷《さんや》堀か、両国《りょうごく》橋西広小路《にしひろこうじ》の柳《やなぎ》橋か薬研《やげん》堀、深川から呼ぶ。

山谷堀の新鳥越《しんとりこえ》橋から三囲稲荷《みめぐりいなり》まえの竹屋《たけや》ノ渡《わたし》まで六町（約六五四メートル）ほどであり、山谷芸者の送り迎えはいらない。

両国橋から吾妻《あずま》橋まではおおよそ半里（約二キロメートル）。竹屋ノ渡までさらにそのはんぶん（約一キロメートル）。したがって、四分の三里（約三キロメートル）ほどだ。送り迎えまで座敷代にふくめるかは、客と置屋とのやりとりで決まる。

永代橋から吾妻橋までがほぼ一里（約四キロメートル）。向島まで深川芸者を呼ぶには、送り迎えとその往復まで座敷代にふくまれる。客にとっては、見栄であり、ぜいたくなのだ。

「……お江戸で芸者ってなると、深川がいちばんでやす」

よねが、かすかに顎をあげた。

松吉がつづける。

「つぎが柳橋と薬研堀、そして山谷でやす。ですから、向島で深川芸者ってことになると、座敷は一刻（二時間）でも往復をいれて二刻《ふた》（四時間）って勘定になりやす」

昨日《さくじつ》の夕七ツ半（五時）じぶんに入堀の桟橋で芸者らをのせた六艘の屋根船は、木場で旦那衆をのせて向島へむかった。屋根船の座敷にはかんたんな仕出の酒肴《しゅこう》があった。

竹屋ノ渡についたのは暮六ツ（六時）まえだった。夜五ツ（八時）の鐘が鳴ってすこしして旦那衆と芸者衆がもどってきた。

木場まで旦那衆を送り、それから入堀の桟橋で芸者衆をおろした。

「……友助も玉次も、にっこりとし、礼《れえ》を言って、あっしの腕に手をのっけてくれやした。手拭は、昨夜《ゆうべ》のうちにキンのタマタマさまのしたにして竜神さまにそなえてありやす。朝湯で、腕を洗うかどうか迷いやしたが、洗わねえわけにはめえりやせん」

「松吉」

「なんでやしょう」

「まさか、大年増芸者には腕をひっこめたのではあるまいな」

「先生《せんせえ》、狸《たぬき》芸者あいてにそんなおっかねえことはできやせん。睨み殺されちまいやす。友助と玉次の手拭はさっと懐にしまい、のるさいにつかった手拭にかえやした」

およねが言った。

「いまの狸は聞かなかったことにするからね」

松吉がぺこりと低頭した。

「すいやせん。言いすぎやした。ですが、およねさん、おりるときも、あっしの腕をぎゅっとつかんだんでっせ。ぎょっとしやした」

覚山はたしかめた。

「〝ぎゅっ〟で〝ぎょっ〟。また洒落てるつもりか」

「そこまで勘ぐらねえでおくんなさい」

「その大年増芸者、おまえに気があるのかもしれぬな。おまえは二十七歳で、あいては八か九。姉女房は所帯の薬と申す。ちょうどよいではないか。所帯をもちたいのであろう。頭をさげ、心をこめ、夫婦《めおと》になってくれるようたのみに行くがよい」

松吉が眼をまるくした。

「先生《せんせえ》、勘弁しておくんなさい。さっき申しあげやした、てめえより年上は女と思ってねえって。友助は二十二歳、玉次は十八歳ですぜ。十五歳のおたきちゃんもおりやす。あっしには、えらぶなんてできやせん。それでこまってるんじゃありやせんか」

「そうか。まあ、せいぜい悩み、こまるがよい。だめなおりは後架《こうか》(便所)で心ゆくまで涙を流し、男らしくきっぱりあきらめろ」

「厠《かわや》で涙を流すんはおまかせしやす。そうはおっしゃいやすが、先生《せんせえ》がおよねさんと所帯《しょてえ》をもてたんでやすから、あっしにだって望みがあるはずでやす。みなも、男は顔じゃねえってよろこんでおりやす。おっと、あまりのうれしさに忘れるところでやした。竹屋ノ渡で待ってるあいだに、寺町万年町二丁目の但馬屋について、川津の船頭に教えてもらいやした。おおきな声じゃ言えねえ噂ってことでやすが、よろしいでやしょうか」

「かまわぬが、わしはおまえに言われるほどひどい顔だとは思わぬぞ」

「たげえにてめえのほうがいい男だって思ってりゃあ、八方まるくおさまりやす。生きる張合《はりえ》えができたってみながよろこんでることなんで、あんまし気にしねえでおくんなさい。話してくれた川津の船頭は安吉《やすきち》って名で、心行寺《しんぎょう》うらの蛤町《はまぐりちょう》に住んでるそうでやす」

寺町通りには、海辺橋のほうから、万年町二丁目、平野町、万年町三丁目、平野町とならび、油堀の富岡橋がある。

四町(約四三六メートル)ほどの通りには、花屋、線香屋、仏具屋などのほかに法事や法要での精進料理の座敷、仕出、弁当がたのめる料理屋がある。その精進料理屋では、海辺橋にちかい但馬屋と、富岡橋にちかい上総屋が大店で、店構えもほぼおなじくらいである。

「……その但馬屋と上総屋とが寺町通りではいちばんの大店で、構えを見ただけでもわかりやす。ところが、えれえ仲がわるいそうで。寄合《よりええ》なんかも、万年町は万年町だけで、平野町は平野町だけでってことで、寺町通りとしての寄合《よりええ》ができねえくれえだそうでやす」

「理由《わけ》があるのか」

「あっしも安吉に訊きやした。ずっと昔からだそうで、なんでかは奴もわからねえって申しておりやした。で、ひょっとしたら上総屋が但馬屋の若旦那を殺させたんじゃねえかってひそひそ話をする者《もん》がいるそうで。ふつうならまさかってなりやすが、ありえるかもしれねえってなるくれえに仲がわるいそうでやす」

「なるほど。ところで、松吉、さっきのことだが、おまえ、まえにも悪しざまに申しておったが……」

松吉が、あわてたようすでさえぎった。

「先生《せんせえ》、あっしはそんなにひでえ顔とは思っておりやせん。およねさんが惚れるくれえでやす。それに、かわゆい顔をしてるって褒める芸者もおりやす」

よねの声がとがる。

「誰だい、誰が言ってるのさ」

「えっ、なんのことで。馳走《ごち》になりやした。……先生《せんせえ》、またなんか耳にしたらお話しにめえりやす。失礼《しつれえ》しやす」

さっと腰をあげた松吉が、逃げるように去っていった。

庭のくぐり戸がしめられた。

覚山は、よねに顔をむけた。

「柴田どのは、若旦那の晋吉が強盗に遭ったを話されたおりに、但馬屋と上総屋が大店だとおっしゃっておられた。ただの強盗ではないかもしれないとにおわすような言いかたであった。それで、見にまいったのだが、定町廻りゆえ、但馬屋と上総屋の仲がわるいのを承知していて、もしかしたらとの思いがあったのであろうな」

「毎日見まわっておられますから、仲がわるいのは知っていると思います。ですが、昔からだとすると理由《わけ》まではどうでしょうか」

「先代か、先々代のころになにか揉め事があったのなら聞いているかもしれぬ」

「そうですね。よけいなことを言いました」

「いや、それでよい。寺町かいわいには芸者は住んでおらぬのか」

よねが小首をかしげる。

「聞いたことがありません。置屋さんもないと思います」

「そうか。なるほど、考えてみれば寺町だものな。色気のあるのがそこいらにいては、松吉のごとき仏はおちついて眠れぬであろう」

よねが、右手で口を隠すしぐさをした。

「文をしたためるゆえ、おたきに笹竹へとどけさせてくれ」

「あい」

盆に茶碗と菓子皿をのせたよねが、腰をあげて厨へいった。

覚山は、文机にむかい、松吉より寺町通りの但馬屋と上総屋とが不仲で、晋吉殺しは上総屋のさしがねではないかとの噂があるらしいとしるした。

筆をおき、さきほどのおのれをかえりみた。

以前は面貌《めんぼう》を気にかけたことなどなかった。

よねは美しい。松吉が言うように年齢《とし》よりもはるかに若く見える。ふとしたはずみでむすばれ、夫婦《めおと》になった。それも、どちらかといえば、男としての筋をとおすためにやむをえずであった。しかし、暮らしはじめたとたんに愛おしさをおぼえるようになった。

いまでは、たぶんにのめりこんでいる。いや、しんそこ惚れている。だからこそ、美しいよねとおのれでは不釣合いではないかと、心のどこかで気にかけているのだ。

——堕落。

そうかもしれぬ。ときおりやましさをおぼえるのは、かつては学問一筋であったからだ。これもおのが弱さに神仏があたえたもうた試練なのであろう。

ため息をついた覚山は、書状をおって封をし、たきを使いにやった。

四

翌々日の十一日も快晴であった。

昼まえに三吉がきた。柴田喜平次と浅井駿介が待っているので、暮六ツ（六時）の見まわりを終えたら八方庵《はっぽうあん》へきてほしいとのことであった。覚山は、承知して三吉を帰した。

八方庵は、大通りから門前山本町の入堀通りへはいった四軒めにある蕎麦屋だ。

夕餉をすませ、したくをして待っていた覚山は、暮六ツの鐘を聞いて住まいをでた。万松亭へ行くと女将《おかみ》のこうがでてきた。長兵衛は寄合で他出しているとのことであった。

覚山は、見まわりのあとで八方庵によるむねを告げた。

門前仲町の入堀通りから堀留へでて門前山本町の入堀通りへはいり、はずれの猪ノ口橋をわたる。万松亭のまえをとおりすぎ、門前仲町裏通りの正面に架かる名無し橋で入堀をわたった。

初秋七月も中旬になったが季節は残暑をひきずっており、八方庵は門口の腰高障子をはずしてあった。

覚山は、暖簾をわけて土間にはいった。

見世は静かだった。

三脚ある一畳の腰掛台に四人の客しかいない。二階への階《きざはし》したの小上がりに、弥助と浅井駿介の御用聞き仙次《せんじ》が食膳をよこに腰かけていた。

ひとりで見世をはなやかにしていた女中のせいは仲夏五月朔日《ついたち》の火事で亡くなった。たきとおなじ十五歳だった。朝の一刻だけかよいできていたてつもおなじ長屋に住んでいて焼死した。

十五の娘のはじけんばかりであった笑顔が想い出としてたちこめている。かよっていた者らは、食する気が失せ、おのずと足が遠のいてしまう。

弥助と仙次が立ちあがった。

仙次が階のしたへ行き、お見えになりやしたと二階に声をかけてうしろにさがった。

覚山は、草履《ぞうり》をぬいだ。

二階には二部屋ある。階をのぼっていくと、通りにめんした襖があけられた。これまでのように、六畳間の壁を背にして窓よりに柴田喜平次が、廊下よりに浅井駿介がいた。

覚山は、襖をあけたまま座敷にはいり、ふたりに対するところで膝をおって脇に刀と八角棒をおいた。

階がきしみ、四十くらいの小柄な女が食膳をもってはいってきた。

食膳をおいてかるく低頭する。

「とくと申します」

銚子を手にする。

「かたじけない」

覚山は、杯をとってうけた。

銚子をもどして辞儀をしたとくが、廊下にでて襖をしめた。

きしみが階下へ去り、喜平次が言った。

「慶安《けいあん》（奉公人周旋業者）にたのんでるそうだ。せいは、あかるく、愛敬があって、人気者《にんきもん》だったからな。親爺《おやじ》も、愛想のねえおかめをつかめえるくれえなら気ながにいい娘がきてくれるんを待ちますって言ってる。文をありがとよ。ひょっとしたらただの強盗じゃねえかもしれねえって噂はこっちでもつかんでた。聞いてくんな」

寺町通りは万年町と平野町が交互になっている。湿地であった深川を埋めたて、町家がひろがっていくにつれて、万年町二丁目の南隣に平野町ができ、さらに万年町三丁目ができ、油堀までの残りが平野町になった。拝領町屋敷地が町方（町奉行所）支配の町家になったりなど、経緯が煩雑である。

その万年町でいちばんの大店が但馬屋で、平野町でいちばんが上総屋である。

町役人《ちょうやくにん》をつとめていた古老によると、昔は通りでなにごとかを決めるさいにずいぶんと難儀《なんぎ》したようだ。

但馬屋と上総屋のどちらかへさきに話をもっていくと、後回しにされたほうがかならず異をとなえた。是非ではなく意地でこばむのである。

そのようなことがたびかさなり、町役人のほうでも要領をこころえるようになっていった。

はじめに相談するのではなく、あらかたまとまったところでそれぞれの町役人がおなじ日に話をもっていく。これで、ようやく通りとしてのものごとがはかどるようになった。

「……但馬屋と上総屋が仲違《なかたげ》えしてるんは知ってた。おいらのめえに本所深川をまわってた臨時廻りにお訊きしたんだが、理由《わけ》は知らねえという。そのめえの隠居してるご老体《ろうてえ》もたずねた。いちど上総屋に訊いたことがあるらしい。あちらとは反《そ》りが合わない、それだけにございます、とにべもない言いようだったそうだ。町内《ちょうねえ》の者《もん》はおおっぴらには言わねえ。だが、そんなわけだから、ことあれかしでおもしろがって噂してる」

「ささいな諍いが、たがいに意地をはってひっこみがつかなくなる。代をかさねればなおさらでありましょう」

「くわしく調べたわけじゃねえが、寺町あたりができたんは元禄《げんろく》（一六八八～一七〇四）のころだ。さすがに百年も昔からってことはねえと思うが、町内《ちょうねえ》の年寄も知らねえんだからそのはんぶんくらいはたってるかもしれねえ」

「昔のいざこざで殺すとは思えませぬ。しかし、それにからみ、古傷をえぐるようなできごとがあったのであれば……」

喜平次がうなずく。

「ただの強盗かもしれねえ。だが、決めつけねえほうがいい。おいらたちには口が堅《かて》え奴らも、松吉にはしゃべる。それを、松吉がおめえさんの耳にいれる。あてにしてるんだ、これからもよろしくたのむ。駿介も聞いてもらいてえことがあるそうだ」

喜平次にかるくうなずいた浅井駿介が顔をもどした。

「辻斬が二件あったんは柴田どのから聞いているそうだが、くわしく話しておきてえ」

先月十二日の朝、二十間川が東西から南北におれる深川大和町《やまとちょう》かどの土手で夜鷹《よたか》が死んでいるのを裏店の年寄が見つけた。

北の対岸も土手で、東の対岸は長門《ながと》の国萩《はぎ》（長州《ちょうしゅう》）藩三十六万九千石松平（毛《もう》利《り》）家の一万九千坪弱の抱屋敷がある。川幅が二十間（約三六メートル）もあるので、夜の底では提灯をともしていてさえ対岸からは判然としない。

明六ツ（夏至時間、五時）まえ、さびしくなった白髪でかろうじて髷をゆっている小柄な年寄が裏店の木戸をあけてでてきた。

無病息災《むびょうそくさい》。雲がない晴れた朝は、かどの土手にのぼって昇る朝陽を拝むのを日課にしていた。

若いころからずっと天秤棒をかついできたせいで背がすこしまがっている。土手にのぼって、腰に手をあてて顔を空へむける。息をすって、はくのをくり返す。そうやって腰をのばす。

眼をあけ、はるかな下総の空を見る。雲はなく、まんまるな朝陽が拝めそうであった。

年寄は、ふと気になった。いつもとなにかがちがう。左斜めまえの柳が川風にゆれている。柳の根もとになにかある。眼をほそめる。

筵《むしろ》、仰向けの女、着物や筵を染めているどす黒いのは……血だ。

――て、てえへんだ。

ふり返り、足がもつれてころび、尻と足とで土手を滑りおり、通りを斜めにつっきって木戸よこの家主《いえぬし》の水口を叩いた。

起きたばかりであった自身番屋の書役《かきやく》は、顔を洗ういとまさえもらえなかった。町木戸をあけさせながらいそいだ。

途中で明六ツ（五時）の鐘が鳴った。町木戸は明六ツの鐘でひらく。

永代橋で大川をわたり、豊海《とよみ》橋で霊岸島《れいがんじま》新堀をこえれば霊岸島である。南新堀《みなみしんぼり》町《ちょう》にある居酒屋川風《かわかぜ》が、本所深川を持ち場にする南御番所定町廻り浅井駿介の御用聞き仙次の住まいだ。

汗をかいて息を切らしている書役に礼を述べて帰らせた仙次は、手先二名と八丁堀《はっちょうぼり》へ走った。

駿介は、手先のひとりを南御番所へ報せに行かせ、もうひとりには手先をあつめて追ってくるように申しつけ、仙次を供に大和町へむかった。

大和町のかどに人だかりができていた。

さきになった仙次が野次馬をわけた。

土手のまえに、町役人らしき羽織姿のふたりと、つぎはぎを着た白髪頭の年寄がいた。ひとりが月番の町役人だった。もうひとりは家主で、店子《たなこ》の年寄が死骸を見つけたとのことであった。

あとでくわしく聞くと言って、駿介は土手をのぼった。

土手にはたいがい松や柳が植えられている。松は根を張るので、地震で地割れがしにくいと信じられていた。柳は木陰をつくり、川からの涼風をさそう。

柳の根もとからしたへ筵が敷かれ、女が仰向けによこたわっていた。

駿介は足もとへまわった。

袈裟懸けの一太刀だ。左胸のうえから右脾腹《ひばら》にかけて斬られ、おびただしい血が裂けた布にこびりついていた。

ことをすませ、みづくろいをした夜鷹が立ちあがったところを、抜き打ちに斬った。それゆえ、肩ではなく、胸のうえに切っ先がはいった。

女の表情はなにも語っていない。なにがおこったかわからぬうちに気を失ってうしろへたおれた。そう見える。

死相で、しかも厚化粧だ。四十前後であろう。

——仙次。

——へい。

——袖と帯をあらためてみな。

——わかりやした。

夜鷹は帯を解かない。まくってやらせる。それで何文。手をいれて胸乳《むなぢ》を触れば何文、乳首を吸えば何文。口を吸うならさらに何文。それで二十文から四十文くらいだ。

この時代で、一両を十五万円だとすると、一文は二十円から二十五円くらいの計算になる。十六文の二八蕎麦が、二十円なら三百二十円、二十五円なら四百円。四十文は、二十五円で換算しても千円にしかならない。土手などに筵敷きではなく、すくなくとも屋根がある岡場所も、深川でもっとも安いところは四十六文くらいであった。岡場所でさえ稼げなくなった女が夜鷹に身をおとす。

手先らが土手のうえにあらわれた。駿介は、自身番屋から戸板をもってくるよう命じた。手先ふたりがふり返った。

腰に手をいれて背をさぐっていた仙次が巾着をひっぱりだした。なかをあらためて顔をあげる。

――百二、三十文くれえだと思いやす。

――物盗じゃねぇってことか。……よし、したをあらためる。

仙次が、単衣をひらき、蹴出《けだ》し、湯文字とめくった。躰は硬くなっている。ふたりで足首をつかんで左右にひらく。

駿介は、顔をちかづけて見つめ、仙次にも見せた。

――やってねえな。

――そう思いやす。

駿介は、土手うえを見た。戸板がきている。

――裾をなおし、自身番へはこばせて、この筵をかけておきな。

——承知しやした。

仙次にうなずいた駿介は、土手をのぼっており、年寄から見つけるまでの経緯《いきさつ》を聞いた。

「……袈裟の一筋で、腰の据《す》わった斬りようだ。はじめは、銭を惜しんだか、ふっかけられて頭に血がのぼり、斬ってしまったんじゃねえかって考《かんげ》えてた。ところが、やっちゃあいねえ。あとで死骸《しげえ》をあらためた吟味方もそう言ってた。つまり、柳の陰へ行き、筵を敷かせ、立ちあがってふり向いたところを抜き打ち。物陰に誘って斬る。しかも女だ。やっけえなことになりそうだなと思った」

覚山は訊いた。

「女の身もとはわかりましたでしょうか」

「ああ。店子が帰《けえ》ってこねえって家主から届けがあった」

二十間川の東に、長州毛利家と入船町《いりふねちょう》とにはさまれて、四周が掘割の深川島田町《しまだちょう》がある。深川の大通りへ行くには、入船橋をわたり、さらに汐見《しおみ》橋をわたらねばならない。不便であり、そのぶん店賃が安い。東の築島《ちくしま》橋をわたれば木場なので川並《かわなみ》（木場人足）がおおく住む。

家主の粂三郎《くめさぶろう》が、大和町の土手で夜鷹が斬り殺されたと耳にしたが店子のみのが四日も帰っていないとどけでてきた。

夏は腐爛《ふらん》がはやい。再度の検使（検屍）などなんらかの理由で塩漬けにすることはあるが、たいがいは仮埋葬をする。

年齢や背恰好で相違あるまいとなり、死骸がひきわたされた。

みのは四十二歳。身寄りはいない。粂三郎長屋で葬儀がいとなまれ、無縁寺に埋葬された。

「……女に刀をむけるんは臆病な卑怯者《ひきょうもん》のすることよ」

駿介が、憎々しげに唇をゆがめた。

玉次が刺されたおりも、女の躰に疵をおわせるのは許せねえと憤慨していた。

覚山はかすかに眉根《まゆね》をよせた。

喜平次が言った。

「どうしたい。ひっかかることがあるんなら遠慮しねえで言ってくんな」

覚山は、喜平次に顔をむけた。

「試し斬りであったとします。ならば、気になる点がござりまする。あいてが誰でもよいのなら、すれ違いざまに斬る。おふたりが、これまでにかかわった辻斬はどうでありましょう」

ややまがあり、喜平次がこたえた。

「たしかにな。それについちゃあ、おいらも駿介もいささか腑に落ちねえでいる。ほかには」

「見られるのを案じた。それで夜鷹に誘われるままに土手へのぼった。しかしながら、それならば、頂きからくだったところで背を斬れば、人目につきませぬ。叫び声をおそれた。それでしたら、一文字に頸《くび》を刎《は》ねて袈裟懸けをあびせればすみます。切れ味をためすのであれば、むしろそのほうがよいでしょう。筵を敷かせ、立ちあがってふり向いたところを斬っていることからして、おのれを見失っていたとは思えませぬ。高きより低きにあるを斬るより、低きより高きにあるを斬るのが技倆を要しまする。それがためであったのやもしれませぬ」

「なるほどな」

覚山は、駿介に顔を転じた。

「お教えください。この月三日の辻斬は男女《なんによ》のどちらでしょう」

駿介が眉をつりあげた。

「男だ。女だから狙われたかもしれねえって考えたわけか」

「さようにござりまする。女、もしくは夜鷹であったがゆえに襲われたのではあるまいかと愚考いたしました」

「いや、学ばせてもらった。三日は男だが、めくらましってこともありうる。なりたくて夜鷹になる女はいねえ。生きるためにやむをえず春をひさいでる。夜鷹だからってんなら、ますます許せねえ」

「十一日の夜、大和町かいわいで、みのらしき夜鷹、もしくは侍を見た者はいかがでございましょう」

「まるめた筵を小脇にかかえた夜鷹を見た者《もん》は、いまんとこ五名《めえ》いる。だが、あのあたりで夜鷹はめずらしくねえ。からかい、手拭で隠した顔をのぞいた者《もん》もいたが、ひとりとして着物の柄なんか憶えていねえ。もっとも、着物の柄がどうこうってのはそれを商《あきね》えにしてる奴くれえだがな。夜五ツ（夏至時間、八時四十分）の鐘からしばらくして、ひとりが浪人を見ていた」

浪人は二十間川ぞいを亀久橋のほうへむかっていた。おなじころ、大和町の通りを永居橋《ながい》から大和橋のほうへ歩いていく夜鷹のうしろ姿を見た者がいた。

駿介はくわしくあたらせた。

浪人も夜鷹も、大和町のかどからおおよそ二町（約二一八メートル）ほどのところで見られている。

しかし、浪人はおなじ冬木町《ふゆきちょう》に住む浪人仲間の住まいで一献かたむけての帰りだった。妻子があり、刀もあらためさせてもらったが血曇はなかった。長屋の評判もよく、帰ってからふたたびでかけたようすもなかった。

通りを大和橋のほうへ歩いていた夜鷹は辻斬に遭ったみのかもしれない。だが、木場周辺の土手は夜鷹の稼ぎ場であり、居酒屋をでた屋根職が酔眼《すいがん》でうしろ姿をちらっと見ただけだ。

「……話しながらいま思いついたんだが、誰でもよかったんじゃなく、みのだから殺されたってのもありうるな。明日《あす》からさぐらせる。三日夜の辻斬は、北本所の長倉町《ながくらちょう》であった。長倉町には公儀中間《こうぎちゅうげん》の大縄地がある。公儀の中間について話しておこう」

公儀の中間は譜代席である。十五俵一人扶持《いちにんぶち》で、そのほかに旗指《はたさし》が十五俵、鑓持ちが五俵半、馬役が五俵の役米《やくまい》がつく。

その旗指中間の才蔵《さいぞう》が辻斬に遭った。夜四ツ（秋分時間、十時）ちかくになってももどらないので、提灯をさげて表にようすを見にでた家の者が見つけた。

「……お目付の領分なのでくわしくはねえ。深川大和町と北本所長倉町とでは半里（約二キロメートル）あまりも離れている。大和町が夜鷹、長倉町は公儀中間。袈裟懸けの一太刀はおなしだが、こっちは死骸《しげえ》をあらためさせてもらってねえ。お目付のほうから言ってこねえかぎり、手出し口だしはできねえ。こんなところかな」

駿介の心中を、覚山は察した。

北本所の武家地を歩いたことはない。しかし、話のようすからして、夜に浪人が徘徊するようなところではないのがうかがえる。おそらくは幕臣のしわざ。そう考えている。

覚山は、駿介にほほえみ、喜平次を見た。

「失礼してもよろしいでしょうか」

「ああ。なんかあったら、また報せる」

覚山は、ふたりに一揖《いちゆう》し、かたわらの刀と八角棒を手にした。

第二章　女遊び

一

翌十二日朝、覚山は両刀のみを腰にして住まいをでた。

よねは深川大和町《ふかがわやまとちょう》と島田町《しまだちょう》は知っていた。しかし、北本所《きたほんじょ》の長倉町《ながくらちょう》は知らなかった。

覚山は、万松亭《ばんしょうてい》へ行った。

長兵衛《ちょうべえ》も知らなかった。

——ご公儀《こうぎ》お中間《ちゅうげん》の組屋敷地でしたら、ご身分からして横《よこ》川よりだと思われます。竪《たて》川の三ツ目之橋をこえたあたりの自身番でおたずねになれば教えてもらえるかとぞんじます。

覚山は、礼を述べ、住まいにもどってきがえた。

初秋七月になって雨がふっていない。夏が未練がましくいすわっていた。だが、秋になったせいか、わびしく、せつなげに聞こえる。油堀《あぶら》を富岡《とみおか》橋でわたると、寺の杜《もり》から蟬《せみ》の鳴き声がおしよせてきた。

平野町《ひらのちょう》の上総屋《かずさ》と万年町《まんねんちょう》二丁目の但馬屋《たじま》を見る。どちらも間口五間（約九メートル）の二階建てであった。

但馬屋は暖簾《のれん》をだしていた。若旦那晋吉《しんきち》の初七日はすぎた。商売敵がいる。いつまでも店《たな》をしめているわけにはゆかぬのであろう。

海辺《うみべ》橋をわたった。

高《たか》橋で小名木《おなき》川をこえ、二ツ目之橋で竪川をわたる。

竪川は両岸とも川ぞいに河岸と町家が帯のごとくつづく。うらは武家地だ。大名屋敷や千石余から数千石の旗本屋敷もあるが、多くは数百石の旗本から数十俵の御家人の屋敷である。

覚山は、三ツ目之橋のてまえで自身番屋へより、長倉町の大縄地を訊《き》いた。

町役人が総髪をちらっと見て怪訝《けげん》な表情をうかべた。

学問の師であるが南町奉行所定町廻り浅井《あさい》どのにたのまれたしかめたきことがあっ

てまいったと告げると、町役人がたちまちでていちょうになり、通りまででてきて指さし、道順を教えた。

三ツ目之橋から一町（約一〇九メートル）さきを左へおれる。武家地にはいったつぎの十字路をすぎた右が大縄地で、腰高の竹垣で門がないのですぐにわかる。

たしかにそのとおりであった。竹垣でくぎられたちいさな平屋がならび、庭は畑であった。

御家人と微禄の旗本は、庭に畑をつくって野菜を植える。すこしでも生活《たずき》のたしにするためだ。それでも数十俵の御家人は内職をしないと食べていけない。

朝の陽射しがあるのに、雲におおわれているかのごとく貧しさがにじみでていた。

覚山は、めぐまれているわが身をかえりみて忸怩《じくじ》たるものがあった。

町役人によれば、辻斬《つじぎり》に遭った才蔵の住まいは六軒めだ。つきあたりの丁《てい》字路から南割下水《みなみわりげすい》にかけては作事方勘定役の大縄地とのことであった。こちらは胸高の生垣と木戸門があった。

南割下水に橋がある。その右たもとで、覚山はふり返った。

竪川から南割下水までおおよそ五町（約五四五メートル）の道がまっすぐのびている。あいだに十字路が二ヵ所と丁字路が一ヵ所。だが、自身番屋も辻番所もない。さ

大身旗本《たいしん》
らに、中間大縄地のまえは二階建ての長屋塀である。通用門さえなかった。大身《たいしん》旗本家か大名家の屋敷の裏通りということだ。

武家は夜がはやい。貧しければなおさら灯《あか》りを節約する。辻斬をくわだてるにはもってこいの通りである。

覚山は、東の横川へ足をむけた。

横川まで二町（約二一八メートル）たらず。西岸を深川方面へむかう。西岸も川ぞいは町家がつづく。

木場まで半里（約二キロメートル）余。

横川から二十間川ぞいにおれる。おおよそ七町（約七六三メートル）さきの亀久橋《かめひさ》をわたった東が大和町だ。

亀久橋から土手のかどまでは半町（約五四・五メートル）ほど。五間（約九メートル）前後の間隔で松が枝をひろげている。土手のかどは柳だった。

覚山は、土手へのぼった。

東の土手は、半町余にある長州松平家抱屋敷への大和橋まで柳だった。橋のさきは、松と柳が交互にではなく青空に枝葉を浮かべている。

眼をかどの柳にもどし、土手を三歩おりた。ふり返る。

通りが見えない。さらにくだり、柳から一間（約一・八メートル）余したに立つ。夜鷹が背をむけて筵《むしろ》を敷く。左手で鯉口《こいぐち》を切り、右手で柄《つか》をにぎる。夜鷹が腰をのばしてこちらをむく。刀を鞘《さや》走らせ、左手で柄頭をつかむ。袈裟懸《けさが》け。

そのさまを思い描く。

右足を踏みこみ、伸びあがるようにして斬る。

夜鷹は仰向けに死んでいた。しかし、坂のうえへではなく、したのほうへ倒れることのほうがありうる。むろん、斬ったあと、左へ跳べばよい。さすれば、血飛沫《ちしぶき》をさけることもかなう。それでも、なにゆえわざわざしたに立ったのか。

覚山は上体をひねった。

十一日の夜。東の空には、上弦からふくらみだした月がある。立った夜鷹は月明かりをあびる。

上体をもどす。

長倉町の大縄地まえの道筋は南北だ。三日で月はほそい。さらに、女ではなく男。

覚山は首をかしげた。

――まだどうともいえない。

土手をのぼり、通りへおりた。

足を南へむける。

油堀から永代島《えいたいじま》うらを流れる十五間川に架かる永居橋をわたれば三十三間堂《さんじゅうさんげんどう》町《ちょう》だ。

三町（約三二七メートル）余さきに二十間川に架かる汐見橋《しおみ》がある。わたらずに道なりに右へまがれば富岡八幡宮《とみがおかはちまんぐう》と永代寺がある深川の大通りだ。

覚山は汐見橋をわたった。

土手ぞいを北へすすみ、東へおれる。入船橋《いりふね》から島田町にはいった。ぐるりと見てまわる。二町（約二一八メートル）弱四方の島が東西に三分割され、なかに武家屋敷が二邸あった。

掘割ぞいの通りにあるのは小店ばかりだ。大島川《おおしま》南岸の佃町《つくだちょう》とおなじで人影がまばらである。

覚山は、入船橋から汐見橋をわたり、門前仲町の住まいにもどった。きがえて文机《ふづくえ》にむかい、浅井駿介《しゅんすけ》への書状をしたためた。

長倉町の場所を訊くために自身番屋でことわりもなく名をつかわせてもらったことを詫びた。そして、長倉町と大和町とを見て感じたことをしるした。

中食《ちゅうじき》のかたづけをすませたたきに、書状を霊岸島南新堀町《れいがんじまみなみしんぼりちょう》の居酒屋川風《かわかぜ》までとどけさせた。

翌十三日の昼まえ、格子戸があけられ、聞きおぼえのない男の声がおとないをいれた。

覚山は、居間をでて、戸口へ行った。

淡い灰色の股引《ももひき》で長着を尻紮《しりから》げにした二十歳《はたち》すぎくらいの細面が辞儀をした。

「仙次《せんじ》親分とこの勇助《ゆうすけ》と申しやす。浅井の旦那からの文をおとどけにめえりやした。お返事はけっこうとのことでやす」

勇助が左手でもっていた書状をさしだした。

覚山は、うけとり、言った。

「ごくろう」

「へい。失礼《しつれえ》させていただきやす」

ふり返った勇助が、格子戸をあけて敷居をまたぎ、むきなおって一礼し、去っていった。

居間にもどった覚山は、縁側ちかくの書見台のまえで膝《ひざ》をおった。

封を切って書状をひらく。

まずは書状への礼を述べていた。つづいて、自身番屋で名をだしたのは気にしないようにとあり、これからも気づいたことがあれば遠慮なく話してほしいとつづられていた。

書状をおって包みなおし、手文庫にしまった。

やわらいだ陽射しに影がながくなり、そろそろ夕七ツ（四時）になろうとするころ、庭のくぐり戸があけられた。

「先生ッ」

覚山は、よねと顔をみあわせた。

万松亭の女中があらわれた。

「旦那さまが、揉《も》め事がおきそうなのでいそぎおこしいただきたいとのことにございます」

「あいわかった」

腰をあげた覚山は、刀掛けから刀と刃引の脇差をとって腰にさし、八角棒をもった。

沓脱石《くつぬぎいし》の草履《ぞうり》をはく。

女中がくぐり戸のよこで待っている。

覚山はさきにでた。つづいた女中がくぐり戸をしめてまえになり、斜めまえにある万松亭のくぐり戸をあけた。

店《たな》の上《あが》り框《かまち》に腰かけて待っていた長兵衛が、立ちあがってかるく低頭した。

「堀留まえの橋のたもとで駕籠舁《かごかき》どもが諍《いさか》いをはじめております。ほどなく七ツ。お客さまや芸者が通りへまいる刻限にございます」

覚山は顎《あご》をひいた。

「すぐになんとかいたす」

踵《きびす》を返し、土間からでて暖簾をわけ、右を見る。

裏通りまえの名無し橋から堀留のあいだで、駕籠舁らが通りいっぱいにひろがって息杖《いきづえ》でちょっかいをだしあっている。

覚山は、足早にすすんだ。

ふり返った駕籠舁が、先生《せんせえ》だ、とうれしげな声をあげた。よこならびの駕籠舁らがいっせいに顔をむけた。

八名いる。堀留がわの駕籠舁六名はいぶかしげな表情だ。

てまえの駕籠舁らが左右に割れた。

「先生《せんせえ》、あっしらがしかけたんじゃありやせん」

「うられた喧嘩《けんか》でやす、へい」

覚山は、双方のまんなかで立ちどまり、入堀へ躰《からだ》をむけた。

「やいやい、先生《せんせえ》だかなんだか知らねえが、てめえの知ったこっちゃねえ。失せやがれ」

右手でにぎった息杖を突きだして威嚇《いかく》した。

身をひるがえした覚山は、すっすっとつめよった。右手の八角棒で息杖を撥《は》ねあげて踏みこみ、額に一撃。

――ポカッ。

眼をみひらき、痛みに襲われ、叫ぶ。

「痛《いて》ぇッ。い、いきなり、なにしやがる」

口をとがらせたあいてに、八角棒が落下。おなじところでは裂けてしまう。右へずらす。

――ポカッ。

顔がゆがむ。眼をとじる。右手から息杖が落ち、両手で額をおさえてうずくまる。

左が罵声をあげた。

「てめぇーッ」

息杖で顔を狙った横殴りにきた。

右足を半歩左へ。八角棒で受け、捲《ま》き落とす。右足をさらにおおきく踏みこむ。息杖の先端が地面に撥ねる。空に弧を描かせた八角棒で、髷《まげ》のしたを打つ。

――ポコッ。

「ひぇーッ」

駕籠舁がまえにつんのめる。

左足で足払いをかける。

「あわわわ」

躰が浮き、両手をばたつかせる。

尻に一撃。

――バシッ。

両手をつき、腹ばいになった。

その腰に、覚山は左足をのせた。

左の一名から右の三名へ顔をめぐらせる。

「手加減いたした。無礼は許さぬ。額を割られ、手足の骨をおってもかまわぬならかかってまいれ」

右から左へ睨《にら》みつける。

眼をおとし、腰にのせた左足をおろす。

「往来のじゃまだ。堀ばたへよれ」

首をめぐらす。

「おまえらもだ」

顔をもどす。

うずくまっていたのは立ちあがって右手で額をおさえ、腹ばいだったのは右手を髷のしたにあて、半纏《はんてん》の埃《ほこり》をはらった左手で尻を揉みながら堀ばたへよった。

「さて、理由《わけ》を聞こうか」

双方がしゃべりだし、口をとがらせる。

覚山は、八角棒をもちあげた。双方とも、たちまち黙る。八角棒で指して、言いぶんを聞く。

六名は中之橋から掘割をすすんだ佐賀町《さがちよう》うらの富田町《とみたちよう》にある駕籠屋〝甲州屋《こうしゆう》〟の者たちであった。

入堀通りは両岸とも、駕籠屋も手前駕籠も顔ぶれはほぼきまっている。客に呼ばれた駕籠は、きちんとそのむねを堀ばたの駕籠舁らに挨拶《あいさつ》して駕籠をおかせてもらう。

すこしまえに、甲州屋の駕籠が三挺でやってきて、名無し橋と堀留とのあいだにならべた。

すぐに、そこにいた駕籠舁らと言いあいになった。ほかの駕籠舁らは名無し橋のむこうで様子見であった。六名に八名。さらに加勢しては、多勢に無勢で御番所のお咎めをうけかねない。

甲州屋の者の言いぶんはこうだ。

入堀通りは天下の往来だ。あいていれば駕籠をおいてお客を待つ。それのどこが悪い。ほかの者にとられたくなければ、朝から晩まで駕籠をおいとけばよい。

覚山は言った。

「そのほうが申すとおりなら、甲州屋のまえも天下の往来であろう。ならば、屋台を甲州屋の店《たな》さきにならべて出入りできぬようにしてもかまわぬな」

「そんなべらぼうな。駕籠舁どうしの喧嘩に、なんでお侍《さむれえ》が口をはさむんで」

「わしは、入堀通りでいざこざがおきぬよう雇われておる。筋をとおして仲間にいれてもらうならよし。さもなくば、甲州屋の印半纏には容赦なくたんこぶをくらわす。入堀通りでの騒ぎはゆるさぬ。早々に立ち去れ」

ためらっている。

「そうか。口で言ってもわからぬか」

八角棒で空を突き刺す。

「わ、わかりやした、わかりやした」

駕籠をかつぎ、あわてて去っていった。

「先生《せんせえ》、ありがとうございやす」

駕籠舁たちがいっせいに低頭した。

覚山はうなずいた。

気になることがあった。万松亭の店さきにいた長兵衛に訊いた。

「長兵衛どの、いまのごときはしばしばあることなのか」

「あらたな駕籠をいれろ、いれぬで揉めることはございます。ですが、いちどに三挺というのは、手前も憶えがございません」

「そうか」

覚山は、長兵衛とともに土間にはいり、庭をぬけて住まいにもどった。

翌朝、湯屋《ゆうや》から帰ってくつろいでいると、庭のくぐり戸が元気よくあけられた。

「先生《せんせえ》、松吉でやす。おじゃまさせていただきやす」

顔をみせた松吉によねが言った。

「おや、無口の松はやめたのかい」

「あれはどうもいけやせん。男がいったん口にしたからにはそうせねばとがんばったんでやすが、糞《ふん》づまりでもしてるみてえでおちつきやせん。で、厠《かわや》へ行って思いっきり叫んだら、井戸ばたで音がしやす。婆《ばばあ》が腰抜かして尻餅ついてやした」

「そうかい。おあがりなさい」

「へい。ありがとうございやす」

沓脱石にあがって濡れ縁に腰をおろし、懐からだした手拭《てぬぐい》で足裏をぬぐってあがってきた。

敷居をまたいで膝をおる。

「おたぁきちゃぁぁぁん」

はいってきて膝をおったたきが、盆から茶托ごと茶碗をとって松吉のまえにおいた。

「あんな、おたきちゃん」

たきが顔をあげ、小首をかしげる。

「昨夜《ゆうべ》、暦を見たら、来月は八月じゃなく閏《うるう》七月だと。おたきちゃんが十六になるのをひと月もよけいに待たなくちゃならねえ。眼がうるうるしちまった」

たきが顔をふせる。

肩が小刻みにふるえる。

覚山は、肩をおとして首をふり、独りごちた。

「懲《こ》りぬ奴だ」

よねが言った。

「おたき、あいてにするんじゃないよ。おさがりなさい」

「はい」

たきが盆をとって立ちあがり、居間をでていった。

顔をもどしたよねが、松吉を睨む。

「まったく」

「すいやせん。わかってるんでやすが、なんかこう、考《かん》げえるめえにしゃべっちまうんで。なろうことなら、人さまから無口の松って呼ばれるようになりてえんでやすが。

……先生《せんせえ》、昨日《きのう》のこと、聞きやした。また、いきなりポカッだったそうで。なあんも言わずに、ポカッ。先生《せんせえ》は危なっかしくていけねえって、みな申しておりやす。堀ばたでお客がでてくるんを待ってて夕方のことを聞いたんでやすが、殺された寺町《てらまち》但馬屋の若旦那の噂《うわさ》も教《おせ》えてもらいやした」

「聞かせてくれ」

「へい。ですが、あらかじめお断りしておきやすが、どこの駕籠舁かってことまではわかりやせん。あっしが、船頭仲間や顔見知りの駕籠舁らに、先生《せんせえ》が知りたがってるからとたのんでたんで話してくれたんで、あっしにしゃべりゃあ先生《せんせえ》の耳にへえる。先生《せんせえ》が御番所のお役人に話す。訊いたって教《おせ》えてくれねえと思いやす」

「さもあろう。それはよい」

「ありがとうございやす。但馬屋の若旦那は、宵月《よいづき》の看板娘ふたりの姉のほうといい仲だったんじゃねえかってことでやす。こういうことで」

姉のやえと妹のたみは、両親《ふたおや》とともに宵月の二階に住んでいる。

この春の桜のころ、両国《りょうごく》橋東広小路《ひがしひろこうじ》から亀戸天神《かめいどてんじん》の門前まで、やえをのせた駕籠がある。

亀戸天神から新大橋の御籾蔵《おもみぐら》まえまでのせたことがあるという駕籠もあった。しかしそれは、初夏四月から仲夏五月になるころのことだ。

「……別嬪《べっぴん》がいると聞きゃあ拝みに行きたくなりやす。で、宵月へ飲みに行っててやえの顔を知ってたってわけでやす。あっしは、ちげえやす。あっしは、昔っから芸者衆のみ、そのなかでもいまんとこ、友助《ともすけ》と玉次《たまじ》、それとおたきちゃんの三名《めえ》だけ。誓って申しあげやす。その三名《めえ》のほかよそ見はしやせん」

「あのなあ……まあ、よい。宵月から新大橋や両国橋までどれくらいあるかぞんじておるか」

「御籾蔵まで九町（約九八一メートル）くれえ。御籾蔵から両国橋東広小路までもそんなもんでやす。亀戸天神のまわりにゃあ、出合茶屋《であいぢやや》がいくつもありやす」

「住まいより離れたところで駕籠をひろい、おりる。ところが、のせた駕籠舁らがやえを見知っていた。たしかに、ただの参詣《さんけい》ではあるまい。晋吉を見た者もおるのか」

「聞いておりやせん」

「ならば、出合茶屋へまいっておったとしても、あいてが晋吉とはかぎるまい」

「物盗はみせかけだったとしやす。やえに惚れてた者《もん》が、ふたりの仲を知って、頭に血がのぼり、若旦那を刺しちまったんじゃねえか。噂でやす」

「ふむ。そうかもしれぬな。すこし考えてみよう」

「またなんか耳にしたらお報せにめえりやす。……およねさん、馳走《ごち》になりやした。失礼《しつれえ》しやす」

　松吉が去った。

　覚山は、文机へむかい、柴田喜平次への書状をしたためた。

二

初秋七月十五日は盂蘭盆会《うらぼんえ》である。覚山の稽古も、よねの稽古も、休みだ。正月十六日が春の藪入《やぶい》りで、七月十六日が秋の藪入りである。たきも十五日と十六日を休みにした。

湯屋からもどったあと、覚山はよねとともに仲夏五月朔日《ついたち》から二日にかけての火事で亡くなったてつの墓参りに行った。

秋のけはいに、蟬の声がわびしげであった。

よい天気がつづいた。夏の入道雲が消え、初秋の青空に筋雲がたなびくようになった。

十八日の昼まえ、三吉がきた。柴田喜平次が夕七ツ（四時）すぎにおとずれたいという。覚山は、承知してよねにつたえた。

夕七ツの鐘からしばらくして、戸口の格子戸があけられ、弥助がおとないをいれた。

覚山はむかえにでた。たきがすすぎをもってきて、ふたりの足を洗い、手拭でふいた。ふたりとも、たきに礼を述べた。

客間で腰をおちつけると、よねとたきが食膳をはこんできた。たきが弥助の食膳をとりにもどり、よねが喜平次に酌をした。

弥助にも酌をしたよねが、廊下にでて簾障子《すだれ》をしめた。

喜平次が笑みをうかべる。

「文をありがとよ。さっそくあたらせた。おめえさん、出合茶屋へ行ったことねえよな」

「むろん、ござりませぬ」

喜平次が苦笑をこぼした。

「こんな話がある。おいらじゃねえぜ。出合茶屋へ行き、女将《おかみ》に小声で部屋をたのむと言った。すると、女将がこまった顔で、あのう、お呼びすることはできません。憮然として、なにを申す。ふり返ったら、ついてきていた女がいねえ。恥をかかされたと怒っていた。おめえさんは、女にひっぽってていかれて隙をみて逃げる口だな」

弥助が顔をふせた。

覚山は、どうするであろうかと考えた。

「君子《くんし》危《あや》うきに近寄らず。拙者にはよねがおりまする」

「だろうな。出合茶屋ってのは、てえげえ、水茶屋や汁粉屋、蕎麦屋なんかをやってる。で、奥か二階《にけえ》の座敷でってわけよ。色の道だからな、きびしく取り締まるわけにもいかねえ。岡場所とおんなじよ。まあ、そんな生業《なりわい》だから、素直にこたえるわけがねえ。言いしぶったり、ごまかそうとするなら、見世のめえに縁台か長床几《ながしょうぎ》をおき、十手をもって見張るよう言われてるって脅したら、蒼ざめたそうだ」

亀戸天神は菅原道真《すがわらのみちざね》を祀《まつ》っている。ゆえに、亀戸天満宮《てんまんぐう》、亀戸宰府《さいふ》天満宮とも呼ばれた。

学問の神様にはかかわりないが、女の帯結びに一大転機をもたらした。文化十四年（一八一七）境内《けいだい》の池に太鼓橋が架けられたのを祝うため、深川芸者たちがお太鼓結びを考案して橋をわたった。以降、帯揚げや帯締めなどの補助紐《ひも》がもちいられるようになった。

門前の町家が亀戸町《かめいどちょう》で、うらは陸奥《むつ》の国弘前《ひろさき》藩四万六千石津軽《つがる》家の一万六千五百坪余の抱屋敷に接している。さらに、その斜め後方の北十間川《きたじっけん》ちかくに臥竜梅《がりょうばい》で知られる梅屋敷がある。

亀戸町のはずれから梅屋敷周辺にかけて、そこかしこに出合茶屋がひっそりとある。門前通りを東へすすんだ亀戸村にある一軒がそれらしかった。

やえと晋吉の背恰好と年齢《とし》を告げると、仲春二月ごろから半月に一度のわりできていたお客のようだとこたえた。

お客のようすをじろじろ見たりはしない。表店の若旦那ふうと食の見世の女との組合せはめずらしくない。水茶屋の女ならあかるいうちはこない。陽が沈んでからだ。

いくたびかお客として迎えるうちに、おのずとふたりの顔を憶えた。

このまえは、晩夏六月二十日ごろだったと思う。たいがい昼八ツ（夏至時間、二時二十分）まえにきて、半刻（一時間十分）たらずで帰る。男がさきにあらわれて部屋をたのみ、ほんのすこしして女がくる。帰りは、女がさきで、勘定をすませた男がまをおいてでていく。

喜平次は、亀戸天神境内の出茶屋をあたらせた。

惣門の正面にある池に、のちに朱塗りの太鼓橋が架けられる。左右の塀《へい》ぞいに松がならんでいる。惣門を背にした左にある二軒めの出茶屋でそれらしき男女《なんにょ》が待ちあわせをしていた。

まだたしかではない。喜平次は、見まわりの帰りに但馬屋へよった。

――はい。若旦那さまは猪牙舟《ちょきぶね》や駕籠でよくおでかけにございました。

船宿と駕籠屋の屋号を訊いた喜平次は、あたりに行かせた。

まちがいなかった。六月十九日の昼、亀戸天神まで駕籠を呼んでいる。帳面を調べさせて日付をひかえた。猪牙舟よりも駕籠のほうが多かった。しかし、行くだけで、帰りはない。

「……ということよ。ふたりは、半月に一遍のわりええで出合茶屋へ行っていた。松吉によく報せてくれたって礼《れえ》を言っておいてもらいてえ」

「承知いたしました。しかしながら、晋吉には親が決めた許嫁《いいなずけ》がおり、来春には祝言をあげることになっていたとうかがいました」

「あのな、先生《せんせえ》。世のなか、おめえさんみてえな堅物のほうが稀《まれ》なんだぜ」

「但馬屋の主《あるじ》もぞんじておることでありましょうか」

「そいつはまだわからねえ。上総屋が殺させたんじゃねえかって噂があるしな。ただの物盗だったかもしれねえんだ。密会《みっけえ》とかかわりがあるんなら、もうすこしはっきりするまでうかつなうごきはできねえ。こんなところかな。料理をのこしてすまねえ。およねによろしく言ってくんな」

喜平次が脇の刀をとった。

暮六ツ（六時）の見まわりのおり、堀ばたに客待ちの松吉がいた。柴田喜平次に礼を言うようたのまれたと告げると、松吉は得意げであった。

翌朝、覚山は亀戸天神へむかった。

門前仲町から一里半（約六キロメートル）ほどだ。半刻（一時間）と小半刻（三十分）たらずである。

覚山は、寺町通りから仙台《せんだい》堀の海辺橋、小名木川の高橋、竪川の二ツ目之橋と十二日朝とおなじ道をたどった。

北辻《きたつじ》橋で横川をわたる。そのまま東へすすみ、旅所《たびしょ》橋で横十間《よこじっけん》川をこえて北へ足をむける。

旅所橋からつぎの天神橋までおおよそ九町（約九八一メートル）。

覚山は、宰府天満宮に行った。

賽銭をたてまつって手を合わせ、けっして学問をないがしろにしているわけではないことを菅原道真公に心中で言上し、寛恕《かんじょ》を乞うた。

やえと晋吉が待ちあわせた出茶屋は看板娘がいなかった。

看板娘がいる出茶屋は、男たちがあつまり、茶代も高くつく。看板娘のいない出茶屋は、甘いものがまずくなければ女客がくる。

池の惣門にめんしたところは左右にかどがあり、コの字の藤棚がかこっている。池のなかには小島がふたつあって、楼門のほうからひらたい橋でわたることができる。

境内を眺め、茶を喫し、茶代をおいた。惣門をでて、参道から門前通りを東へすすむ。

軒を接している町家をはずれると百姓地である。水茶屋や蕎麦屋などのほかに、六尺（約一八〇センチメートル）ほどの生垣にかこまれた二階屋が、ぽつん、ぽつんとある。

覚山は、一町（約一〇九メートル）余さきを北へおれ、さらに西へおれて門前通りへもどった。ふたたび、参道から境内へはいり、本殿で菅原道真公に手を合わせて帰路についた。

亀戸天神から東の方角をわずかにまわっただけだ。それでも、思っていたより出合茶屋が多くあった。畑をへだてた道のさらにむこうには、藁葺《わらぶ》き平屋の百姓家や、おなじく藁葺きの平屋で木賃宿《きちんやど》らしき家もあった。

江戸のはずれだが、参道や門前通りには食の見世がならんでいた。江戸見物の勤番《きんばん》侍《ざむらい》や参拝客で境内も通りもにぎやかだった。

亀戸の天神さまにお詣《まい》りに行く。やえも晋吉も言いわけがたつ。しかも、住まいからほどよく離れている。

中食のおりに、覚山は見てきたことを話した。

よねが、松吉にお訊きになればくわしく教えてくれるでしょうけどとまえおきして語った。

東海道の高輪《たかなわ》のはずれは赤穂《あこう》浪士の泉岳寺《せんがくじ》への参詣。上野《うえの》不忍池《しのばずのいけ》のほとりは寛永《かんえい》寺《じ》。そして、浅草寺《せんそうじ》の裏手。

「……ですが、これはお昼ならばということで、夜はまたべつです」

「いまあげたなかでは亀戸天神がもっともちかい。やえは、見世をあける夕刻までにもどってこれる。そういうことだな」

「あい」

「やえは、晋吉に親どうしが約定したあいてがあるをぞんじておったろうか」

「知ったとしても深い仲になってからだと思います。ほかから聞いてたしかめるか。当人に言われたか。おまえのほうがいとおしい。あっちのほうはなんとか断るすべを考える。女は、そんな言葉にすがりつきます」

「わかるつもりだが、しかとかと念押しされたら、首をふらざるをえぬ」

「まあ」

よねが笑みをこぼした。

「わしは、嘘はつかぬぞ。つまり、そのう、およねを心からいとおしく思っておる」

頰を桜色に染めたよねが眼をふせた。

睫《まつげ》がながい。

ほんとうに美しい。覚山はみとれた。

よねの頰が、桜色から桃色になる。

夜四ツ（十時）の鐘がしとやかに消えていき、二階寝所にあがるとひとつ布団に枕がならべてあった。

いそいそと、帯をほどき、肌襦袢《はだじゅばん》の紐、蹴出しの紐、湯文字の紐と格闘しながら、しっかりしろよ、まけまいぞ、とおのれに言いきかせる。

よねはとろけるほどにやさしかった。

法悦、悦楽、極楽、忘我……切歯、昇天、消沈……奮起、再戦……討死《うちじに》。

枕をならべられただけで、すでに誘惑にまけている。勝てぬ戦《いくさ》に挑みつづける愚かな果報者であった。

三日後の二十二日昼まえ、三吉がきた。柴田喜平次と浅井駿介が八方庵《はっぽうあん》で待っているので暮六ツ（六時）の見まわりを終えたらきてほしいとのことであった。覚山は、承知し、よねに告げた。

初秋も下旬になり、陽が沈んだあとの川風に夏の名残が消えつつあった。

見まわりをすませた覚山は、名無し橋をわたって蕎麦屋八方庵の暖簾をわけた。

腰高障子はあけてあった。だが、以前のにぎやかさはなかった。客は数名で、階《きざはし》したの小上がりに弥助と仙次が腰かけていた。

かるく辞儀をして立ちあがった仙次が、階の上《あが》り口《くち》から見あげ、声をかけた。

「お見えになりやした」

覚山は、一歩しりぞいた仙次にほほえみ、草履をぬいだ。階をあがっていくと、駿介が襖《ふすま》をあけた。

座敷にはいる。

襖はあけたままにしておく。

ふたりのまえには食膳があった。膝をおってほどなく、女房のとくが食膳をはこんできて、酌をして襖をしめ、去った。

喜平次が言った。

「まずは駿介のほうからだ」

駿介が、喜平次にちいさくうなずき、顔をむけた。

「二十日の夜、辻斬があった。おんなし奴のしわざだと思う。またしても夜鷹だ」

木場の北に二十間川をはさんで吉永町《よしながちょう》がある。東西に細長い町家で、なかほどに木場へわたる要橋《かなめ》がある。わたったさきが扇町《おうぎちょう》であることから要橋の名がついた。

吉永町のうらは材木置き場で四周を掘割にかこまれている。東どなりの久永町《ひさながちょう》と島崎町《しまざきちょう》も、やはりうらが材木置き場でまわりは掘割だ。島崎町の東端にある崎川橋《さきかわ》で木場へわたれる。

橋のむこうは木場なので、両町とも川並《かわなみ》（木場人足）が大勢住んでいる。江戸はどこでも、若い独り者がおおい。

二十間川ぞいは土手があり、しかも町家のうらはひとけのない材木置き場だ。塀は、盗みをふせぐために川ぞいにしかない。町家の横道からうらの材木置き場の門口《かどぐち》には木戸があるが、たいがいはあけられたままになっている。

だから、吉永町も、久永町も、北どなりの三好町《みよしちょう》も、うらの材木置き場を夜鷹らが稼ぎ場にしていた。

昨日《さくじつ》の明六ツ半（七時）じぶん、材木置き場のようすをみにきた川並が、女の死骸を見つけ、自身番屋へ駆けこんだ。月番は北御番所だ。

喜平次がひきとった。

見まわりの途中で、自身番屋の書役《かきやく》から夜鷹らしいのが斬り殺されているとの報せをうけた。

手先のひとりを北御番所へ行かせ、もうひとりを駿介のもとへ走らせた。

女は仰向けにたおれ、袈裟に斬られていた。かたわらに、まるめられたままの筵があった。夜に筵をもち歩くのは夜鷹のほかにいない。

喜平次は手をつけずに駿介がくるのを待ち、見まわりにもどった。

駿介が言った。

「巾着《きんちゃく》におりたたんだ紙があった。〝ゆう、元加賀町《もとかがちょう》、安右衛門店《やすえもんだな》〟とあった。夜鷹は、ふつう、身を証《あか》すものはもち歩かねえ。紙は古びてなかった。先月の辻斬のあと、巾着にいれたんじゃねえかと思う」

元加賀町は、三好町材木置き場の北どなりにある。安右衛門長屋は朽ちかけていて、日傭取《ひようとり》（日雇い）や屑《くず》拾いなどが住んでいる。

家主の安右衛門によれば、ゆうは三十七歳、四年ほどいる。もの静かだが、きちんと挨拶をする。昔話をしたことはない。だが、はしばしから、流行病《はやりやまい》で亭主と子をいちどに喪《うしな》い、医者と葬儀の借金を返すために岡場所に身を売った。借金は返したのだろうが稼げなくなってここに流れついた。

「……かわいそうな身のうえにございます。人さまの恨みをかうようなことはないと思います。誰がいったいそんな酷《むご》いことを」

安右衛門は涙をこぼした。

駿介は、吟味方のあらためがすんだら死骸《ほとけ》をひきとるように告げた。

「……いまも言ったが、巾着があった。だから、銭じゃねえ。もっとも、銭をはらわねえことはあっても、銭目当てで夜鷹を殺す奴はいねえ、たぶんな。試し斬りなら、なんで、二度、三度とやる。そのぶん、お縄になりかねねえ」

怪訝な表情の駿介に、覚山は訊いた。

「先月の十一日に大和町の土手で斬られたみのにつきまして、あらたにわかったことがござりましょうか」

駿介が鼻孔から息をもらした。

「みのだから殺されたかもしれねえってことで調べなおさせた。夜鷹はいつお縄になるかもしれねえ。世間をはばかって生きてる。さぐらせてるんだが、まだたいしたことはわかってねえ。年齢《とし》は話したっけ」

覚山はうなずいた。

「うかがいました」

「おなじ長屋に夜鷹が三名住《めえ》んでる。雨の夜は稼ぎにならねえ。あつまって鯣《するめ》なんかをかじりながら濁酒《どぶろく》を飲んでた。みのは妾《めかけ》だった。三十一の夏、旦那がぱったりこなくなった。心配《しんぺえ》してると、倅《せがれ》がきて、亡くなったと言われ、わずかな手切れ金をわたされた。で、何年か岡場所にいて、年とって稼げなくなったんで夜鷹になった。身寄りはいねえ。いたとしても、いねえって言うだろうがな」

「三日のご公儀中間はいかがでござりましょう」

駿介が首をふり、喜平次が口をひらいた。

「その件についてはおいらが話そう。ご公儀の中間が辻斬に遭った。辻斬の報せをうけ、先月の十一日に深川の木場ちかくで夜鷹が袈裟懸けで殺されたんは御番所からお目付にご報告してある。早々に目処《めど》をつけたいのであれば、もうすこしつまびらかにしていただいてもよさそうなものだが、名と袈裟懸けであったことだけだ。帰《けえ》りが遅いので提灯《ちょうちん》をさげて表にようすを見にでた家の者《もん》が誰なのか。年齢《とし》、妻子、なんにも教《おせ》えてもらえねえ」

覚山は眉根《まゆね》をよせた。

喜平次がうなずく。

「おいらたちも、別口かもしれねえって考《かんげ》えはじめたとこよ。さぐりをいれりゃあ、当人の評判をふくめてあるていどのことはつかめる。だが、藪《やぶ》をつつくってことになりかねねえから、いまんとこようす見だ。また夜鷹が辻斬に遭ったんは、南のほうからお目付にご報告がいっているはずだ」

喜平次が駿介を見た。

駿介がこたえる。

「そのように聞いております」

覚山はつぶやいた。

「夜鷹を狙っての辻斬」

「かもしれねえ。夜鷹なら誰でもよかったのか。ふたりにつながりがないかを、駿介がさぐらせる。おいらのほうでも話しておきてえことがある。晋吉だが、女遊びはやえだけじゃねえようだ。水茶屋の娘と金子《きんす》をわたして後腐れのねえように遊んでる。ひとりやふたりじゃねえようだ。若《わけ》えうちに溺《おぼ》れねえてえどに色遊びをさせりゃあ、嫁をもらったらおちつく。但馬屋の主は、たぶんそう考《かんげ》えてのことだろうが晋吉の女遊びを大目に見てたようだ」

喜平次が苦笑をこぼす。

「……これえだも言ったろう、世のなか、おめえさんのような堅物のほうが稀なんだよ。なんかわかったら報せる。ところで、亀戸天神に二度も参拝していたそうだな」

覚山は首肯した。

「おうかがいした出合茶屋があるあたりを見るついでに、菅原道真公に学問の成就《じょうじゅ》をお祈りいたしました。拙者が見てまわるのがお役目にさしさわりがあるのでしたらひかえまする」

「いや、そんなことはねえ。むしろありがてえと思ってる。めえにも言ったはずだが、気づいたことは話してくんな。遠慮はいらねえぜ」

「ありがとうございまする」

「小名木川の高橋からまっすぐ竪川へむかうと、五間《ごけん》堀をこえた右に弥勒寺《みろくじ》がある。晋吉は、やえのめえに弥勒寺の出茶屋にいた看板娘のちかとできてたらしい。ちかはもういねえ。両国橋東広小路南本所元町《みなみほんじょもとまち》の薬種《やくしゅ》屋にかこわれて向島《むこうじま》の寮にいる。いまんとこ、当人にはあたってねえ。御番所がらみのいざこざがあると旦那に知られたら縁切りされかねねえからな。ちかのめえはどうだったのか。そのつど、あいてはひとりだけか。女好きなら、恨みで殺されたのかもしれねえ。さぐらせてる。こんなとこかな。今日んとこはもういいぜ」

「失礼いたしまする」

覚山は、ふたりに一揖《いちゆう》して、かたわらの刀と八角棒をとった。

三

翌二十三日朝、弥勒寺へ行った。

海辺橋から十四町（約一・五キロメートル）ほど。境内はおおよそ一町（約一〇九メートル）四方。それでも、回向院《えこういん》のはんぶんくらいのひろさだ。

葦簀《よしず》張りの屋根つき出茶屋が二軒、柱を組んで陽射しをさえぎる葦簀をのせただけのかんたんな造りの出茶屋が一軒あった。そこは腰掛台に緋毛氈《ひもうせん》も敷いていない。茶代も安くすむ。

覚山は、一畳の腰掛台に腰をおろして茶をたのんだ。

老婆が盆で茶をはこんできた。

茶を喫して茶碗をおき、見るともなく境内に眼をやった。

考えてみれば、これまで女を口説いたことがない。

村の後家は、暗くなってからまえぶれもなくたずねてきた。つぎはぎのない一張羅《いっちょうら》姿で化粧までしていた。なにごとかといぶかしんでいると、なにも言わずに立ちあがり、いきなり帯をほどきだした。

覚山は、唖然《あぜん》となり、呆然《ぼうぜん》とし、われに返って身の危険をさとり、障子をあけて濡れ縁からとびおり、裏山へ走った。裸足のうらが小枝などを踏んで痛かったがそれどころではなかった。けっきょく、東の空がしらみだすまで裏山の木陰に隠れひそんでいた。

翌日、後家と顔をあわせた。後家はなにごともなかったかのような表情であった。覚山は、狐憑《きつね》きだろうと思った。

ところが、半月たらずして、また後家がきた。覚山は、やはり裸足で逃げ、裏山で朝をむかえた。

二度も逃げればあきらめるであろう。いや、そうあってくれ。だが、かえって意地になるかもしれぬ。

覚山は、用心のために草履を用意しておいた。

願いむなしく、後家はあきらめなかった。

三度、四度。五度めの数日後、後家がすれちがいざまに、女に恥をかかせるなんて、いくじなし、と小声で言った。

ひどく申しわけないことをしたようで、覚山は胸が痛んだ。しかし、学問のための女断ちである。志操を曲げるわけにはゆかぬ、未熟者め、とおのが弱さをいましめた。

よねのおりもそうであった。壁ぎわまで追いつめられ、抱きつかれて、唇をかさねられ、頭に血がのぼってわけがわからなくなった。

不覚にもわれを失った負いめがあるゆえ、よねには頭があがらぬ。それがため、寝所では猛々《たけだけ》しくなれず、連戦連敗をきっしている。

学問も剣も、たゆまぬ精進が肝要である。房事《ぼうじ》も、おそらく、たぶん、きっと、そうなのだ。

覚山は、のこった茶を飲みほした。

柴田喜平次によれば、晋吉は幾人もの女と情《じょう》をつうじていたという。いちどきに、ふたりとつうじていたこともあるかもしれないとも。晋吉にとってはおのが情欲をみたさんがための遊びであった。だから、後腐れがないように金子をわたしていた。

妹のたみによれば、姉のやえは但馬屋の嫁に迎えられるかもしれないと夢見ていた。であるなら、晋吉がやえに金子をわたしていたとは考えにくい。

喜平次が晋吉の死をつたえると、やえは気を失ってしまった。芝居なら、手練《てだれ》の廻り方である喜平次が気づいている。つまり、恨みで殺されたのだとしても、やえはかかわりない。

金子で躰をほしいままにすることはできても、心はどうであろうか。晋吉が金子でかたをつけたつもりでいた女が、本気で惚《ほ》れていたとしたら――。喜平次がみずからをいましめるために言っていた、ただの強盗かもしれないのだ、と。

覚山は、茶代をおき、帰路についた。

弥勒寺への向かい路《じ》は雲のない青空がひろがっていた。帰りは、江戸湊《みなと》のかなたに鰯雲《いわしぐも》が青と薄い白との鱗模様《うろこもよう》を描いていた。

季節が秋になりつつある。

寺町通りでは蟬の声は聞こえず、数匹の蜻蛉《とんぼ》が飛んでいた。

よねは弟子に朝の稽古をつけていた。昼の稽古は、昼九ツ半（一時）から半刻（一時間）ずつだ。

昼の弟子がきて、よねが客間へ行った。

覚山は、縁側ちかくに書見台をだした。

書見をはじめてほどなく、庭のくぐり戸があけられた。

「先生、長兵衛にございます」

「まいられよ」

覚山は、書見台を部屋のすみにもっていき、廊下にでて厨《くりや》の板戸をひいた。

「おたき、茶をたのむ。ふたりぶんだ」

「はい」

覚山は居間にもどった。

沓脱石のところで長兵衛が待っていた。

「おじゃまでしたでしょうか」

「そのようなことはない。あがられよ」

「ありがとうございます」

かるく低頭した長兵衛が、沓脱石から濡れ縁にあがり、敷居をまたいで膝をおった。

ふたたび低頭してなおる。

「先生、両国橋の南本所元町に伏見《ふしみ》屋という薬種屋がございます」

覚山は口をひらきかけて、とじた。

厨の板戸がひかれた。

たきが、盆で茶をはこんできた。ふたりのまえにおいた茶托に茶碗をのせ、長兵衛に辞儀をしてでていった。

板戸がしめられるけはいを待ち、覚山は言った。

「昨夜、八方庵で柴田どのより南本所元町の薬種屋のことをうかがったが……」

長兵衛がうなずく。

「伏見屋さんのことにございます。主の名は伊左衛門《いざえもん》、手前とおなじ四十八にございます。ひいきにしていただいております。手前どもで先生をお見かけしてどういうおかたなのかと訊かれたことがございます。今年になってからは入堀通りの用心棒をお願いしていることもぞんじております。その伊左衛門さんが、今朝、相談にまいられました」

伏見屋は向島に小体《こてい》な寮がある。一昨年、伊左衛門は妻を亡くした。昨年の秋、紹介する者があり、水茶屋にいたという娘をかこった。

生娘ではなかった。いささかがっかりしたが、男がほうっておくはずのない別嬪であった。十九歳でかこい、年増と呼ばれる二十歳になったが、それでも若い肌はみずみずしく、伊左衛門は年甲斐もなく夢中になった。

何日もひとりにしたら、ほかの男に寝とられるかもしれない。それが気が気でなかった。独りでは寂しかろうとおのれに言いわけして、五日とおかずにかよった。一糸まとわぬ裸になるよう言いつけ、恥ずかしがる恰好に喜びをおぼえ、抱きしめ、むさぼった。

寮へは猪牙舟か駕籠で行き、迎えにこさせている。それが一年ちかくつづいていた。

ところが、ここへきて心配ごとがもちあがった。

数年まえに客ともめたことがある。言いがかりであり、強請《ゆすり》であった。そのおり、腹痛《はらいた》の薬をもとめてきていた三十すぎの男に助けてもらった。

男が懐から十手をだすと、強請は顔色を変えてぺこぺこ頭をさげ、逃げていった。

伊左衛門は名のり、礼を述べた。男も、火盗改《かとうあらため》さまの御用をうけたまわる兼吉《かねきち》だと告げ、回向院うら松坂町《まつざかちょう》の利兵衛《りべえ》長屋に住んでる、なんかあればいつでも声をかけてもらいてえと言った。伊左衛門は、薬のほかにいくばくかの銀子《ぎんす》をつつんでわたした。

それから、兼吉はときおり顔をみせるようになった。そのつど、手間賃として銀子をつつんでいる。

回向院うらの松坂町は吉良上野介《きらこうずけのすけ》の屋敷があったところだ。屋敷跡が町屋敷になり、松坂町と名づけられた。したがって、〝本所松坂町の吉良云々《うんぬん》〟はまちがいである。

兼吉がほんとうに火附盗賊改《ひつけとうぞくあらため》の手先なのかどうか、伊左衛門は知らない。火附盗賊改や御番所の手先を名のって十手をみせびらかす手合はおおい。

八丁堀《はっちょうぼり》の与力同心は親子代々であり、探索や捕物のすべをこころえている。しかも、罪をつくるよりつくらぬことに重きをおいている。

町奉行所の与力同心に出世の望みはない。すくない人数で江戸の安寧《あんねい》をたもたねばならないので、できるだけ白洲《しらす》（裁きの場）にもちこまないようにする。

火附盗賊改は本役ではなく、先手組の加役である。探索も捕物も素人《しろうと》だ。それがため、前役の手先らをつかう。その者らも、あらたに手先にした者たちも、科人《とがにん》がおおい。罪を見逃すかわりに手先にする。蛇《じゃ》の道は蛇《へび》。悪党のやり口は悪党が知っているというわけだ。

加役であるからには臨時勤めである。したがって、役目を出世への足掛りとしかとらえず、むやみやたらとお縄にした。町役人《ちょうやくにん》をとおしての訴えで、町奉行所が調べなおして放免することがしばしばであった。火附盗賊改方は町奉行所を敵視し、町奉行所はどうしようもない素人どもがと火附盗賊改方を軽蔑した。

庶民は、町奉行所を檜舞台《ひのきぶたい》とたたえ、火附盗賊改方を田舎芝居《いなかしばい》とけなした。火附盗賊改は、頭《かしら》が火事場装束に身をつつみ、配下をしたがえてぎょうぎょうしく見まわる。町奉行所は着流しの定町廻りに供の手先がつくだけだ。

しかも、火附盗賊改方は横柄《おうへい》な行列でのし歩くだけでなく、あらかじめ縄をうって自身番屋にとめおいた者をひきずりだし、あたかもその場で捕縛したかのごとくよそおう。町家の者たちは、内心で嗤《わら》いながらも、やたらと縄をうつ乱暴さにおびえた。

ところで、火附盗賊改配下も与力同心である。だが、与力同心は現在の警察機構における警部や刑事とおなじ意味ではない。書院番や小姓組といった番方《ばんかた》（武官）には与力同心が配されている。

与力も同心も、士ではなく卒である。つまり、戦《いくさ》において鉄炮《てっぽう》や槍をもつ雑兵《ぞうひょう》だ。軍にたとえるなら、与力は軍曹や兵曹といった下士官であり、同心は一等兵や二等兵といった兵卒である。諸藩における足軽《あしがる》身分がこれにあたる。幕府では、それを与力同心と呼んでいた。

伊左衛門は、兼吉もそのたぐいであろうと思っていた。邪慳《じゃけん》にしなかったのは、かえってめんどうになるからであり、強請たかりのたぐいへの十手の効きめをあてにしてであった。

昨日《きのう》の夕刻、兼吉が顔をみせた。話があるという。店《たな》では客の眼と耳があるので、伊左衛門は客間へ案内した。

茶もいいつけなかった。座につくなり、伊左衛門はお聞きしましょうとうながした。

兼吉が向島の寮にいるおちかのことで、と口にしたとたんに、伊左衛門は、胸騒ぎと、よこしまな眼で覗き見されたかのごとき不快をおぼえた。

表情にあらわれたようだ。

兼吉が手をふった。

――そうじゃありやせん。御番所の手の者《もん》がさぐっているようで。そいつをお耳にいれておこうと思っただけでやす。

伊左衛門は、礼を述べて店まで案内し、土間におりた兼吉に待ってもらい、帳場の番頭にいつもよりおおめにつつむように言った。

兼吉が去ったあと、女中に茶をいいつけた伊左衛門は、居室で考えこんでしまった。

ちかはいとおしい。若返ったかのような気分になる。できれば、しばらくはかこっていたい。しかし、妾の色香におぼれて暖簾に傷をつけるわけにはいかない。

「……床《とこ》についてからも気になってなかなか寝つけず、あれこれ思い迷っているうちに、先生のことを想いだしたそうにございます。それで、おみえになり、先生がなにかごぞんじでしたらお教え願えませんでしょうかと頭をさげておられました。御番所の御用がらみならどうでしょうかと申しあげたのですが、訊くだけでもとおっしゃいます。手前も、どうしたものか思案にあまり、先生にお話ししたほうがとおうかがいしたしだいにございます」

畳におとしていた眼を、覚山は長兵衛にむけた。

「拙者がぞんじておることを話す。伊左衛門とやらにどこまで告げるかはまかせる」

「おそれいります」

「寺町通り但馬屋の若旦那晋吉殺しについて、強盗はみせかけかもしれぬと柴田どのは考えておられる。晋吉は女好きであったようだ。そのあいてのひとりとしてちかがうかんできた。それを、昨夜、八方庵でうかがったのだが、柴田どのは、ちかの立場がわるくなるのはさけたいふうであった。晋吉殺しにかかわりがなければ案ずるにはおよばぬと思う。ただし、このことをちかに告げてはならぬと伊左衛門に念押ししてもらいたい」

「わかりましてございます。さっそくにも使いをだし、伏見屋さんにきていただきます。失礼いたします」

長兵衛が、低頭して腰をあげた。

沓脱石からおりてふりかえった長兵衛が、かるく辞儀をして踵を返し、去っていった。

覚山は、書見台をもってきた。

昼八ツ半（三時）すぎ、稽古を終えて居間にきたよねに、覚山は長兵衛の用向きを語った。

翌朝の秋晴れであった。

湯屋からもどってほどなく、庭のくぐり戸があけられ、長兵衛がきた。よねはまだもどっていなかった。

あがるように言ったが、長兵衛は遠慮した。昨夜の見まわりで万松亭によったおり、伏見屋伊左衛門は他出していて使いは言付けをのこしてもどってきたと聞いていた。

覚山が夜五ツ（八時）の見まわりをおえて住まいへ帰ってほどなく、伊左衛門がやってきた。夜分のおとないを詫《わ》びる伊左衛門を、長兵衛は一階奥の部屋に案内しておおよそのところを話した。

安堵《あんど》したようすの伊左衛門が、あらためてお礼にうかがいますと言って帰った。

「……先生にくれぐれもよろしくおつたえしてほしいとのことにございましたので、

朝早くに失礼させていただきました。お許しください」

低頭した長兵衛が去った。

ほどなく、よねがもどってきた。それを待っていたかのごとく、庭のくぐり戸があけられ、けたたましさが朝の静謐《せいひつ》をみだした。

「先生《せんせえ》、無口になりてえ松吉でやす。おじゃまさせていただきやす」

覚山は、よねと顔を見あわせた。

よねが笑みをこぼした。

朝陽が恥じいりそうなほどに顔をかがやかせた松吉が、沓脱石のまえで両足をそろえてぺこりと辞儀をした。

「先生《せんせえ》、まいどまいどつまらねえ顔で見飽きたかもしれやせんが……」

「そうだな、まさにつまらぬ顔だな」

沓脱石にのぼりかけた松吉が、眼をみひらき、あんぐりと口をあけた。

まがあった。

松吉が、ぶるっとばかりに顔をふった。

「先生《せんせえ》、つまんねえ顔ってのは挨拶ですぜ。それに、およねさんに言われるんならあきらめもつきやすが、先生《せんせえ》にだけは言われたくありやせん」

「それこそ挨拶だな。まあ、あがるがよい」

よねが、顔をふせて笑いをこらえている。

濡れ縁に腰かけて手拭で足裏をふいた松吉が、ふり返ってあがりながら言った。

「めえにも申しあげやしたが、真面目《まじ》な顔での冗談はなしでお願《ねげ》えしやす。たまげちまいやすから、冗談を言うぞって顔をなすっておくんなさい」

「あいにくだな。顔はひとつしかもちあわせておらぬ」

またしても口をあけた松吉が、膝をおり、肩で息をして、笑いをこらえているよねを見た。

「忘れるところでやした。今日は二十四日でやすから、およねさん、二つほどおまけして二十二歳ってことでよろしくお願《ねげ》えしやす。……おたぁきちゃぁぁぁん」

今朝はいちだんと甲高い。いったいどこから声をだしているのだ。

「松吉」

「なんでやしょう」

首をのばしてたきを見つめている。

「おまえも、口をとじておれば、すこしはいい男に見えるかもしれぬ」

「そうですかい」

膝をおったたきが松吉のまえに茶碗をおいた。

「おたきちゃんが淹れてくれた茶だもんな、毎朝《めえあさ》飲みにきてえんだが、朝っぱらから屋根つきの船にのりたがる野暮《やぼ》がいるんでそうもいかねえ」

よねが言った。

「一杯五十文でいいわよ」

「えっ。……なんか、いつもとちげえやす。おふたりともどうかなすったんでやすかい」

辞儀をしたたきが盆をもってでていった。

よねが顔をもどした。

「おまえがあんまり嬉しそうだからちょいとからかってみたくなったのさ。いいことがあったんだろう」

「よくぞ訊いてくださいやした。……先生《せんせえ》、やっとできやした」

「そうか。後架で涙を流せるようになったか。それはめでたい」

「何回《なんけえ》も申しあげておりやすが、涙は小便《しょんべん》とはちげえやす。いい心持ちでいるんでやすから、お願《ねげ》えでやす、臭《くせ》え話はやめておくんなさい」

「それはすまぬことをした。で、なにがあったのだ」

松吉の瞳がきらめく。

「昨夜《ゆうべ》、玉次に金花焰玉《きんかえんぎょく》って言うことができやした。金の花《はな》、炎の赤い色をしたまあるい玉《たま》って意味で、玉次を褒めるいい言葉がねえかって訊いたら、先生《せんせえ》が教《おせ》えてくれたって話したら……」

松吉がうらめしげな眼になる。

「どうした」

「玉次が、ぱっと笑顔になり、まあ先生がって言うんでやす。くやしいじゃありやせんか。ですが、すぐに、ほかの芸者《ひと》にも言ってるんでしょうってすねてやした。もう、どうしやしょう」

「さては、嬉しさのあまり、川に涙を流したな」

「先生《せんせえ》、お願《ねげ》えでやすから、涙と、流す、はしばらく忘れておくんなさい。玉次だから玉のつく言葉を教《おせ》えてもらったんで、ほかに言うわけがねえってこてえたら、嬉しいって。夜空の星まで、なんか、こう、綺麗《きれえ》に見えやした」

「松吉」

「へい」

「玉次は、躰の疵痕《きずあと》よりも深い傷を心に隠しているように思う。うんと褒めてやるがよい」

「ありがとうございやす。そうしやす。昨夜《ゆうべ》はあんましうれしくて、寝るのがもったいねえってがんばったんでやすが、いつのまにか寝てやした。寝不足なはずでやすがちっとも眠くありやせん。おっと、そろそろもどらねえと。……およねさん、馳走《ごち》になりやした」

松吉がはずむ足どりで去っていった。

覚山は、文机にむかい、伏見屋伊左衛門にかんして書状をしたため、たきに正源寺《しょうげんじ》参道の笹竹《ささたけ》へとどけさせた。

四

翌二十五日の昼まえ、長兵衛が庭のくぐり戸をあけてやってきた。右手に朱塗りの角樽《つのだる》をさげていた。

長兵衛が沓脱石のよこに立った。

「ここで失礼させていただきます。伏見屋さんがおみえになられてさきほど帰られました。手代に角樽を二樽はこばせ、一樽はぜひとも先生にとたのまれましたので、おとどけにまいりました」

「それはかたじけない。頂戴《ちょうだい》しよう」

「ありがとうございます」

角樽を濡れ縁におく。

「……昨夜は言いそびれてしまったそうですが、お申しつけどおりにおちかには黙っているとのことにございます。このままになにごともなければ縁切りもしないと申しておりました。それで、いささか身勝手なと思いましたが、暖簾にかかわるようなことになりそうであればお報せ願えればありがたくぞんじます、とおつたえするようたのまれました」

「約定はできぬ。そのおりは柴田どのにおたずねしてみよう」

「ごむりなお願いをして申しわけございません。失礼させていただきます」

低頭した長兵衛が去った。

覚山は、角樽を厨へもっていった。

中食のおりに、長兵衛とのやりとりをよねに語った。よねの柳眉《りゅうび》がかすかに曇る。

「気にいらぬようだな」

「南本所元町の伏見屋さんには、万松亭で二度か三度、お座敷がかかったことがあったように思います。万松亭にとってはだいじなお客さまかもしれません。それはわかりますが、先生をまきぞえにしなくとも。本人に落度はないのに縁切りするかもしれないなんて、長兵衛さんがおっしゃるように身勝手すぎます」

「そうだな」

いずれは三十になり、四十になって容姿はおとろえる。将来《さき》のことに思いをいたすだけの分別《ふんべつ》があるなら妾にはなるまい。貧しく、苦労があっても、心から好いてくれる者と所帯をもつ。人は、遠くを見るより目先のことにとらわれてしまう。

よねはどうであろうか。なにゆえおのれごとき金《かね》も風采《ふうさい》もなく、学問しか取柄のない者を。いやになって逃げられたりせぬようだいじにせねばならぬ。

中食を終え、食膳をさげてもどってきたよねとくつろいでいると、格子戸がひかれ、三吉がおとないをいれた。

覚山は戸口へ行った。

三吉がぺこりと低頭する。

「お昼じぶんに申しわけございやせん。柴田の旦那が夕七ツ（四時）すぎにおたずねしてえそうでやす」

「お待ちしているとおつたえしてくれ」

「へい。失礼《しつれえ》しやす」

表にでた三吉が、格子戸をしめて一礼し、去った。

夕七ツの鐘から小半刻（三十分）がたとうとするころ、格子戸が音をたて、弥助の声がした。

覚山は、迎えにでて、たきに足を洗ってもらったふたりを客間に招じいれた。

よねとたきが食膳をはこんできて、よねが酌をするあいだにたきが弥助の食膳をもってきた。

弥助にも酌をしたよねが簾障子をしめた。

食膳には、しめ鯖《さば》、長茄子《ながなす》の田楽《でんがく》、里芋《さといも》と蓮根《れんこん》と干し椎茸《しいたけ》の煮物がある。

しめ鯖を食べた喜平次が、諸白《もろはく》（清酒）で喉をうるおした。

「寺町通りまんなかの平野町に飛騨《ひだ》屋って仏壇仏具から線香、蠟燭《ろうそく》まで商ってる店《たな》がある」

覚山はうなずいた。

「屋号までは憶えておりませぬが、横道からすこし行ったところに但馬屋や上総屋につぐ構えの店がありました」

喜平次が首肯《しゅこう》する。

「そこの七十ちけえ隠居が、横川から小名木川を六町（約六五四メートル）ばかし東へ行った南岸の百姓地に隠居所を建てて住んでるって小耳にはさんだ。で、まあ、年寄ってのはつむじを曲げるとどうにもならねえことがあるんで、朝の見まわりを臨時廻りにお願《ねげ》えして、無駄足を承知で会いにいった。きめつけたりめんどうがらずに足をはこぶべきだと思ったよ。おもしれえ話が聞けた」

あがらずに庭にまわって用向きを告げると、隠居はうれしげな顔で女中を呼んで茶を申しつけた。すすめられるままに縁側に腰をおろした。

どのようなゆくたてからだったかは忘れてしまったが、但馬屋と上総屋との仲の悪さについて父親が話してくれた。

但馬屋と上総屋の先々代のころのできごとだ。上総屋の法事座敷を、但馬屋が値引きを餌にうばってしまった。頭にきた上総屋が但馬屋の客を値引きでうばい、値引き合戦になった。

寺町通りには、但馬屋と上総屋ばかりでなく中小の料理屋や精進仕出屋がある。あまりに値引きされては商売がなりたたなくなる。そこで、ほかの店がそろって談判した。

いかに大店とはいえ通りの付合いがある。意見され、値引き合戦はおさまった。しかし、但馬屋と上総屋はたがいに挨拶すらしなくなった。

「……あいだに立つ者がいるか、はじめに仕掛けた但馬屋が頭をさげればこじれずにすんだ。子の代、孫の代とつづくうちに事情は忘れられ、倶《とも》に天を戴《いただ》かずが家訓のごときになった」

「たとえ理由《わけ》を知ったとしても、どちらもいまさら引くに引けぬ」

「そういうことよ。てえして長くもねえ通りでいちばんの店構えを争ってる。仲が悪いんは表店のてえげえの者《もん》が知ってる。殺された晋吉の通夜や葬儀に、上総屋は名代さえてたててねえ。だから、上総屋が殺《や》らせたんじゃねえかって噂のもとになってる」

「上総屋が殺させたのであれば、線香をあげに行くか、行かせる。いや、だからこそ、あえて無視する。どちらもありえまする」

「まあな」

喜平次が、箸をとって里芋を食べ、諸白を注いで飲んだ。

「こうも考えられる。上総屋は、脅して懐のもんをうばうか、殴る、あるいはかるい疵《かんげ》をおわせるてえどのつもりだった。ところが、いきちげえか思いちげえか、たのんだ奴が殺しちまった」

「そこまでは思いいたりませんでした」

「仕掛けたんが上総屋だとする。殺《や》った奴はまだずらかっていねえはずだ。月が変わるか、晋吉の四十九日がすぎるんを待ってる。上総屋からさらにしぼりとるためにな」

「四十九日はいつでござりましょう」

「来月の二十二日」

「お調べになられた」

「こっちがさぐってるんをわからねえてえどにな。勘にすぎねえんだが、この一件、なんかひっかかる。うまく言えねえが、どっかちぐはぐですっきりしねえ。ただの強盗じゃねえって目処がたちゃあ、もうすこしふみこんであたらせるんだがな」

「お話をおうかがいしていて思いついたにすぎませぬが、但馬屋はなにゆえ上総屋の客を値引きして横取りしたのでありましょう。あてつけ、見せつけのようにしか思えませぬ」

ややまがあった。

「言われてみりゃあ、たしかにそうだな。そのめえからなにかあったってことか」

「ええ。上総屋は、気づかなかったか、もしくはたいしたことあるまいとすておいた。但馬屋は、そのような上総屋が許せず、露骨な仕返しをした」

　喜平次が肩で息をした。

「飛騨屋の隠居も、耳が遠く、おんなしことをくりかえすし、あやふやなところもあって、そんだけ聞きだすのに一刻（二時間）あまりもかかっちまった。おいらも、いま思いついたんだがな、二代めえとは逆で、上総屋としては許せねえことを但馬屋が気づかずにやったとしたらどうだい。二代めえのことで殺しはすまいよ。だが、それになにかがかさなったんだとしたら」

「四町（約四三六メートル）たらずの通りで、寺をあいてにおなじ商い。口さえきかぬゆえ、なおさら日ごろのささいなできごとが蓄積し、鬱憤《うつぷん》となっておるのやもしれませぬ」

「坊主憎けりゃ袈裟まで憎い。気にいらねえとなると、顔のまんなかに鼻があるんさえ腹がたつ」

　覚山は、思わず噴きだした。

「申しわけございませぬ。若旦那がいなくなった但馬屋の跡継はどうなりましょうか」

「子は四人。なかの姉は嫁ぎ弟は幼いころに亡くなって、十五歳の娘がある。来年は十六の年ごろだ。四十九日がすんだら婿取りの相談をはじめるんじゃねえかな。ついでに祝言をあげるはずだった晋吉のあいてについても話しておこう。十五歳ってことはめえに言ったように思うが……」

「うかがいました。親どうしがきめて来春に祝言をあげることになっていたことも」

「浅草寺の雷門《かみなりもん》にちけえ並木町《なみきちょう》のおんなし精進料理屋の娘だ。せいぜい褒めて、十人並の縹緻《きりょう》らしい。福田《ふくだ》屋ってんだが、縁組は福田屋のほうが熱心だったようだ」

「文でお報せした伏見屋のことにござりますが……」

「万松亭の長兵衛に頭さげられたんじゃあ、おめえさんも断りにくい。そいつはいいんだが、兼吉はすっぽんの兼って呼ばれてる。用心してさぐらせてたんだが、嗅《か》ぎつけられたとはな。こっちも注意させよう。ただ、癖のある奴だ、ほどほどにあしらい、隙《すき》をみせねえようにしたほうがいい」

「つたわるようにいたしまする。妾のことで暖簾に累がおよびそうであれば、教えてほしいと長兵衛どのをとおしてたのまれました」

「そいつはなんとも言えねえ。そのときしでえだ。さて、こんなところかな」

喜平次が脇の刀をとった。

戸口で膝をおった覚山は、格子戸をしめて大通りのほうへむかうふたりを見送った。

暮六ツ（六時）の見まわりにでると、万松亭まえの岸で友助と松吉が談笑していた。暮六ツまでの座敷を終えた芸者を待っていて、客を迎えにいくのだという。

陽が沈むと涼しさをおぼえる季節になり、入堀通りはにぎやかであった。

夜五ツ（八時）の入堀通りはいっそうはなやかであった。料理茶屋のまえには、客を見送りにでてきた芸者たちの姿があった。客待ちの駕籠舁や船頭の顔も活気にかがやいていた。

山本町の入堀通りもおなじであった。

入堀通りは両岸とも猪ノ口《いくち》橋のあたりがさびしい。山本町のかどには松吉がいる船宿の有川《ありかわ》があるが、仲町は右斜めまえの路地をはさんで油堀にかけて小店がならんでいる。

覚山は、猪ノ口橋のいただきからおりていった。

眼をほそめる。

路地にひそむ気配がある。

歩みをゆるめ、羽織の紐をほどく。右腕をぬき、左腕をぬいてまるめ、左腋《わき》にかかえる。

たもとの橋板で立ちどまり、路地を睨む。

影がでてきた。ふたり。二本差しだ。

ふたりが抜刀。

左の欄干《らんかん》によった覚山は、羽織を落として左手で鯉口をにぎり、橋板から三歩くだった。

敵の右に見覚えがある。三日に手疵をおわされた瘦身だ。左は中肉中背。三日の者ではない。足はこびからして、瘦身とおなじく遣える。

覚山は、鯉口を切り、二尺二寸(約六六センチメートル)の摂津《せっつ》を抜いた。青眼にとり、切っ先を右の瘦身へ返す。

月はないが満天の星明かりを浴びて、摂津が蒼白く燃える。

青眼に構えたふたりが摺《す》り足で迫ってくる。

摂津を右へ返したままゆっくりと下段へ落としていく。左足を足裏のはんぶんほど引き、右半身になる。

眼の端で、入堀通りをいくつかの人影がやってくる。

見ない。眼をおとす。見るのではなく感取する。見るより感じるほうが早い。さらに、眼は惑わされる。

敵二名が白刃を上段へもっていく。

瘦身が、堀留のほうへちらっと眼をやった。誘いだ。覚山はうごかない。息を吸い、しずかにはき、臍下《せいか》丹田《たんでん》に気を溜める。

三間（約五・四メートル）。

ふたりがやや腰を落とす。

敵の躰がふくらむ。殺気がはじけ、白刃を振りかぶってとびこんできた。ふた振りの白刃が、剣風を曳《ひ》き、夜空を裂く。

瘦身のほうが速い。摂津が昇竜と化す。瘦身の白刃を弾きあげ、中背の白刃を叩く。瘦身が逆袈裟にきた。鎬《しのぎ》を打つ。中背が下段に振った白刃を燕返《つばめがえ》しに奔《はし》らせる。

摂津をからませて捲きあげ、後方へ跳ぶ。

右足が橋板を、左足が地面をとらえる。

敵が振りかぶって突っこんでくる。左右からの斬撃。白刃がまっ向上段から薪《まき》割りに落下。

覚山は、左やや斜めまえへ跳ぶ。

中背が上段からの一撃をとめ、右肩を引き、右足を引き、白刃を返しにかかる。

左足が地面につく。ついで右足。左足に躰をのせ、右足を引きながら、摂津を逆袈裟に奔らせる。

白刃が薙《な》ぎにくる。摂津のほうが疾《はや》い。右肩つけ根の背から胸へ、着衣を、肉を、肋《あばら》を断つ。白刃の柄頭を握る左手首うえを両断。

中背の顔が苦痛に歪み、左手ごと白刃が落ち、右肩からくずおれていく。

「おのれーッ」

赤鬼の形相で、痩身が渾身の突きにきた。白刃の切っ先が毒蛇《どくじゃ》の牙となって喉に迫る。

左手を返して右うえにつきあげながら右手をひらく。鎬どうしがこすれ、白刃が右肩うえをすべっていく。

痩身が踏みとどまる。

せつな、覚山は、左手を引き、右手で白刃を弾きあげた。摂津が縦一文字に奔る。左肩から左胸と裂く。割れた疵口が石榴《ざくろ》の実と化し、心の臓から血が滲《にじ》む。

覚山は、うしろへ跳んだ。

血を迸《ほとばし》らせながら、痩身が突っ伏す。

肩でおおきく息をして、摂津に血振りをくれる。

中背が呻《うめ》いている。医者を呼ぶいとまはあるまい。

懐紙をだして摂津の刀身をていねいにぬぐい、鞘にもどした。血のついた紙もおって懐にしまう。

覚山は、羽織をとり、万松亭へむかった。見ていた船頭や駕籠舁らが感嘆の声をあげた。

万松亭のまえに、長兵衛がいた。

「先生、長吉を自身番へゆかせました」

月番は北町奉行所である。

「かたじけない。では、拙者は自身番屋で待つとしよう。すまぬが、よねへ報せてもらえぬか」

「かしこまりました」

覚山は、ちいさく顎をひいた。

自身番屋は大通りを右へおれたところにある。玉砂利を敷いた囲いのなかへはいっていくと、町役人が低頭した。

「先生、万松亭の長吉が、みずから申しでて笹竹の弥助親分に報せにまいりました」

「さようか。待たせてもらってよいかな」

「それはもう。どうぞおかけになってお待ちください」

覚山は、刀をはずして縁側に腰かけた。

まもなく、尻紮げをした長吉が駆けもどってきた。敷地にはいったところで尻紮げをなおし、肩をおおきく上下させてからちかづいてきた。

「先生、弥助親分が柴田さまをお迎えにまいりました」

「そうか。ごくろうであった」

「いいえ」

長吉が隅へよった。なりゆきを見まもり、長兵衛に報せるつもりなのであろう。

覚山は、腕をくんで眼をとじた。

中肉中背は遣えた。だが、なにゆえふたりだったのかを思案する。

弥助が笹竹にいたということは、柴田喜平次も八丁堀の屋敷にいるということだ。

笹竹から八丁堀まで半里（約二キロメートル）もない。

やがて、駆けてくる気配がした。覚山は、眼をあけ、腕組みをといて腰をあげた。

弓張提灯《ゆみはりぢようちん》を手にした手先二名が、囲いの左右に立ちどまる。柴田喜平次が、左手でつまみあげていた裾をたらしてはいってきた。うしろに、弥助がしたがう。

喜平次が問うた。

「何名《めえ》だ」

「ふたりにござりまする。ひとりは、去る三日、拙者に疵をおわせた者にござりまする」

「斬ったのか」

「やむをえず」

「わかった。歩きながら聞こう」

覚山は、踵を返した喜平次に一歩おいた。

囲いをでたところで、喜平次が言った。

「ならんでくんな」

覚山は、右よこにすすんだ。

喜平次がたしかめた。

「もうひとりも遣えたんだな」

「さようにござりまする」

「ふたり、か。どう思う」

「考えておりました。ふたたび襲うために雇われたのではなく、拙者を斬るべく知己《ちき》に助太刀をたのんだのではあるまいかと思いまする」

「おめえさんに八角棒と刃引脇差でやられた意趣《いしゅ》返《がえ》しか」

「おそらくは。左右の手を力をこめて打ったつもりでおりましたが、地廻りや駕籠舁、船頭らをあいてにしておりますゆえ、手加減したのかもしれませぬ。未熟さと弱さでありまする」

「あんましてめえを責めねえほうがいい。すると、痛みが癒《い》えるを待っていたのかもしれねえな。帰《けえ》っていいぜ。およねを安心させてやんな。大丈夫《でえじょうぶ》だと思うが、どっちにしろ報せる」

「ご迷惑をおかけいたしまする。左肩から左胸まで斬りさげた者が三日の刺客にござりまする」

「わかった」

万松亭のまえで、覚山は喜平次に一礼した。

第三章　意地と面目

一

閏《うるう》七月になった。

江戸時代は朔望月《さくぼうげつ》である。おおむね、新月が一日で満月が十五日だ。月は二十九日半で地球を一周するので、大の月（三十日）と小の月（二十九日）とで調節し、大小の月はその年ごとに決められた。

ただし、大小はかならずしも六回ずつとはかぎらない。この年、寛政《かんせい》九年（一七九七）は、一月、三月、五月、八月、十月、十一月、十二月と七回大の月がある。翌寛政十年（一七九八）は、二月、三月、五月、八月、十一月、十二月と六回。寛政十二年（一八〇〇）は閏四月があって七回。寛政十三年（一八〇一）は、閏月はないが七回である。

月齢の二十九日半を十二倍すると三百五十四日だ。一太陽年、すなわち地球が太陽を一周するのは三百六十五日と四分の一日かかる。月齢も太陽年も〝約〟である。とにかく、月齢の十二ヵ月と一太陽年とには、十一日余の差がしょうじる。これを、十九年に七回のわりで閏月をもうけて調整した。

朔日《ついたち》は雨であった。

しとしととふる雨が、未明から江戸を濡らし、明六ツ半（七時）じぶんに雲間から陽射しがこぼれたが、すぐに薄墨色におおわれ、また雨になった。

この季節の雨は、夏の名残を洗い、秋をいざなう。

痩身らに襲われたのが二十五日。二十七日の朝、三吉が柴田喜平次のむすび文をとどけにきた。

心配無用、とだけしるされていた。よねにつたえると、よかったと眼をうるませた。案ずるなと抱きしめたくなったが、朝っぱらだし、たきがいるのでがまんした。

昼まえに三吉がきた。

雨はやんでいた。柴田喜平次が夕七ツ（四時）すぎにたずねたいとのことであった。覚山は、承知してよねに告げた。

夕七ツの鐘からしばらくしてふたりがきた。

たきがふたりの足を洗うのを待ち、客間に招じいれた。

よねとたきが食膳をはこんできて、よねが酌をした。

覚山は、上体を喜平次にむけて低頭した。

「こたびはご高配《こうはい》をたまわり、お礼を申しあげまする」

「おめえさんがやたらと刀を抜かねえのはお奉行もごぞんじだ。しかも、闇討だしな。ふたりとも、身もとをあかすものはなかった。賭場の用心棒あたりじゃねえかと思う。高輪《たかなわ》から品川宿《しながわじゅく》まで、帰《けえ》ってこねえ二本差しがいねえかさぐらせてる」

「拙者を斬れば……ならば、三日のおりに旅じたくをして住まいをひきはらっている。浅慮《せんりょ》にございまする」

「そうでもねえさ。殺《や》ったのが誰か、御番所がしらべる。やばそうになったら、姿を消せばいい。それもふくめてあたらせてる。見つかれば、三日におめえさんを始末するようたのんだ奴の手懸りがつかめるかもしれねえ。が、あんまし期待《きてえ》しねえでくんな」

「お手をおわずらわせし、恐縮にございまする」

「気にしなさんな。それよか、一昨日《おとつい》、また辻斬《つじぎり》があった。昨夜《さくや》、八丁堀《はっちょうぼり》の居酒屋で駿介《しゅんすけ》と一杯飲《いっぺえや》ったんだが、短《みじけ》えあいだにたてつづけなんで首をひねってた。六月十一日が深川大和町《やまとちょう》の土手で夜鷹のみの。七月三日が北本所長倉町《きたほんじょながくらちょう》で御公儀中間《ちゅうげん》の才蔵《さいぞう》。七月二十日が深川吉永町《よしながちょう》うらの材木置き場で夜鷹のゆう。そして、一昨日《いっさくじつ》の二十八日だ」

木場《きば》の北は二十間《にじっけん》川をはさんで西から掘割にかこまれた吉永町と久永町《ひさながちょう》がある。久永町の東は横《よこ》川だ。

晦日《みそか》の二十九日明六ツ（六時）すぎ、横川東岸の石島町《いしじまちょう》の裏店に住む大工が、小便をしに横川かどの土手にのぼった。

斜め対岸に木場が見える土手のかどには柳がある。長屋の厠《かわや》は小便臭い。土手で朝風に吹かれながら、小便をすると、すがすがしい気分になり、今日も一日がんばろうと思う。ただ、ときおり、向かい風が吹いてきて失敗することはあった。

一物をつかみだして気持ちよく小便をはじめ、川向こうの木場から柳の根元へ眼をおとした。

女の着物が見えた。筵《むしろ》が敷いてある。

――ふん。夜鷹がこんなとこで夜明かししやがって。小便《しょんべん》ひっかけて起こしてやろうか。ん。

筵がどす黒い。

眼をこらす。

――血ッ、血じゃねえか。てえへんだ。

ほんとうにたいへんであった。あまりにびっくりしてしまい、手に小便をかけていた。

月番は北町奉行所である。報せをうけた喜平次は自身番屋に駆けつけた。なにがあったのかを町役人《ちょうやくにん》にしゃべらせていたのだが、そこで眉《まゆ》をひそめた。

町役人があわてた。

――お待ちしているあいだに、ほんとうにそう申したのでございます。

隅にひかえていた大工が一歩でた。

――八丁堀の旦那、ほんとうでやす。あっしは正直が取得《とりえ》で。嘘と納豆は大嫌《でえきれ》えでやす。納豆を食うくれえなら、嬶《かかあ》と離縁しやす。ですが、大丈夫《でえじょうぶ》でやす。小便《しょんべん》で濡れた手で道具箱をかつぐわけにはめえりやせん。だからって、手拭《てぬぐい》や半纏《はんてん》ってわけにもめえりやせんので、土手の草にちゃんとこすりつけておきやした。

――そうかい。ちかよるんじゃねえ。

大工をおしとどめ、駿介を待った。

やってきた駿介にあらましを話して、喜平次は見まわりにもどった。

あとは、駿介から聞いたことだ。

駿介は大工に案内させた。

かどについて土手をのぼる。

駿介は訊《き》いた。

――小便をしたのはどこだ。

――ここでやす。

大工がすぐまえを指さした。

――おめえはもういい。親方になんか言われたらおいらの名をだしな。おめえが、おいらを待ってて遅くなったって話してやる。

――ありがとうございやす。ごめんなすって。

道具箱をかついだ大工が土手をおりていった。

駿介は、戸板をもった手先らに待つように言い、仙次《せんじ》をうながし、おおきくまわって柳のしたへいった。

夜鷹は仰向けに死んでいた。袈裟懸《けさが》けの一太刀。晩夏六月十一日に大和町かどの土手で斬られた夜鷹とおなじである。材木置き場のゆうも袈裟懸けであった。土手のかどと柳のしたはたまたまであろう。
駿介はため息をついた。
——たしかめなくちゃあいけねえ。したをまくりな。
——へい。
仙次が、かがんで、裾《すそ》をひらいてめくりあげ、蹴出《けだ》しと湯文字もひろげてまくった。
死骸は堅くなっている。
駿介は、腰をおろして両膝《ひざ》をついた。
——よし。片方ずつ脚をほぐしてできるだけひろげる。
ふたりで左右の腿《もも》を揉んだ。
ころあいをみて、ひっぱりあって股をひらく。
駿介は、脚のあいだに片膝をついて覗きこんだ。湯文字にも眼をこらす。
立ちあがって、一歩よこへよる。
——男の精はねえように思う。おめえも見てみな。
眉根をよせて見つめていた仙次が、腰をのばして両の手のひらをはたいた。
——あっしもやってねえように思いやす。

——裾をなおし、懐をさぐってみな。

——へい。

湯文字から順に脚をおおっていった仙次が、袂《たもと》と帯をさぐり、手拭、紙入れ、巾着《きんちやく》をだした。

巾着にはいくばくかの銭があった。紙入れの紙は、ことがすんだあとにくしゃくしゃにして胯間をふく。夜鷹はたいがいもっている。

紙入れのすみから、仙次がちいさくおりたたんだ紙切れをだした。

駿介は、さしだされた紙切れをうけとってひらいた。

〝浄心寺《じようしんじ》うら久兵衛《きゆうべえ》店《だな》、さと〟としるされていた。

紙切れを仙次にわたし、駿介はつぶやいた。

——夜鷹が身もとのわかるのをもちあるくようになった。辻斬に遭うかもしれねえ。だが、稼がねえと食っていけねえ。……よし。死骸《ほとけ》を自身番へはこばせ、ひとりを見張りに残し、ひとりは御番所の吟味方へ走らせな。おいらとおめえは、浄心寺うらの久兵衛長屋だ。

——わかりやした。

仙次が、土手のうえにいる手先を呼んだ。

「……浄心寺のうらは深川山本町《やまもとちょう》だ。貧乏長屋がおおい。さとは三十九歳。久兵衛長屋は六年め。爪弾《つまはじ》き性悪《しょうわる》はべつだが、てえげえの夜鷹は世間をはばかるようにひっそりと暮らしてる。斬られた三名《めえ》ともそうだった。いまんとこれだけだ。夜鷹ってことのほかにむすびつくものはうかんでねえ」

「辻斬四件のうち、二件めの七月三日のみが男で、あとの三件は夜鷹」

喜平次がうなずく。

「おいらたちも、やはり二件めはちがうんじゃねえかって考《かんげ》えてる。夜道をひとりで行く女がいねえわけじゃねえ。芸者、居酒屋なんかの女中。そもそも、なんで女だけなんだ。吟味方は斬り筋に乱れがねえって話してる。つまり、遣えるってことだ。ならば、男、二本差しでもいい。辻斬はめずらしくねえ。けど、夜鷹だけを狙うってのは、例繰方《れえくりかた》のご老体《ろうてえ》も憶えがねえっておっしゃってた」

「春をひさぐ者への怒り。もしくは、閨事《ねやごと》に鬱屈《うっくつ》した心情をかかえている」

「先生《せんせえ》、昼間っから大声で言うことじゃねえぜ」

喜平次が、簾障子と居間との壁に眼をやった。居間と客間のあいだに二階への階《きざはし》がある。弥助も驚いた顔をしたが、遠慮がちに眼をふせた。

覚山はあやまった。

「申しわけございませぬ」

喜平次が、声をおとしたままで言った。

「まあ、おめえさん家《ち》でなにを言おうがおめえさんのかってだがな。ただし、聞こえなければだ。およねが角《つの》だしても知らねえぜ」

「それはこまりまする」

「あのな、先生《せんせえ》。真面目《まじ》な顔で言いなさんな。それをのろけってんだぜ」

うつむいた弥助が、肩を小刻みにふるわせる。

喜平次が真顔になった。

「駿介との話でそれもでた。まず、妻女との仲がうまくいってねえ。婿養子かもしれねえ。妻女が閨をいやがるか、こばむ。ひょっとして、男として役にたたねえ。世のなかにはそういうかわいそうな奴もいるらしい。もうひとつ。女だからだめで、むしろ男に心惹かれるおのれに気づいた。妻女が侮蔑の眼で見る。追いだすことができねえ婿養子でそうなら、毎日《めえにち》が地獄だろうぜ」

「たまった鬱憤《うつぷん》を晴らさんがために夜鷹を斬っている」

「ああ。それなら、お縄になるかもしれねえのにさほど日をおかず夜道を徘徊《はいかい》してるのに得心がいく」

「心の病。やっかいでござりまする。拙者、松江《まつえ》城下の里山で、父に命じられて獣を斬りました。いくたびもにござりまする。それでも、人を斬るのはいやなものにござりまする」

喜平次が眉間《みけん》に縦皺《たてじわ》をきざんだ。

「こういうことかい。腕に覚えはある。だが、人を斬るんははじめて。だから夜鷹にした。それが、思いのほかうまくいった。味をしめ、人を斬るのにとりつかれた。が、慣れるにつれて、手応えが不満になる。そのうち、町家の男や、二本差しを狙うようになる」

覚山は首肯した。

喜平次がつづける。

「婿養子だとする。浪人ってこともありえなくはねえが、大名家の老職か、御直参。断るまでもなかろうが、いまのはここだけの話にしてくんな」

「承知いたしました」

喜平次が刀に手をのばした。

覚山は、戸口でふたりを見送った。

路地に西陽がさしていた。

居間にもどると、客間の食膳をかたづけたよねがきて膝をおった。そろそろ夕餉《ゆうげ》のしたくにかかる刻限である。用向きがなんだったのか聞きたいのだ。しかし、口にはしない。問いたげに首をかしげて見つめる。

はじめはそうではなかった。いつしか話してくれるものだと思うようになっている。むろん、よねにそう思わせたのはおのれだ。

いかな佳人《かじん》も三日見つめれば飽きるという。そのようなことはない。ほんとうに美しいと思う。

よねが、不満げに口をへの字にした。しぐさが娘じみている。だから若く見られる。心のありようが若いのであろう。

覚山は、笑みを消した。

「二十八日の夜、またしても夜鷹が辻斬に遭った」

よねが眼をくもらせる。

「弱い者を狙うなんて卑怯《ひきよう》です」

「そうだな。わしもそう思う。恥を忍ぶは、ほかに生きるすべがないからであろう。鬼畜《きちく》にも劣る所業だ」

よねがうなずく。

「夕餉のしたくをしてきます」

陽が西空を茜色に染め、東の空から青さがうすれていった。

よねとさしむかいで夕餉をすませた覚山は、きがえて暮六ツ（六時）の鐘を待った。三度の捨て鐘につづいて、時の鐘がしだいに間隔を短くしながら時の数だけ撞《つ》かれる。

覚山は、よねの見送りをうけて住まいをあとにした。

路地から入堀通りにでると、松吉が駆けよってきた。

「先生《せんせえ》、堀留んとこに蛤町《はまぐりちよう》の三五郎《さんごろう》一家の者《もん》がかたまっておりやす。お気をつけなすって」

覚山は、堀留のほうへ顔をむけた。柳のむこうにそれらしき数名の人影がある。

顔をもどして松吉にほほえみ、万松亭《ばんしようてい》へよった。堀留に蛤町の三五郎一家がたむろしていることを長兵衛に告げ、通りへもどる。

松吉の姿はなかった。客がきて桟橋へおりたのであろう。

入堀通りを堀留へむかう。

下総《しもうさ》から夜がしのびよりつつあった。日暮れが濃くなるほどに常夜灯はあかるくなる。料理茶屋などからの灯《あか》りもあるが、柳は幹も枝も墨絵のごとく沈んでいる。

柳の陰から身をのりだしてこちらをのぞき見る者がある。

名無し橋を背にする。

堀留のかどにいるならず者は五名。襟《えり》をはだけ、髷《まげ》をゆがめ、棘《とげ》のある眼であざけっている。

覚山は、まっすぐにまえを見てすすんだ。

臆したとおもったようだ。ひとりが声をだした。

「やい、さんぴん」

覚山は跳んだ。宙で腰の八角棒を抜く。右足が地面をとらえる。額に一撃。

——ポカッ。

左足が地面につく。

「無礼を申すでない」

額に血がにじむ。

「い、いきなりなにしやがんでえ」

額に手をあて、手のひらを見る。顔が朱にそまる。睨《にら》みつけた眼が、怒りに燃えている。

「よくもやりやがったな。勘弁ならねえ。やっちまえ」

五名がいっせいに懐から匕首《あいくち》を抜いた。

覚山はうしろへ跳んだ。

川岸から桟橋までは石段がある。あたりどころがわるければ、首をおるなりして死にかねない。それをさけるためにしりぞいたのだが、囲んでいっせいにかかればいいものを愚かにもつっこんできた。

度胸はあっても隙《すき》だらけだ。撥《は》ねあげれば飛んだ匕首で通りにいる者が疵《きず》をおいかねない。

――ポカ、ポカ、ポカ、ポカ、ポカッ。

手首を打って匕首を落とし、額に一撃をみまう。顔をしかめる者、あっけにとられて口をあける者、左手で右手首をおさえる者。

八角棒を腰にもどして刀の鯉口《こいぐち》をにぎる。

「ひろってかかってまいれ。命まではとらぬ。だが、手首を斬りおとしてくれる」

右から左へと五名に冷たい眼をむける。

五名がひるみ、逃げ腰になる。

「物騒なものをひろって、消えろ。いまのわしは気が短い」

顔をむけたまま、五名が手をのばして匕首をつかむ。捨て台詞《ぜりふ》ものこさず、背をむける。堀留をまわり、門前山本町の入堀通りへ駆けていった。

見ていた船頭や駕籠《かご》舁《かき》らが手をたたく。暖簾《のれん》をわけて見ている女中はうれしげであった。

覚山は微苦笑をこぼし、見まわりをつづけた。

おそらくは、刀を抜かぬであろうことが地廻りどもに知られている。かずをたのみ、疵をおわせることができればともくろんだのであろう。口でのおどしではなく、じっさいに手首を斬りおとせばたやすく手出しはすまい。おのれの弱さがまねいている。

ひっきょう、剣とは敵を殺す術《すべ》の習得である。そのための修行であり、研鑽《けんさん》である。古来、剣の道を究《きわ》めんとする者は、そのことで苦悩してきた。剣は矛盾である。護るは殺すと同意なのだ。

覚山は、猪《い》ノ口《くち》橋でため息をついた。

悩むは未熟の証《あかし》である。学問も、家伝である水形流《すいぎょう》の修行もおこたってはいない。そのはずだが、道は遠のくばかりのように思える。

よね。いまや、それがいちばんの懊悩《おうのう》である。齢《よわい》三十をすぎ、国もとではなんとかよねなしでは生きてい
逃げおおせていた女体《にょたい》を知ってしまった。分明なのは、もはや

けぬということだ。

住まいにもどった覚山は、なにがあったかだけをよねに語った。

夜五ツ（八時）の見まわりにでた。

万松亭で小田原提灯《おだわらぢょうちん》をあずける。

表にでると、駕籠舁がにこやかな顔で声をかけてきた。

「先生《せんせえ》、見てやした。あっしらには、いきなりのポカはなしでお願《ねげ》えしやす」

「そうならぬようにすればよい」

「わかっておりやす。わかっておりやすが、万が一ってことがありやすんで、あらかじめお願《ねげ》えしておきやす」

駕籠舁ふたりが、ならんで低頭した。

覚山は、ちいさく顎《あご》をひいた。

入堀通りはいつものごとくにぎやかであった。涼しい川風に、柳の枝もここちよげに揺れている。

堀留をまわり、山本町の入堀通りにはいる。

数歩といかぬうちに、覚山は背後の気配を感取した。

首をめぐらす。

浪人が三名。左手で腰の大小をおさえ、大通りをよこぎって駆けてくる。

覚山は、ふり返って、すっ、すっ、すっ、すっとさがった。

入堀通りにはいった三名が抜刀。

体軀《たいく》の線がくずれている。技倆《ぎりよう》を見てとるまでもない。

左手で脇差の鯉口を切る。刀身一尺七寸（約五一センチメートル）余、刃引の月山《がっさん》を抜く。そして、左手で八角棒。

三名が大上段に振りかぶって突っこんできた。

多勢に対するおりは端から。常套《じょうとう》である。遣い手にはつうじぬこともあるが……。

覚山は、左斜めまえへ跳んだ。

左端の白刃がにぶる。

月山で鎬《しのぎ》を打つ。左足が、右足が地面につく。八角棒で、右腕と左手首を痛打。

白刃が落ちる。

左足で爪先立ちになり、躰《からだ》を右に回す。そろえた月山と八角棒で腋《わき》したあたりの背と腰を打つ。左端が、両手をおよがせてつんのめる。

「死ねーッ」

まんなかが上段からの一撃にきた。月山と八角棒で鎬を叩く。八角棒を引く。白刃が月山の鍔《つば》へ滑り落ちる。八角棒で水月《みぞおち》を突く。

敵が口をあける。声にならない。

白刃が鍔にあたる。が、力がない。引いた八角棒を両腕に振りおろす。白刃が落ちる。まんなかが両膝をつき、背をまるめる。水月への一撃は息ができなくなる。

「おのれーッ」

三人めが、袈裟懸けにきた。

月山と八角棒をまじわらせて、受ける。白刃が八角棒に食いこむ。月山を引き、敵の右肩を打つ。敵の顔が苦痛に歪む。右手首、左手首と打つ。敵が両手を柄《つか》から離す。

白刃は八角棒に食いこんだままだ。

覚山は、二歩さがった。月山の刀身を左腋にはさみ、八角棒から白刃をとって敵の足もとに投げた。

左腋の月山を握り、肩幅の自然体《じねんたい》に両足をひろげて両脇に得物をたらす水形流不動の構えをとる。

刀をひろった三名が、そろって背をむけ、入堀通りを猪ノ口橋のほうへ駆け去っていった。

二

翌二日、空をおおう薄墨色の雲が、朝陽をさえぎった。

長吉は筋がよい。そのうえ熱心にはげむので上達が早い。しかし、上達の早さは落し穴でもある。足もとをたしかめながら一歩ずつなら確実だが、駆け足は早晩息切れがする。癖もつきやすい。

説き、見せることで、納得させ、くりかえすことで躰に憶えさせる。教えることはたしかめることでもある。長吉に稽古をつけることで、覚山も日々学んでいた。

朝餉のあと、よねと連れだって湯屋《ゆうや》へ行った。

さきにもどった覚山は、文机《ふづくえ》にむかって墨を摺《す》り、昨夜の件をしたためた。ほどなく帰ってきたよねに着替えをてつだってもらった。

樫《かし》の八角棒は径《けい》が一寸（約三センチメートル）ある。樫は堅い。刃にたいして真横なら、喰《く》いこむにはいたらない。だが、刃引の月山と交叉させたがために袈裟懸けが喰いこんでしまった。

昨夜の八角棒はもうつかえない。削ればそのぶん細くなり、敵はそこを狙う。残った八角棒は一本だけだ。あらかじめそなえておかねばならない。月山の刃も、人差し指でなぞると障《さわ》るところがあった。

覚山は、柴田喜平次宛の書状を懐に、刀袋にいれた月山と八角棒を左手にさげて住まいをでた。

正源寺《しょうげんじ》参道の右なかほどにある笹竹《ささたけ》は、暖簾がなく、腰高障子もしめられていた。

朝の客がはけたところで暖簾をさげ、朝四ツ半（十一時）じぶんにだす。夕刻は夕七ツ（四時）からだ。

覚山は、腰高障子をあけた。

「ごめん」

六畳間の上り口にかけていた女将《おかみ》のきよが、立ちあがっていそぎ足でやってきた。

「先生、なにか」

「柴田どのに文をとどけてもらいたい」

覚山は、懐から書状をだした。

「かしこまりました」

きよが両手でうけとった。

「じゃまをした」

覚山は、顎をひいてふり返り、土間をでてうしろ手に腰高障子をしめた。

八丁堀の南茅場町《みなみかやばちょう》に刀剣や十手捕縄などをあつかう山城屋《やましろ》がある。

暖簾をわけて土間へはいると、手代の藤吉《とうきち》が奥へ行き、主《あるじ》の庄左衛門《しょうざえもん》がでてきた。

膝をおって見あげる。

「九頭竜《くずりゅう》さま、どうぞおかけください」

「かたじけない」

覚山は、板間に刀袋と八角棒をおき、腰の刀をはずして腰をおろした。

庄左衛門が、ちいさくうなずいた。

「ご用命をうかがいますまえに、昨夕、おあずかりしておりますお差料が研ぎからもどってまいりました。昼に、藤吉をおとどけにあがらせるつもりでおりました」

「あとでいただく」

覚山は、八角棒をしめした。

「……昨夜、浪人三名に襲われ、受けかたがわるく、見てのとおりだ。おなじものを二本つくってもらえぬか。脇差の刃も障《さわ》る箇所がある。研ぎにだしてもらいたい」

「かしこまりました。おあずかりいたします。寸法をはかりたくぞんじますので樫の棒もよろしいでしょうか」

庄左衛門が首をめぐらしてうなずき、藤吉が刀袋をもってきた。

うけとった庄左衛門が刀袋をおく。

「おあらため願います」

覚山は、刀袋から摂津をだし、抜いてあらため、庄左衛門がさしだした半紙で刀身をぬぐって鞘《さや》にもどした。

「かまわぬ」

刀を抜いたさいは紙でていねいにぬぐって鞘にもどす。さもないと、鍔したの鎺《はばき》から錆《さび》がはじまる。刀は武士の魂である。錆びさせるなど、不心得もはなはだしい。

覚山は、研ぎ代をはらい、刀袋をさげて帰路についた。

永代橋《えいたい》にかかると、江戸湊《みなと》に鼠色《ねずみ》の雲が迫りつつあった。潮風も湿り気をおびていた。

覚山は足を速めた。

住まいのある路地におれると、雨が、ぽつり、ぽつりと落ちてきた。

頰《ほお》に雨粒があたった。

客間から三味《しゃみ》の音《ね》が聞こえる。

覚山は格子戸をあけた。

三味の音がやみ、よねが簾障子《すだれ》をひいて顔をだした。

「お帰りなさいませ」

覚山は、笑みをうかべてうなずいた。よねが、笑みをかえしてちいさく首をかしげ、簾障子をしめた。

たきがすすぎをもってきた。

雨が音をたててふりだした。

覚山は、たきに茶を申しつけた。

雨は、屋根を叩き、庇《ひさし》を叩き、濡れ縁ではじけた。

たきがもってきた茶を喫し、覚山は雨にけぶる灰色の空に顔をむけた。

雨は、うちなるおのれに眼をむけさせる。

風が吹き、飛沫《しぶき》が居間にはいってきた。

覚山は、簾障子をしめて書見台をもってきた。

雨は昼すぎにいったんあがったが、しばらくしてから夕刻まで小雨がふったりやんだりした。夜になり、いっとき激しい降りになり、雷鳴もとどろいた。

覚山は、蛇の目傘をさして夜五ツ（八時）の見まわりにでたが、傘が役にたたぬほどに濡れた。

翌三日は秋晴れであった。朝陽が雲のない空を青く染めた。

湯屋からもどり、よねに着替えをてつだってもらった覚山は、読み終えた書物を袱紗《ふくさ》で包み、赤坂《あかさか》御門よこにある雲州松江《うんしゅうまつえ》十八万六千石松平《まつだいら》家上屋敷へむかった。

昨日《さくじつ》、霊岸島《れいがんじま》から霊岸橋をわたって南茅場町への途中で、うかつにも先月は上屋敷へ行っていないことを思いだした。

仲夏五月は十日ごろ、晩夏六月は二十日ごろに行った。城主松平出羽守治郷《でわのかみはるさと》は国もとである。だからこそ、きちんと顔出しをしないといけない。

覚山は、用人に挨拶して、文庫で書物を返し、あらたに借りた。

松江松平家にとって、覚山は主君がたわむれで抱えている食客《しょっかく》のごとき立場だ。主君出羽守の話し相手をつとめ、問われれば兵学を講ずるがめったにあることではない。それで、半期に六両ずつたまわっている。ありがたい思し召しである。

じかに言われたことはない。耳にしたこともない。しかし、かならずや家中にはおもしろからず思う者がある。人の心とはそのようなものだ。自戒せねばならない。

松江松平家からの十二両のほかに、入堀通りの用心棒代として門前仲町から月に二両、門前山本町からは一両二分の手当がある。あわせて三両二分。江戸の花形出職である大工の月収がおおよそ二両。よねの稼ぎもあるので、ふたりで生きていくにはじゆうぶんである。

永代橋をわたったところで、昼九ツ（正午）の鐘を聞いた。

住まいにもどると、昼まえに三吉がきていたとよねが告げた。柴田喜平次が夕七ツ（四時）すぎに笹竹にきてもらいたいとのことであった。

夕七ツの捨て鐘で着替えをはじめた覚山は、大小と八角棒を腰にしてよねの見送りをうけ、住まいをあとにした。

正源寺参道にはいり、笹竹の暖簾をわけると、奥の六畳間に喜平次と弥助が見えた。

きよが笑顔で辞儀をした。

天気がよく、通りは埃がまわないように打水がしてあった。覚山は、懐から手拭をだして両足の甲をはらって座敷にあがった。

喜平次らも、もどったばかりのようだ。食膳がはこばれ、きよが喜平次から順におき、もどって酌をした。

土間におりたきよが障子をしめた。

喜平次が顔をむけた。

「昨日《きのう》、見まわりの帰《けえ》りに蛤町へよった。三五郎の言いぶんはこうだ。子分どもが門前仲町の堀留で話していたら、おめえさんがふいに棒で殴りかかってきた。で、やむなく匕首を抜いた」

覚山は微苦笑をこぼした。

「無礼を申すゆえ、たしかに額へ一撃をみまいました。なるほど、そういうことにござりましたか」

喜平次が、笑顔でうなずく。

「おめえさんは手が早《はえ》え。奴らをいくたびも痛《いて》えめにあわせてる。ちょいとあおりゃあ、すぐに棒だ。おめえさんがさきに手をだしたんでやむをえずってわけよ」

「口で言ってもあなどられるだけにござりまする」

「わかってる。だからやめろとは言わねえ。額に瘤《こぶ》をつくるくれえならいくらやってもかまわねえ。ただ、奴らがおめえさんのやりようを知ってるってことは頭にいれといたほうがいい」

「承知いたしました」

「夜五ツ（八時）の見まわりで襲ってきた浪人どもについてはなんも知らねえそうだ。大通りをはさんだ居酒屋には浪人三名《めえ》でへえってる。てえして飲まずに窓からそとを見てて、ちゃんと銭をはらってでていった。おめえさんは総髪だからすぐにわかる」

「ひとりでも逃がさずにおけばよかったのですが……」

「まあ、いいやな。それがおめえさんだ。斬った浪人二名《めえ》についてもわかった。品川宿で賭場の用心棒をやってた。気にしてるんだろうが心配《しんぺえ》いらねえ、ふたりとも妻子はいねえ」

覚山は肩で息をした。

「わざわざお調べくださり、お礼を申します」

低頭する。

「やめてくんな。お役目だから調べたまでよ。もうひとつ、話しておきてえことがある。先月三日にあった北本所長倉町の中間殺しだが、夜鷹辻斬とは別口だってことがわかった。お奉行からおうかがいした。おめえさんには話してもよいそうだ。そのへんをふくんでくんな」

「こころえました」

「お目付に、お奉行が夜鷹辻斬の仔細をお話しになられた。じかにおもらしになられたはそのお礼であろうとおっしゃっておられた。姓名《せいめえ》なんかはおいらも教《おせ》えてもらってねえ。小普請組《こぶしんぐみ》（無役）の御家人ってことだ。三名《めえ》からんでるんで、甲、乙、丙《へい》としとく」

幕府御中間は、士分でさえない微禄の者であるが、譜代《ふだい》であり、なによりも将軍家直属である。将軍の旗指物《はたさしもの》、槍《やり》、馬の口（手綱《たづな》）取りが役目である。将軍の身近にはべるだけに鼻息があらい。

将軍家の乗物（駕籠）を担ぐ陸尺《ろくしゃく》（駕籠舁）はまた別である。

御家人は、士分ではあるが御目見得《おめみえ》以下である。つまり、将軍家への拝謁がかなわぬ身分だ。

御目見得以下の家格は、譜代、二《に》半場《はんば》、抱席《かかえせき》がある。譜代は代々であり、二半場は准譜代、抱席は年契約である。町奉行所の与力同心は抱席だ。

身分では帯刀できる与力同心がうえだが、家格では譜代である幕府御中間がうえということになる。

本所は無役の旗本や御家人がおおい。くだんの御家人〝甲〟もそうであった。住まいは竪川《たてかわ》にめんした本所緑町《みどりちょう》のうらで、斬られた才蔵の住まいがある大縄地の組屋敷から四町（約四三六メートル）ほど離れている。

三軒しか離れていなくとも身分がちがえばつきあいはない。ましてや、四町も離れている。

目付の配下には、徒《かち》目付と小人《こびと》目付がある。幕府の役職には〝御〟を付すので、〝御目付〟〝御徒目付〟〝御小人目付〟となる。中間も〝御中間〟であり、駕籠舁も〝御駕籠之者〟となる。

しかし、すべてがそうだというわけではない。町奉行は〝御町奉行〟とは呼ばない。老中には〝御〟をつけるが、若年寄《わかどしより》や大目付にはつけない。

ちなみに、幕府初期の老中の呼び名は〝年寄〟であった。その下役《したやく》だから〝若年寄〟なのである。初期にかぎったことではなく、八代将軍吉宗《よしむね》が〝老中〟を〝年寄〟と表現している文章を眼にした記憶がある。

目付やその配下は、町奉行所や火附盗賊改《ひつけとうぞくあらため》のごとく町家の者を手先につかうことができない。幕臣があいてであり、手先になってもなんの余禄もないのでなり手がいない。

小人目付は、御目見得以下の監察、探索が任である。その小人目付のひとりが勤めに熱心で、おなざりにするのではなくいくたびもかよって丹念に訊いてまわり、才蔵と緑町の御家人甲とのあいだに諍《いさか》いがあるのをさぐりだした。

屋敷のまえをとおりかかったさいに、才蔵が門前にいる甲にきちんと挨拶しなかったのがことのおこりのようであった。

身分は甲がうえである。注意された才蔵は、登城の途中でいそいでいたむねを述べ、ぺこりと頭をさげた。

才蔵が住む組屋敷からお城へは、両国橋《りょうごく》までいくすじもの行きかたがある。ふつうであれば、あそこは口うるさいからと避けそうなものだが、才蔵はそうしなかった。甲には、それが、わざわざであり、あえてであるようにうけとれた。甲は、待ちかまえて怒鳴るようになった。

そのつど、才蔵はぺこりと頭をさげた。

おのれは勤めでお城へかよっている。そちらは毎日屋敷でぶらぶらしている。顔と眼がそう告げていた。

さらにさぐっていくと、ほかにも身分をわきまえない才蔵の横柄な態度をおもしろからず思っている者たちがいた。

先月三日の夜、〝乙〟が才蔵を屋敷に呼んだ。酒肴《しゅこう》をだし、いますこし態度をあらためたほうがよいと説諭した。

才蔵は、乙に呼ばれたので屋敷へ行くと妻女に話している。乙も、ふるまいがよくないのでいちど注意しようと思って呼んだと申し述べていた。

おなじ三日の夜、甲は〝丙〟の屋敷にまねかれていた。杯をかたむけながらおおいに語り、夜五ツ半（九時）からさらに小半刻（三十分）ばかりがすぎたころに辞去した。

才蔵は、夜五ツ（八時）の鐘のすぐあとに乙の屋敷をでている。そのころ、甲は丙の屋敷にいた。

むろんのこと、目付は、斬られた夜の他出先とその理由《わけ》を問いただし、乙にも相違ないかたしかめている。組うちにおける才蔵の評判も、偉ぶるところがあるのを裏づけた。

目付は、なかば納得しつつも靄《もや》のごとく釈然としないものを感じた。それで、徒目付に命じて小人目付数名にさぐらせたのだった。

甲ほどではないにしろ、乙も丙も才蔵を腹だたしく思っていた。

ある朝、才蔵が屋敷まえのとおりしなにかるく低頭した。甲は、おやっと思った。才蔵は、うつむきかげんの頬に薄ら笑いをうかべ、かたわらにいる五歳の嫡男に横目をむけていた。その眼差に露骨な憐《あわ》れみがあった。

着流しの腰には脇差がある。すぐさま、無礼者と斬りすてたいのを、甲はこらえた。わが子の眼のまえであり、なによりも、刃傷《にんじょう》は切腹や改易につながりかねない。まさに、切歯扼腕《せっしやくわん》であった。運にめぐまれるか、才がなければ、小普請組から脱するのはむずかしい。才蔵は愚弄《ぐろう》したのである。

話を聞いた乙と丙が、許せぬと激昂《げっこう》した。ふたりも小普請組であり、跡継の子がある。

「……で、一計を案じたってわけよ。才蔵には身分をわきまえぬ落度がある。三名《めえ》が武士の意地と面目《めんもく》とをつらぬかんとしたのには酌量の余地がある。だが、その場で無礼討ちにせず、ご公儀をたばからんとした。それを見逃すわけにはいかねえ。ただちに腹を切って急病《きゅうやまい》の届けがでるんなら改易にはしねえってことで落着した。才蔵のほうは不届きの儀これありってことで嫡男への跡目が認められず組屋敷から追いだされた」

覚山は、諸白を注いで、飲んだ。

杯をおき、顔をあげる。

「才蔵に子は」

「ふたり。うえが女の子でしたが男の子だ。非はおのれをわきまえぬ才蔵にある。妻子を思うんなら、みずからを律すべきであった。そんだけの思慮分別がなかったたってことよ。人ひとりの命を奪った代償を、三名《めえ》はみずからの命であがなった。表沙汰にすれば、小普請組支配組頭や中間頭に累がおよぶかもしれねえ」

「おのれをかえりみるに、忸怩《じくじ》たるものがござりまする」

「それを言いだしたらきりがねえよ。おいらなんざ、何名《めえ》地獄へ送りこんだかわからねえ。そろそろ刻限だな。もういいぜ」

「ご無礼つかまつりまする」

かるく低頭した覚山は、かたわらの刀と八角棒を手にした。

三

翌日も、翌々日も、雨もようであった。

曇った空から、小雨が落ち、霧雨が流れた。

雨の夜は、入堀通りをゆきかう芸者たちの姿があでやかである。右手で蛇の目傘の柄《え》をにぎり、左手で褄《つま》をとって裾ばかりか蹴出しまでたかくもちあげている。足袋《たび》をはいていないので、細い足首と脹脛《ふくらはぎ》の白さがまぶしい。

船頭や駕籠舁らも、うしろ姿の深い抜衣紋《ぬきえもん》の首筋と脚にみとれている。

雨にぬれた秋の柳も風情《ふぜい》があった。

六日は雲のない澄んだ青空がひろがった。

よねが湯屋からもどってきてほどなく、朝の静けさとすがすがしさを、庭のくぐり戸の音と、けたたましい鶏《にわとり》の声がやぶった。

「先生《せんせえ》、無口になりきれねえ松吉でやす。おじゃまさせていただきやす」

よねが噴きだした。

にこやかな松吉が沓脱石のところにやってきた。

「おっ、およねさん、秋じゃなく春の青空みてえに若く、綺麗《きれえ》でやす」

「いつもありがとね」

「いいえ。思ってることをしゃべってるまでで。先生《せんせえ》のように、よくよく考《かんげ》えろ、翌々日ってやってたら、歳とっちまいやす。今日は六日でやすが、四つほどおまけして二十二ってことでお願《ねげ》えしやす」

「おあがりなさい」

「へい。ありがとうございやす」

濡れ縁に腰かけた松吉が、手拭で両足をはたいてあがってきた。敷居をまたいで膝をおる。

「先生《せんせえ》、おもしれえ話を……おたぁきちゃぁぁぁん」

首をのばし、喉仏を上下させ、顔をかがやかせている。

なんのためらいもてらいもない。ただただ、すなおに喜んでいる。ある意味、うらやましいと覚山は思う。

膝をおったたきが、松吉のまえに茶托と茶碗をおいた。

「おたきちゃん、うつむいてばかりいねえでかわいい顔をみせてくんな」

たきが、頬をそめ、ますますうつむく。

「昨夜《ゆうべ》、仲間に聞いたんだが、会えねえさびしさを一日千日《いちにちせんにち》って言うんだと。一日が千日のようにながぁく思えるってことだって。こっとら、そんなもんじゃねえ。千日どころか、万日も会えなかった気分だ。会えてよかった」

よねが、小言が消しとぶほどの呆れ顔だ。

頬を桃から林檎《りんご》にしたたきが、盆を手にして腰をあげた。

覚山はたきがいなくなるまで待った。

「あのな、松吉」

「なんでやしょう」

「一日千日ではない、一日千秋《いちじつせんしゅう》だ。一日《いちにち》が、秋が千回くるほどながく思えるってことだ」

「秋が千回ってことは……千年。冗談じゃありやせん、そんなに待ってたら、皺《しわ》くちや爺《じじい》どころか、ひからびちまいやす」

「それほどにながく思えるということであって、千年も生きながらえる者などおらぬ。千秋はおおげさで、もとは一日三秋という。唐土《もろこし》の詩、川柳をながくしたようなものだと思えばよい、それからきておる。一日が三年に思えるということだ」

「先生《せんせえ》、魚河岸《うおがし》の奴らは、江戸っ子は気が短《みじけ》えってほざいてやすが、気の短さじゃあ、日本橋や神田《かんだ》なんかより深川のほうがうえでやす。三年なんてとんでもありやせん。一日に三回《けえ》、朝、昼、晩と会いてえくれえで」

「ふむ。朝、昼、晩とおたきに会いたい。となると、船頭をつづけるわけにはまいるまい。友助《ともすけ》や玉次《たまじ》はどうするのだ」

「えっ……。殺生《せっしょう》なことをおっしゃらねえでおくんなさい。今晩、神棚のキンのタマタマさまに手ぇ合わせ、ふたりのことをけっして忘れたわけじゃありやせんって心をこめてお詫びしやす。先生《せんせえ》のせいで、眠れなくなっちまうかもしれやせん」

「ひと晩くらい寝ずとも死にはせぬ。寝ずに、ゆっくり、じっくり、悩め。悩んでるあいだはしあわせだ。それより、なにか言いかけておったな」

「おっと。忘れるところでやした。あっしがじかに聞いた話じゃありやせん。先生《せんせえ》、死んだ者《もん》、ましてや殺されちまったんでやすから、あんまし悪く言いたくねえんでやすが、寺町但馬《たじま》屋の若旦那晋吉《しんきち》ってのはどうもいけやせん。こういうことで」

深川六間堀町《ろっけんぼりちょう》に左官の喜助《きすけ》というのがいる。年齢《とし》は四十なかば。大工、左官、鳶職《とび》は喧嘩《けんか》っ早いのだが、喜助はおとなしくて気が弱い。おまけに無口である。それでも、仕事は手をぬかずにきちんとやるので頭《かしら》や仲間の評判はよい。

その喜助に、十六の娘と十二の倅《せがれ》がある。娘のなをは縹緻《きりよう》よしで、昨年晩春三月の出代りからちかくにある要津寺《ようしんじ》境内《けいだい》の出茶屋につとめはじめた。

半年あまりがすぎたころから、たまになをの帰りが遅くなった。お客にご馳走になり、ちかくまで送ってもらえるので心配いらないという。ほんとうにそうなのかと気をもんだが、娘にはなにも言えなかった。

今年になって、月に二度も、三度もあるようになった。女房にいくらなんでもおかしいから意見してやってくれときつい口調で言われた。

しかし、喜助は、つよくはでれなかった。

――帰《けえ》りが遅《おせ》えのをおっかあが心配《しんぺえ》してる。

せいぜいそこまでであった。

――心配ない。すぐそこまでちゃんと送ってもらってるから。

――ならいいんだが。おっかあにあんまし心配《しんぺえ》かけんな。

——わかってる。

それからは、月に一度、おおくても二度になった。

先月の五日か六日、なをが暗い顔で帰ってくると、夕餉をいらないと言って二階の部屋で布団を敷いて寝てしまった。

住まいは二階建ての割長屋で、二階は四畳半二間に物干し台、一階は四畳半と六畳の板間、三尺（約九〇センチメートル）幅の土間に竈《かまど》などがある。なをが年ごろになったのですこしむりをして広い店《たな》に引っ越してきたのだった。

なをは出茶屋を四日も休んだ。暮らしがなをの稼ぎもあてにしていることは、当人も承知している。それで、またつとめにでるようになった。出茶屋であかるくふるまっているであろうぶん、帰ってくると暗い表情になった。しだいに痩せていったが、それがかえってなをの美しさをきわだたせ、客がふえているようであった。

先月の二十六日、母親がついに事情《わけ》を聞きだした。

寺町通り万年町《まんねんちょう》二丁目の大店但馬屋の若旦那晋吉に誘われて出合茶屋へ行っていたのだという。なをは、声をあげて泣いた。

お嫁にすると言われたわけではない。でも、そうなれば、ううん、なれるかもしれないと願っていた。

それが、強盗に遭って死んでしまった。

すがりついて大声で泣きじゃくる娘に、母親はもらい泣きし、背をさすってやることしかできなかった。

母親にうちあけたおかげか、なをはいくらか元気になって要津寺の出茶屋へかようようになった。

喜助はくやしかった。娘を傷物にされた。だが、むりやりではない。誘われてついていった娘がふしだらだと言われればそれまでだ。

縄暖簾で顔をあわせる飲み仲間がいた。ちかくの裏店に住む駕籠舁の後棒《あとぼう》だ。喜助は、くやしいじゃねえかと後棒にぐちった。それを、後棒が先棒《さきぼう》に話した。先棒がほかの駕籠舁に告げる。

それが、両国橋かいわいから深川門前仲町と門前山本町との入堀通りにつたわってきた。そして、ひとりが、松吉が先生にたのまれているのを想いだした。

「……というしでえでやす」

「要津寺と、五間《ごけん》堀をわたったところにある弥勒寺《みろくじ》とはさほど離れておらぬように思えるが」

松吉が、小首をかしげる。

すぐに顔をあげた。

「六間堀から弥勒寺まではてえして離れておりやせん。まっすぐなら一町半（約一六四メートル）くれえのもんだと思いやす。ですが、あそこはお武家のお屋敷とお大名のお屋敷で路地や脇道がありやせん。五間堀のほうか、竪川ぞいの橋で六間堀をわたらねばなりやせん。五町（約五四五メートル）くれえでやしょうか。なんでそんなことがお知りになりてえんで」

「定町廻りの柴田どのよりうかがったことゆえ、ほかの者に話してはならぬ。よいか」

「へい。お約束いたしやす」

「霊巌寺《れいがんじ》表門前町《おもてもんぜんちょう》の居酒屋宵月《よいづき》のやえのまえに、弥勒寺の出茶屋にいた娘とできておったそうだ」

「待っておくんなさい。宵月のやえとは今年の桜のころからだったはずで」

「三月ではなく二月からだ。柴田どのが出合茶屋でたしかめた」

「するってえと」

松吉が指をおる。

「……要津寺のなをが去年の九月ごろからでやすから、いちどきにふたり、いや、三人とできてたのかもしれやせん。ちくしょう、うめえことやりやがって。正直、うらやましいんでやすが、あっしにはまねできやせん。あっしはひとりだけでやす」

「ひとりって誰だ」

「えっ。誰って……つまり……そんなこと、あっしに決められるわけがありやせん。それ考《かんげ》えたら、ほんとうに今晩眠れなくなっちまいやす」

「むりして寝ることはない。起きておればよい」

「そんな。並の者《もん》は、厠で小便《しょんべん》じゃなく涙を流す先生《せんせえ》とはちげえやす。……およねさん、馳走《ごち》になりやした。今宵は、酒を思いっきしかっくらって酔っぱらい、なんも考《かんげ》えられねえようにして寝ることにしやす。ごめんなすって」

松吉が去った。

覚山は、文机へむかい、聞いたことを書状にまとめ、たきに笹竹へとどけさせた。

夕七ツ（四時）の鐘からほどなくして、格子戸があけられた。

「ごめんくださいやし」

弥助だ。

覚山は戸口へいそいだ。

土間に柴田喜平次と弥助がいた。

喜平次が言った。

「ちょいと立ち話がしてえ。そのままでいいからつきあってくんな」

「刀をとってまいります」

覚山は、一礼して居間にもどり、着流しの腰に大小をさした。よねがついてきた。

喜平次がよねに顔をむけた。

「猪ノ口橋あたりにいる。先生《せんせえ》に急な使いがあったらよこしてくんな」

「あい」

喜平次がさきになり、格子戸をしめた弥助がうしろについた。

路地を北へ行って東におれ、入堀通りへでる。喜平次が、猪ノ口橋をすぎた入堀と油《あぶら》堀とのかどで川岸に立ちどまった。

喜平次がよこをうながした。

覚山はならんだ。

入堀をはさんだ対岸の十五間川には、桟橋があり、屋根船や猪牙《ちょき》舟が舫《もや》われている。入堀とのかどが松吉のいる船宿有川《ありかわ》の桟橋だ。

立っている川岸に桟橋はない。猪ノ口橋から堀留まで一町半（約一六四メートル）ほどの両岸が桟橋になっている。

入堀は幅四間半（約八・一メートル）。油堀の川幅は十五間（約二七メートル）。

川に顔をむけたままで喜平次が言った。

「まずは松吉に礼《れえ》をつてえてもらいてえ。こっちの調べじゃあ、要津寺の出茶屋娘はうかんでなかった」

「つたえておきまする。松吉に弥勒寺の件を話したのがお気に障ったのでしたらお詫びいたしまする」

喜平次が、顔をむけ、笑みをうかべた。

「そうじゃねえ。おいらはあんまし気をつかわねえでほしいんだが、およねからすりゃあそうもいかねえんだろう。手をわずらわしてばかりじゃあ申しわけねえからつきあってもらったのよ」

「恐縮にぞんじまする」

「弥勒寺のちかは囲われたんだから、横恋慕《よこれんぼ》で晋吉を恨んでる者《もん》はいねえと思う。こっちがさぐってたのがばれちまってるが、念のため、ひとりにちかの周辺を用心しながらあたらせてる。居酒屋のやえに惚《ほ》れてかよってたらしいのが何名かいる。おめえさんが報せてくれた要津寺のなをは明日《あす》からしらべる」

喜平次が、肩をおとしながら鼻孔から息をはきだした。

「……出世亡者《しゅっせもうじゃ》の火盗改《かとうあらため》なら、かたっぱしからしょっぴいて痛めつけ、吐かねえと牢《ろう》へぶちこむ。奴ら、お役にあるんはせいぜい数年で、手柄さえたてればいいって考《かんげ》えてる。おいらたちは、そうはいかねえ。濡れ衣が晴れても牢内《ねえ》にいるあいだに酷《むご》いめに遭うし、世間は白い眼で見る。気落ちして自棄《やけ》になったり、臥《ふ》せったり、死んじまうのもいる。縄を打つってのは人生《じんせえ》を狂わせちまう。まちげえでしたじゃすまねえんだ。まだるっこくても地道にやってくしかねえ。すくなくとも、おいらはそう思ってる。愚痴っちまったな。もういいぜ」

「失礼いたしまする」

覚山は、顔をむけて辞儀をし、踵《きびす》を返した。ちかづく者がいないよう見張っていた弥助にも顎をひいた。

翌七日は白い雲におおわれた朝だったが、湯屋をでると、雲間からの陽射しが天女《てんにょ》の羽衣《はごろも》のようであった。

覚山は、もどってきたよねにてつだってもらってきがえ、大小を腰にして住まいをでた。

晋吉は女好きだ。通りをはさんで寺がならんでいるから寺町通りであり、境内には出茶屋があって、看板娘がいる。だが、これまでのところ、寺町通りの娘には手をつけていない。つまり、分別をはたらかせている。

深川といえば、富岡八幡宮《とみがおかはちまんぐう》と別当の永代寺だ。そのつぎに、東どなりの三十三間堂であろう。参詣《さんけい》の者がおおく、出茶屋は何軒もある。縹緻《きりよう》のよい看板娘がそろっている。

但馬屋は寺町通りでこそ大店だが、永代橋まえの佐賀町《さがちよう》や、一ノ鳥居がある大通りの店構えにくらべるとそこそこでしかない。

寺町通りの若旦那と、永代寺門前大通りの若旦那と、水茶屋の看板娘はどちらをえらぶか。

霊巌寺表門前町はちいさな町家だ。弥勒寺も一町（約一〇九メートル）四方たらずくらいでさほどおおきな寺ではない。まわりは武家地で町家はわずかだった。

晋吉は、はたして極楽蜻蛉《ごくらくとんぼ》の愚か者であろうか。

その疑念がある。むろんのこと、柴田喜平次は晋吉の為人《ひととなり》を調べている。問えば教えてくれるかもしれぬ。告げたほうがよいと判断すれば語るであろう。商売敵《しようばいがたき》の上総屋《かずさ》についてもそうだ。

覚山は、富岡橋《とみおか》をわたって寺町通りをゆき、海辺橋《うみべ》をこえた。霊巌寺表門前町のまえをとおり、高橋《たか》で小名木川《おなき》をこえ、五間堀を背にして弥勒寺のまえをすぎ、竪川の河岸と町家とのあいだの通りを西へすすんだ。六間堀に架かる松井《まつい》橋をわたって南へもどる。よねによれば、つぎの通りのまえにも橋があったが、朽ちてあぶなくなったので昨年とり壊されたという。

要津寺は参道の両脇に門前町があった。

境内は弥勒寺とおなじくらいのひろさだ。

覚山は、腰掛台に緋《ひ》毛氈《もうせん》を敷いた出茶屋にむかった。

ふたりいる水茶屋娘のかたほうがなをだ。すぐにわかった。細面の色白で、瞳に憂いの翳《かげ》りがある。それがいっそう美しさをひきたてていた。白百合のごときだなと、覚山は思った。

たのんだ茶を喫し、境内を眺め、茶代をおいて要津寺をあとにした。

四

夕七ツ（四時）の鐘が合図でもあるかのごとく、にわかにあたりが薄暗くなり、大粒の雨が屋根や庇に音をたて、すぐに桶をひっくり返したようなはげしい雨になった。

よねが、たきを呼んで行灯《あんどん》に火をいれるように言い、廊下の無双窓《むそう》をとざし、客間の雨戸をしめに行った。たきが付木《つけぎ》で火をもってきて行灯にともした。居間があかるくなったので、覚山はのこり一枚の雨戸もしめた。横殴りの雨に、裾も畳も濡れていた。

よねが階《きざはし》をあがっていった。

厨《くりや》から雑巾を手にもどってきたたきが、濡れた畳をふいた。覚山は、乾いた手拭いで裾の水気をはらった。

二階からおりてきたよねが、厨から手燭《てしょく》と雑巾をもって二階へもどっていった。

雨は、はげしくなるいっぽうであった。

手燭と雑巾を手に厨へ行ったよねが、ほどなく、盆に茶碗を二個のせてきた。

熱い茶を喫していると、遠くのほうで雷が鳴った。

また鳴り、しだいに響き、ついには轟くようになった。ちかくで、雷神の咆哮《ほうこう》が篠《しの》突《つ》く雨を切り裂いた。

厨でたきが悲鳴をあげた。よねも唇をふるわせている。

覚山は言った。

「ひとりで心細かろう。おたきを呼ぶがよい」

「あい」

よねが腰をあげた。

やってきたたきは泣き顔であった。よねが膝をおり、左横をしめした。

「ここにお坐りなさい」

「はい。ありがとうございます」

たきが、くっつくようにして膝をおった。

雷鳴が轟く。

ふたりが、両手で耳をおさえ、眼をきつくとじた。

雷は、雷神のしわざだと信じられていた。

しだいに、雷鳴が浅草《あさくさ》のほうへ去っていき、雨音もちいさくなり、やがて、やんだ。

ふたりが、遅くなった夕餉のしたくに厨へ行った。

あわただしく夕餉をすませて、暮六ツ（六時）と夜五ツ（八時）の見まわりを終え、夜四ツ（十時）の鐘を聴いて二階の寝所へ行くと、ひとつ布団に枕がならべてあった。

覚山は、いそいそとよねの帯をほどきにかかった。

松江城の文庫の一隅《いちぐう》に、房事《ぼうじ》にかんする書物が積まれていた。女断ちをするは学問のさまたげになるからである。では、そも女とはいかなる生き物か。

孫子《そんし》も説いている、彼を知り己《おのれ》を知れば百戦殆《あやう》からず、と。

当該箇所の全文は、〝彼を知り己を知れば百戦殆からず。彼を知らずして己を知れば、一勝一負《いっしょういっぷ》す。彼を知らず己を知らざれば戦うごとに必ず殆し〟である。

けっして邪《よこしま》な心からではなく、まどわされることなく学問にうちこむため、覚山は文庫の片隅でそれらの書物を、さりげなく、ひたむきに、ひもといた。

どうやら男よりも女のほうが、喜びが深いようであった。であるがゆえに、子を産む痛みに耐えうるのだとあった。覚山は、なるほどさもあろうとすこぶる得心した。

また、女人《にょにん》への書物には、閨事《ねやごと》ではしのぶことこそ肝要で、喜びの声をみだりにもらしてはならぬといましめていた。

しからば、男としては、どうあっても喜びをきわめた声を聞きたい。

「先生、なにを考えてるの」

「およねはなにゆえかくも美しいのかと感じいっておったのだ」

「うそっ」

…………。

「あっ。そ、そこをくすぐってはならぬと申すに」

「いいの。だって、おもしろいんですもの。くちゅ、くちゅ」

「うぃひっひっひっ。や、やめよ。うぃひっひっひっひっ」

………。

奮起奮闘。欲すれど、はげめど、やはり、むなしくも、情けなくも、敗北をきってしまった。

白い肌が火照《ほて》り、熱い吐息、遠慮がちな声、しかしそこまでであった。そのうち、いずれの日にか、きっと、きっと……。

睡魔《すいま》のほほえみに、覚山は身をゆだねた。


翌朝は雲ひとつない秋晴れであった。

昼すぎあたりから雲がうかび、夕刻になるにしたがって筑波山《つくばさん》のほうへながれ、相模《さがみ》の空が、燃えるがごとき茜《あかね》色に染まった。

翌九日は、朝から南風が吹いた。昼すぎあたりから、しだいに強い風がまじるようになった。流れる雲も、白から薄い灰色、濃い灰色になっていった。

長兵衛がきて、嵐になりそうだから万松亭がすみしだい出入りの鳶の者と大工をよこしますと申しでてくれた。覚山は礼を述べた。

鳶の者が風で飛ばされないように重石《おもし》を屋根におき、大工がしめた雨戸に板をはすかいに張って釘を打ちつけた。戸口も雨戸に板を打ち、あけられるのは厨の水口《みずぐち》だけになった。

昼八ツ半（三時）じぶんから雨がふりだした。大降りにならないまえに、よねがたきを帰した。

夕七ツ（四時）の鐘は、豪雨と強風とで聞こえなかった。あるいは撞かなかったのかもしれない。暮六ツ（六時）の鐘もそうであった。

吹きつけるのでなくぶつかるがごとき風に、雨戸が震え、がたがたと音をたてた。

こんな夜は早く寝るにかぎる。

床をのべたよねが呼びにきた。

覚山は、寝所できがえ、よこになった。ならべた布団で、よねが不安げに天井へ顔をむけている。覚山は、枕をよせた。

「いっしょに寝よう」

「あい」

よねが、枕をもってきた。覚山は、おいた枕のしたに腕をのばし、仰向けに頭をあずけようとしたよねを抱きよせた。

しかし、よねが雨と風におびえているので不埒《ふらち》な思いをおさえ、背をやさしく撫でた。

そのうち、よねの寝息が聞こえた。

覚山は、寝巻ごしのふくよかな胸乳《むなぢ》にときめき、風雨のはげしさをあやぶんだ。

深更にふいの静寂がおとずれ、覚山は眼をさました。安堵《あんど》して眠りかけると、ふたたび風雨が襲った。

風が遠ざかり、暁七ツ（四時）の鐘が聞こえた。うとうとしていると、よねが身じろぎした。

床を離れ、行灯のおおいをとってきがえた。

よねが、手燭に行灯から火をとった。行灯の火を吹き消し、ふたりで階をおりた。

廊下の無双窓をわずかにあける。

風は去ったが、雨は残っていた。

雨の糸が音をたてずに江戸を濡らしつづけていた。

あけられる雨戸は水口だけだ。よねが囲炉裏《いろり》で火をおこしているあいだに、覚山は竈のうえの無双窓をあけた。水口の雨戸は、心張《しんば》り棒がはずれないように、雨戸と柱のあいだに大工からもらった板を差し、柱と敷居のかどは水を張った手桶をあてていた。

板をとって手桶をどけ、雨戸をあけた。厨があかるくなった。雨戸を戸袋にいれ、腰高簾障子をしめた。

覚山は、よねに蛇の目傘をさしてもらって両手に手桶をさげて井戸ばたへ行き、釣《つる》瓶《べ》井戸で水を汲み、厨の水瓶を満たした。

よねが朝餉のしたくをはじめた。すこしして、腰高簾障子があけられ、たきが顔をみせた。

「あっ。……先生、おはようございます」

「おはよう」

囲炉裏は、土間を背にして木尻《きじり》、正面が主が座する横《よこ》座、木尻から見て右が鍋《なべ》座(嬶《かか》座)、左が客座である。

覚山は横座にいた。自在鉤《じざいかぎ》には鉄瓶がかけられ、薪は二本だけだ。よねは嬶座だ。

朝餉のしたくができた。覚山は横座で食膳をまえにした。

よねが木尻をしめしたが、たきは恥ずかしがり、覚山からはよねの陰になるところに食膳をおいた。

朝餉をすませてよねとたきが食膳をかたづけて食器を洗った。

明六ツ半（七時）からさらに小半刻（三十分）ばかりがすぎたころ、腰高簾障子があけられ、大工が顔をみせた。

股引《ももひき》に半纏、頭から額にかけて手拭という恰好だった。

「遅くなっちまい申しわけございやせん。すぐに板をはずしやす」

辞儀をした大工が、腰高簾障子をしめた。

雨のなか、若いのに声をかけながらてきぱきと釘を抜いて板をかたづけているようであった。

しばらくして、大工が顔をだした。

「終わりやした」

よねが言った。

「お茶をいれますから、休んでくださいな」

「ありがとうございやす。ですが、ほかもまわらねえとならねえんで失礼《しつれえ》しやす」

ぺこりと頭をさげた大工が、腰高簾障子をしめた。

覚山は、居間へ行き、雨戸をあけに行き、よねは二階へ行った。たきが客間と戸口の雨戸をあけた。

やがて、雨がやんで雲が去り、ぬけるような青空がひろがった。

庭のくぐり戸があけられ、長兵衛がようすをうかがいにきた。万松亭はなにごともなかったという。覚山は、大工の礼を述べた。昼になったら屋根も乾くであろうから鳶の者が重石をとりにくるとのことであった。

茶を喫した長兵衛が去っていった。

よねの弟子がおとない、朝四ツ（十時）の鐘が鳴った。

嵐が去り、いつもの暮らしがもどった。

しかし、嵐は傷跡をのこしていた。

暮六ツ（六時）の見まわりにでると、櫛《くし》の歯が欠けたように柳が根もとだけのこっていたり、枝に隙間ができたりしていた。常夜灯も、飛ばされたり、壊れたり、柱がおれていた。桟橋も、ところどころで壊れていた。

翌日には常夜灯がもとどおりになり、翌々日には根もとからおれたところにあたらしい柳が植えられ、桟橋も修繕された杭や板が常夜灯に白くうかんでいた。

二日後の十三日朝、いつもの刻限に庭のくぐり戸があけられた。

「先生《せんせえ》、松吉でやす」

覚山は、よねと顔をみあわせた。

あらわれた松吉が、硬い表情でぺこりと辞儀をした。

覚山は言った。

「あがるがよい」

「へい。おじゃまいたしやす」

濡れ縁に腰かけて手拭で足をはらった松吉が、敷居をまたいで膝をおった。

「先生《せんせえ》、入堀通りを稼ぎ場にしてる駕籠舁が、昨夜《ゆうべ》、殺されやした。顔はごぞんじと思いやす」

覚山は眉間に皺をきざんだ。

「くわしく申せ」

「へい」

大川河口の熊井町《くまいちよう》の通りに駕籠屋の小津《おづ》屋がある。裏が正源寺で、参道に笹竹がある。

先棒の与吉《よきち》と後棒の源次《げんじ》は、大通りの福島《ふくしま》橋をわたった中島町《なかじまちよう》の裏店に住んでいた。おなじ長屋ではないが、すぐちかくだ。

ふたりは、入堀通りを稼ぎ場にしていて、たいがいは名無し橋をすぎたあたりの門前仲町の岸で客待ちをしている。

年齢《とし》は、与吉が三十八で、源次が三十六。ふたりとも所帯をもっていて、与吉には六歳の男の子と三歳の女の子がある。源次は四歳の男の子があり、女房が身重である。

「……夜五ツ（八時）の鐘が鳴り、料理茶屋からでてきたお客をのせたそうでやす」

松吉が、茶碗に手をのばして茶を喫した。居間にはいってきてほどなくたきがはこんできたが、いつものごとく軽口をたたくことはなかった。

「……十五間川の永居橋《ながい》をわたってすぐのところで、お客もいっしょに斬られていたそうで。ちかくの土手で夜鷹も斬られたって聞きやした」

「まことか」

「昨夜《ゆうべ》の今朝でやすから、たしかじゃありやせん。ですが、みな、夜鷹斬りのしわざにちげえねえって言っておりやす。なにか聞きやしたら、またお話ししにめえりやす。……およねさん、馳走《ごち》になりやした。失礼《しつれえ》しやす」

辞儀をした松吉が、腰をあげ、去っていった。

暮六ツ（六時）の見まわりで万松亭によると、長兵衛が待っていて、斬られた駕籠の客が大和町の打物屋《うちもの》〝岡崎屋《おかざき》〟の主だと教えてくれた。

打物屋は剃刀《かみそり》や庖丁《ほうちょう》、鋏《はさみ》などをあつかう。岡崎屋にもそれらはあるが、もっぱら木場の職人がつかう鳶口《とびぐち》、木挽《こびき》、鋸《のこぎり》などを売り、研ぎや焼き入れなどもひきうけている。

覚山は、長兵衛に礼を述べて見まわりにでた。

入堀通りの岸では、そこかしこで船頭や駕籠舁らが顔をよせあって話しこんでいた。

夜五ツ（八時）の見まわりもそうであった。

翌十四日の昼まえに三吉がきた。柴田喜平次と浅井《あさい》駿介が門前山本町の蕎麦《そば》屋八方《はっぽう》庵《あん》で待っているので暮六ツ（六時）の見まわりがすんだらきてほしいとのことであった。覚山は承知した。

昼のいっとき小雨がふったが、すぐにやんだ。

暮六ツの見まわりのあと、覚山は名無し橋をわたって八方庵へ行った。

客はすくなく、小上がりに弥助と仙次がいた。

ちいさく辞儀をした弥助が立ちあがり、階《きざはし》の上り口から二階へ声をかけた。

覚山は、草履をぬぎ、二階へあがっていった。

喜平次と駿介のまえに食膳があった。覚山は、ふたりのあいだの正面で膝をおった。食膳をもった女房のとくがあがってきた。繁盛しているのなら疲れていても笑顔になれるだろうが、愛想笑いもどこか暗い。覚山は、笑顔で酌をうけた。

注がれた諸白をはんぶんほど飲んで杯をおく。顔をあげると、喜平次が口端《こうたん》をほころばせた。

「辻斬があったんは聞いてるんだろう」

覚山はうなずいた。

「昨日《さくじつ》の朝、松吉がまいり、永居橋をわたったところで駕籠舁二名と客が斬り殺されたことと、土手で夜鷹も斬られたらしいと話しておりました。万松亭の長兵衛からは、客が大和町の打物屋岡崎屋の主だと聞きました」

「月番の駿介が駆けつけた。駿介」

駿介が、喜平次に顎をひき、顔をもどした。

「順をおって話す」

名無し橋の斜めまえにある料理茶屋〝山藤《やまふじ》〟で打物屋の寄合があった。

組合仲間は元禄期《げんろくき》（一六八八〜一七〇四）に結成された。紆《う》余曲折《よきょくせつ》があり、天保《てんぽう》十二年から十四年（一八四一〜四三）にかけて改革を断行した禁じ魔の水野《みずの》忠邦《ただくに》によって諸色《しょしき》（物価）高騰《こうとう》の元凶として解散させられる。

独占と談合の温床であったろうが、過当競争をふせぎ、仲間うちの親睦《しんぼく》をふかめる意味合いもあった。

岡崎屋主の名は仁左衛門《にざえもん》。寄合は暮六ツ（六時）から夜五ツ（八時）までのひと座敷だった。仁左衛門はさきに座敷をでた者のひとりで、いささか酔いかげんであった。

栈橋に屋根船や猪牙舟を待たせている者もあり、迎えの駕籠や客待ちの駕籠にのる者もあった。

仁左衛門は客待ちの駕籠にのった。

岡崎屋の番頭によれば、深川の料理茶屋へでかけるさいはちかければ歩くこともあったが、帰りは駕籠にのった。柳橋《やなぎばし》と薬研堀《やげんぼり》、山谷《さんや》や向島《むこうじま》へは、寒ければ屋根船、そうでなければ猪牙舟をつかった。

――華美《かび》や贅沢《ぜいたく》はお嫌いでした。ですが、おつきあいはきちんとなさっておられましたし、他人《ひと》さまに恨まれていたとは思えません。お客さまはほとんどが木場のおかたで、お武家さまのお客はひとりもおりません。

入堀通りの堀留から大通りを行ったとして、永居橋まではおおよそ十町（約一・一キロメートル）。歩いても、小半刻（三十分）のはんぶんもかからない。

「……こういうことじゃねえかと思う」

大和町は、通りをはさんだ東に二十間川の土手がある。晩夏六月十一日の夜、大和町東北かどの土手で最初の夜鷹斬りがあった。それから、初秋七月二十日は吉永町うらの材木置き場で、二十八日は石島町かどの土手だ。

当然ながら、夜鷹らは用心する。

大和町の土手には、松と柳がある。永居橋から、松、そして柳だ。夜鷹は、柳の北で斬られていた。しかも、背に袈裟懸けをあびてだ。

商売だから声をかける客はことわれない。しかし、土手をのぼりながら不安におそわれた。おなじ土手の北のはずれでひとりが辻斬に遭っている。

あいてに断りを言って去ろうとして、うしろから斬られた。

うつぶせで、筵はまるめたままであった。

斬られたのは、汐見《しおみ》橋をわたった入船町《いりふねちょう》の吉兵衛《きちべえ》店《だな》のせう、三十九歳。

「……永居橋のてっぺんに立つとわかるんだが、夜鷹と辻斬がいたあたりは松と柳の陰になっている。斬って、刀を鞘におさめてふりけえり、駕籠のさきにぶらさがってる小田原提灯が眼にへえった。なんで身を隠さなかったんか。雲はすくなく、月と星があった。たぶん、駕籠舁に見られたとうけとった。辻斬は、土手を駆けおり、刀を抜いた」

駕籠舁は、土手の人影に気づかなかった。というのも、すぐちかくで斬られているからだ。

おそらくは、辻斬が刀を抜いて土手を駆けおりてくる姿にど肝をぬかれた。

立ちすくんでいる先棒が斬られ、逃げようとした後棒が背を斬られ、駕籠からでようとした商人《あきんど》が刺し殺された。

「……三名の誰かが悲鳴をあげた。駕籠から通りを北へ五間（約九メートル）ほどのところに縄暖簾がある。客と見世《みせ》の者《もん》が悲鳴を聞いた。門口《かどぐち》の腰高簾障子はあけてあった。客が通りにとびだすと、大和町のかどをまがる人影が見えた。羽織袴の二本差しだったそうだ。追っかけはしなかった。自身番へ走り、おいらに報せがきた」

覚山は訊いた。

「背恰好はどうでござりましょう」

「かどまで十三間（約二三・四メートル）あまり。夜だしな、あまりあてにはならねえが、背丈は五尺五寸（約一六五センチメートル）くれえで、肥っても痩せてもいねえ。はじめにとびだしたふたりが見てるが、浪人の恰好《なり》じゃねえって言ってる。辻斬が逃げた十五間川ぞいは、その夜と、昨日《きのう》も朝からあたらせた」

十五間川ぞいは、大身《たいしん》旗本家と大名家の屋敷が四邸ならび、大縄地、大名屋敷、掘割、町家となっている。大縄地の道をゆけば、町家の通りをぬけて西の油堀へでられるし、北の二十間川へでることもできる。

縄暖簾とその客たちをあたらせたが、それらしき二本差しを見た者はいなかった。

「……殺された駕籠舁について、松吉はどこまで話した」

「駕籠屋の屋号と、ふたりの名と年齢《とし》、女房と子があること。女房のひとりが身重であることなどです」

駿介が、じゅうぶんだというふうにうなずいた。

「柴田さんと話していたんだが、たちまち三人を斬ってる。遣えると考《かんげ》えていいよな」

覚山は顎をひいた。

「そう思いまする」

「それが、女、しかも夜鷹ばかりを狙う。駕籠舁と岡崎屋はまきぞえでまちげえねえはずだ。おめえさんは、柴田さんにいずれ町家の者《もん》や二本差しを狙うようになるかもしれねえって話してたそうだが」

「撤回いたしまする。ただ、はじめから夜鷹を狙ったのかとなると、いささか疑念をおぼえまする。女を斬るべく、さまよい歩く。食の見世につとめる女の帰りを狙う。

それが、夜鷹に出会った。もしくは夜鷹に声をかけられた。浪人とは思えぬ身なりから して、はなから夜鷹に眼をつけていたとは考えにくうございまする」

喜平次が、笑みをうかべた。

「おめえさんがくるめえに、おいらたちもそれを話してた。はっきりさせよう、辻斬は大名屋敷の者《もん》か、ご直参。夜、出歩いてる。大名家ならそれができる者《もん》ってことになる。大名屋敷じゃなく町屋敷住まい。となると、老職だ。ここだけの話にしてもらいてえんだが、おいら、ご直参なら、御家人じゃなくお旗本って気がする」

駿介が喜平次に顔をむけた。

「そう思います。御家人でしたら、生きるのにせいいっぱいで、夜中にほっつき歩いて辻斬をするゆとりなどありますまい」

喜平次が笑いをこぼした。

「そう身も蓋もねえ言いかたをしなさんな。おいらたちも、御家人のはしくれなんだぜ」

駿介が笑う。

「たしかに」

喜平次が真顔をむけた。

「どう思う」

覚山はこたえた。

「尻尾をだしてしまいました。わが身大事との分別がありますなら、二度とあらわれない」

「そう思うかい」

覚山は首をふった。

「おいらもよ。とりつかれてるんじゃなければ、とっくにやめてる。もういいぜ」

「失礼いたしまする」

覚山は、かたわらの刀と八角棒をとった。

第四章　相対死

一

翌十五日は小雨の夜明けだったが、明六ツ半（七時）ごろには雲間から陽射しがこぼれた。

湯屋《ゆうや》からもどった覚山は、よねにてつだってもらってきがえ、住まいをでた。

南北両町奉行所で本所深川《ほんじよふかがわ》を持ち場にしている定町廻りふたりが蕎麦《そ ば》屋に呼んだのは世間話をするためではない。

おのが眼でじっさいに見てみる。さすれば、なにか思いつくことがあるかもしれない。

入堀通りから、岡崎屋《おかざき》仁左衛門《に ざ え もん》の帰路をたどる。堀留から大通りを東にむかい、汐見橋のてまえで北へおれる。三町（約三二七メートル）余で永居橋《ながい》だ。永居橋は、幅が九尺五寸（約二・九メートル）、長さが十四間（約二五・二メートル）。

橋で立ちどまるのは禁じられている。覚山は、いただきでゆっくりとした足どりになった。

左の十五間川は両岸とも土手だ。橋のたもと右かどに桟橋がある。岸から道幅をはさんで土手の 叢《くさむら》 がもりあがり、松がある。松から四間（約七・二メートル）ほどおいて柳があった。

たしかに、松の幹とたれさがった柳の枝が目隠しになり、そのむこうに人が立っていたとしても見えない。

覚山は、永居橋をおりていった。

血の痕は洗い流されていた。

客が逃げる辻斬《つじぎり》を見た居酒屋は、暖簾《のれん》がなく、腰高障子もしめられていた。ちかくにほかの縄暖簾はない。朝の稼ぎどきが終わって暖簾をさげたのであろう。

覚山は踵《きびす》を返した。

柳のてまえで土手にのぼる。

今朝《けさ》の雨にぬれた花束があった。

血の痕はない。やはり洗い流したのであろう。血は不浄のものとして嫌う。線香の燃え残りが数本あった。

覚山は、鼻孔から息をはいて頭《こうべ》をたれ、わずかのあいだ瞑目《めいもく》した。

土手をおりる。

橋のほうへもどり、大和町《やまとちょう》のかどで通りの居酒屋あたりに眼をやる。

十三間（約二三・四メートル）あまり。夜はもっと遠くに感じる。浅井駿介《あさいしゅんすけ》によれば、逃げる辻斬を見た客は、浪人の身なりではなかったと話している。

――月と星に……駕籠《かご》にぶらさがった小田原提灯《おだわらぢょうちん》。おぼろに人影がわかるていどだ。

浪人の着物は茶色がおおく、袴《はかま》は濃い灰色か、さらに濃い鼠色《ねずみ》がおもだ。ふつうに着物といえば太物《ふともの》（綿《めん》や麻《あさ》）のことで、絹は呉服という。

茶や灰色は夜に沈む。青などの淡い色であれば、夜でも浮かぶ。

――では、なにゆえめだたぬ茶や灰色にしなかったのか。

――町方や火附盗賊改《ひつけとうぞくあらため》に誰何《すいか》されないためだ。

身分ありげな武家にたいしては、町奉行所役人はむろんのこと、火附盗賊改もおそらくは遠慮する。

覚山は、十五間川ぞいを西へむかった。大和町が半町（約五四・五メートル）ばかり。そこから二町（約二一八メートル）あまり、旗本屋敷と大名屋敷がつづく。

大縄地の道へはいって一町（約一〇九メートル）余さきを西へまがる。

掘割をわたれば町家だ。路地や横道、裏通りがある。しかし、身分ありげな武士が路地や裏通りを歩けばあやしまれる。

それでも、いざとなれば姿を隠せるし、逃げ道にもなる。

掘割から三町（約三二七メートル）たらずで油《あぶら》堀にでた。

覚山は、富岡《とみおか》橋をわたって住まいにもどった。

迎えにでてきたよねの表情が暗い。上《あが》り框《かまち》に腰をおろすと、たきが土間におり、沓《くつ》脱石《ぬぎいし》にすすぎをおいて足を洗い、手拭《てぬぐい》でふいた。

覚山は、すまぬなと言って廊下にあがり、居間へいった。ついてきたよねが簾《すだれ》障子をしめた。

羽織《はおり》の紐《ひも》をほどきながら、覚山は訊《き》いた。

「いかがした」

よねが羽織をぬがせた。

「おでかけになってすこしして、松吉がまいっておりました」

紐をといて袴《はかま》をおとし、帯をほどく。

「なにがあった」

「駕籠舁《かき》の身重だったおかみさんが、お腹《なか》のややを流してしまったそうです」

覚山は、胸腔いっぱいに息をすい、肩をおとした。

「さようか」

「あい。むりしないようにまわりで言っていたそうですが、お通夜、お葬式と気をはりつめていたのが、野辺送りをすませていちどにたまっていた疲れに襲われたのだと思います」

「当人は」

「寝こんでしまったそうです」

覚山は、ため息をついた。

絹の単衣《たんい》を脱ぐ。よねが木綿《もめん》の単衣を肩にかけて帯をわたしてくれた。覚山は帯をむすんだ。よねが、脱いだ単衣と袴を二階へもっていった。

夜、寝所でよこになってほどなく、覚山はよねのしのび泣きに気づいた。背をあげると、よねが顔を見られないようによこをむいた。

覚山は、よねの枕もとによって胡坐《あぐら》をかいた。首のしたに腕をいれ、抱きよせる。

「遠慮はいらぬ。泣くがよい」

よねが、嗚咽《おえつ》をもらした。

覚山は、抱きしめた。

よねが泣き声で言った。

「ややがほしい」

「うむ」

若く見える。色白で顔がちいさく、肌に張りがある。しかし、三十路《みそじ》である。

いちど、よねが、きちんとお話ししなければと思っていたことがあります、とうちあけかけた。

話のながれから、子のことだとさとった。子があるなら夫婦《めおと》になるさいに告げている。たとえ赤児のころに亡くしたとしても、よねはそのようなだいじを隠したりはしない。

花街《かがい》で暮らすようになってそれほどたっていない。もしかしたらおのれが知らぬだけというのもありうるが、子がある芸者の話は聞いたことがない。あいてにたのんで懐妊しないようにしているか、中条《ちゅうじょう》流の医者のところで流している。

村で暮らしていたころ、てつだいにきていた老婆がなにかのおりにしゃべっていた。生まれた赤児をまびきしても、腹の子を流しちゃならねえ、流すと癖になって孕《はら》みにくくなる、と。

それらが、脳裡《のうり》によみがえった。

覚山は、さえぎり、よねが芸者の米吉《よねきち》だったころのことを長兵衛《ちょうべえ》から聞いておらぬし、聞きたいとも思わぬと言った。

本音であり、本音でなかった。知れば、苦しむことになる。さらに、知ったからとて、どうにかなるものでもない。

よねがおのれのものであるならほかにはなにもいらぬ、と言った。

おのれを鼓舞《こぶ》する思いをこめてのあのときの正直な気持ちだ。いまもそれはかわらぬ。おのが腕《かいな》に、かけがえのないものがある。

生きている重みと、やわらかさと、ぬくもり。

寝巻が、顔をうずめているよねの涙でぬれた。

よねは、ちいさく、たよりなげで、せつないほどにいとおしかった。

やがて、胸に顔をうめたままかすかな寝息をたてた。なおしばらく、寝息を聞き、横顔を見つめ、すっかり力のぬけた躰《からだ》をそっと寝かせ、首に枕をあてた。

翌朝、よねはなにやら恥ずかしげにうつむきかげんであった。覚山はなにもなかったかのごとくふるまった。

この日も、つぎの日もよく晴れた。

翌十八日は、下総《しもうさ》から顔をだした朝陽が空を青く染めていき、安房《あわ》の空にうすい筋雲を浮きあがらせた。

陽がのぼるにつれて、秋空の青さを鰯雲《いわしぐも》がおおっていった。

夕七ツ（四時）の鐘が鳴り、弟子を帰したよねが居間にきてほどなく、庭のくぐり戸があけられて長吉《ちようきち》がきた。

「先生、堀留で地廻りが睨《にら》みあっております」

「大勢か」

「二十人ちかくおります」

覚山は、うなずき、腰をあげた。

着流しの腰に大小をさし、古い八角棒と、八丁堀《はつちようぼり》の山城屋《やましろ》からとどけられたあたらしい八角棒の一本も手にした。

二本の八角棒を左手にもち、沓脱石の草履《ぞうり》をはく。

長吉が、くぐり戸をあけて脇による。

路地にでて、斜めまえの万松亭《ばんしょうてい》のくぐり戸から庭をぬけて表の土間へ行った。

長兵衛が板間に膝《ひざ》をおって待っていた。

「先生、為助《ためすけ》一家の者と権造《ごんぞう》一家の者がののしりあい、いまにも喧嘩《けんか》がはじまりそうだとのことにございます」

「あいわかった」

長兵衛にうなずいた覚山は、踵を返した。長吉がついてくる。覚山はふり返ることなく言った。

「くれぐれも申しておくが、けっして手出しはならぬぞ。よいな」

「はい」

通りにでる。なるほど、堀留にめんした大通りで二手にわかれて睨みあっている。仲町がわのうしろにいるひとりが、ふり返って顎《あご》をつきだし、二歩、三歩とすすんだ。軒下で見ていた者らが逃げ散る。

脅したならず者がもどる。

覚山はいそいだ。

地廻りどもが疵《きず》を負おうが殺しあおうがかまわぬ。しかし、通りの者がまきこまれてはおのれの非になりかねない。そのようなことがおきぬよう用心棒として雇われている。

長吉が、斜めうしろにちかづいた。

「先生」

「いかがした」

「どうやら、こちらがわにいるのが権造一家で、山本町のほうが為助一家のようです」

「わかった」

軒下で見ていた者らが気づき、顔をかがやかせる。

まえをとおりすぎる。

名無し橋から堀留にかけて川岸にいるはずの船頭や駕籠舁の姿がない。

覚山は、まっすぐろくでなしどもにむかった。

ふたりが懐に右手をつっこみながらよってきて立ちふさがった。

「見てわかんねえのか。端っこを歩きな」

跳びこむ。一歩で、八角棒の一本を右手に握る。二歩めで間合《まあい》をわる。

――ポカポカッ。

「痛《いて》え。この野郎」

ふたりが匕首《あいくち》を抜こうとする。

――ポカポカッ。

わずかにずらして額を打ち、水月《みぞおち》に一撃。

ふたりがうずくまる。水月に決まると息ができなくなる。脳天を突きぬけるがごとき痛みに気を失うことさえある。

覚山は、ふたりのあいだをとおりすぎた。両手に八角棒をさげている。権助一家の者らがあとずさる。

さっとかぞえる。七名いる。背後のふたりとあわせて九名だ。

入堀の幅は四間半（約八・一メートル）。なかほどで立ちどまり、言った。

「双方とも立ち去れ」

為助一家のいちばんまえにいる者がこたえた。

「こきやがれ。ここは為助一家の縄張でえ。それよか、磯吉《いそきち》兄貴が世話になったな」

「むさくるしい溝鼠《どぶねずみ》の世話をするほど、わしは物好きではない」

「ど、溝鼠だとッ。ほざきやがったなッ。やっちまえッ」

懐に右手をいれる。

匕首を抜くまえに跳びこむ。

――水形流小太刀《すいぎょうこだち》の舞。

――ポカ、ポカ、ポカ、ポカ、ポカ。

額、腕、手首、額。八角棒が唸《うな》り、額が木魚《もくぎょ》となる。

覚山は、二歩さがり、堀留に背をむけた。

「いまいちど言う。双方とも立ち去れ」

八角棒をもちあげながら腕をひろげ、左右に擬する。

「おぼえてやがれッ」

為助一家が捨て台詞《ぜりふ》をのこして表通りを駆け去っていった。権造一家は、うずくまっているふたりに肩をかし、大通りをよこぎって大島川《おおしま》への横道に消えた。

仲町の入堀通りにはいると、左斜め半歩うしろに長吉がついた。

「先生、権造一家が逃げていった横道から堀留へくると、すぐに為助一家が走ってきたそうです」

「そうか」

万松亭のまえに長兵衛がいた。

覚山は、眼で土間をしめした。長兵衛が、かすかにうなずいて暖簾をわけた。覚山はつづいた。

長兵衛がふり返る。

「先生、ごくろうさまにございます」

「長吉が聞いたところによれば、権造一家の者らが大島川のほうの横道からあらわれ、すぐに為助一家の者らが駆けつけてきたそうだ。権造一家は、為助一家の眼にとまらぬように船入《ふないり》から大島川ぞいをきたものと思える。為助一家がただちに駆けつけられたは、多勢の姿を見かけ、報せをうけたからであろう」

長兵衛が額に皺《しわ》をきざむ。

「為助一家の者をこらしめたのは、正月なかばのことにございました。あれいらい、権造一家や三五郎《さんごろう》一家の者が入堀通りへきても、為助一家は知らぬふりをしておりました」

「すぐにやってきたことからして、もうそうはいかぬということではあるまいか」

長兵衛がゆっくりと首をふる。

「やっかいなことにならねばよいのですが。先生、これからもよろしくお願いいたします。通りのみなさまにいまのことをお報せいたします」

長兵衛が頭をさげた。

覚山は、なおった長兵衛にうなずき、庭をとおって住まいへもどった。

翌日から、為助一家の者が入堀通りにあらわれるようになった。二、三人でぶらつく。いちゃもんをつけたり、芸者をからかったりすると、報せがある。着流しに八角棒をもって行く。さりげなく逃げる。そのくりかえしであった。見まわりのさいにはあらわれない。昼間や見まわりのあいまにやってくる。

それがつづいた。

どういうことにございましょうと、朝のうちにたずねてきた長兵衛が訊いた。思惑《おもわく》が那辺にあるか。覚山は思案を語った。

入堀通りが縄張であるを、通りの者や権造一家と三五郎一家にしめす。いまひとつが、九頭竜覚山の根気をためす。学者が身過ぎ世過ぎのために用心棒をやっている。ならば、しつこくわずらわせれば辞めるかもしれない。喧嘩をうるのも策だ。二本差しをあいてにするさいは抜いているが、こっちは八角棒で殴るだけだ。命をとられるおそれがない。

そのうち、しくじりをしでかすかもしれない。たとえば、弾きとばした匕首が、町家の者、できれば女を疵つける。殺すことになれば、願ったり叶ったりである。九頭竜覚山さえいなければこんなことにはならなかったと、通りの者をあおればよい。

あきれ顔の長兵衛に、覚山は、為助一家には河井玄隆《かわいげんりゅう》という切れ者の用心棒がいる、これくらいの策はめぐらすであろうと言った。

長兵衛が、通りのおもだったかたたちに話しておきますと述べ、辞去した。

二

仲秋八月になった。

朔日《ついたち》の朝、簾障子《すだれしょうじ》を厨《くりや》の納戸《なんど》からだした紙障子と襖《ふすま》にかえた。

二日、昼八ツ半（三時）じぶんに三味《しゃみ》の音《ね》がやみ、弟子の稽古が終わった。

覚山は、書見台をかたづけた。

すこしして戸口の格子戸が開閉し、よねが居間にきた。

膝をおる。

「先生、いま帰った見習の妓《こ》が、昨夜《ゆうべ》、身投げがあったって話してました。なんでも、寺町通りのお店《たな》の娘とお店の若旦那がいっしょに身投げしたそうです。今朝になって娘さんがいないので大騒ぎしてたら、仙台《せんだい》堀上之橋《かみのはし》の橋桁《はしげた》でふたりが見つかったとのことです」

「そうか」

「あい。お茶をおもちしましょうか」

「そうだな。たのむ」

若い男女《なんによ》がむすばれぬ恋に死をえらぶ。めずらしいできごとではない。ただ、寺町通りというのが、いささか気になった。

翌三日、湯屋からもどってくつろいでいると、庭のくぐり戸がけたたましくあけられた。

「先生《せんせえ》、無口があきらめきれねえ松吉でやす。おじゃまさせていただきやす」

よねが笑みをこぼしながら首をふった。

朝陽のごとくにこやかな松吉があらわれた。

「おはようございやす。およねさん、今日は三日でやすから、おまけなしで二十三ってことでどうでやしょう」

「おまえも飽きないねえ。おあがりなさい」

「ありがとうございやす」

濡れ縁に腰かけて手拭で足をはらった松吉が、あがってきて敷居をまたぎ、膝をおった。

「先生《せんせえ》のお顔も、今朝は、なんかこう、かがやいておりやす」

「おまえ、熱があるのか」

「それはもう、恋の病《やまい》でやすから。額に薬罐《やかん》をのっけりゃあ、お湯が沸くってもんで」

「おもしろそうだな、薬罐をもってこさせよう」

「やめておくんなさい。首を痛めちまいやす。先生《せんせえ》はほんとうにやりかねねえんで、あぶなっかしくていけや……おたぁきちゃぁぁぁん。ほら、ほら。湯沸《ゆう》かさなくたって、こうしてちゃぁんとお茶を淹《い》れてもってきてくれる。顔が綺麗《きれえ》だと、心根も綺麗だ、うん。おっと、およねさんもでやす」

「もッ。そうかい。ついでなんだ」

「ち、ちげえやす。りっぱな年季がはいっておりやす」

「しまいにはぶつわよ」

「すいやせん。聞かなかったことにしておくんなさい」

うつむいて唇《くちびる》をひきむすんで笑いをこらえているたきが、盆をもってでていった。

茶を喫した松吉が茶碗をおく。

「先生《せんせえ》、朔日の夜、仙台堀で身投げがあったんをごぞんじで」

「昨日《さくじつ》、よねの弟子が話しておったそうだ」

「身投げしたんが誰かは」

覚山は首をふった。

「いや、知らぬ」

「若旦那が強盗に遭って亡くなった万年町《まんねんちょう》二丁目の但馬屋《たじま》の娘と、平野町《ひらのちょう》の上総屋《かずさ》の若旦那だそうで」

覚山は、眉《まゆ》をつりあげた。

「まことか」

「へい。昨日《きのう》の朝、仙台堀上之橋の橋桁で見つかったそうでやすが、離ればなれにならねえように、たげえの腕を手拭でしっかりむすんであったとのことでやす。それで橋桁にひっかかったってわけで。相対死《あいたいじに》でまちげえありやせん。ですが、但馬屋と上総屋とは、えれえ仲がわるいってことが強盗の件で知れわたっておりやす。上総屋が殺《や》らせたんじゃねえかって噂《うわさ》する者《もん》がおるくれえで。それなのに、娘と若旦那が相対死。いってえどうなってるんか、さっぱりでやす」

「よく報せてくれた。ところで、入堀通りで為助一家をみかけるようになったであろう、みなはどのように申しておる」
「でけえ面《つら》したって、先生《せんせえ》の姿が見えただけで逃げだしちまいやす。以前《めえ》は、からまれたりしたらやっけえだって思ってやしたが、いまじゃどうってことありやせん。こねえだも、為助一家と権造一家にポカをくらわしたそうじゃありやせんか。見てたのが、いい気分だって話してやした」
「そうか」
「先生《せんせえ》がいてくださるんで、あっしらも安心して商売《しょうべえ》ができやす。なんか聞いたら、またお話ししにめえりやす。……およねさん、馳走《ごち》になりやした。失礼《しつれえ》しやす」

辞儀をした松吉が腰をあげた。

簾障子を紙障子に変えたが、陽射しがあれば暖かいので左右にあけてある。沓脱石からおりた松吉が、ふり返ってぺこりと低頭し、くぐり戸のほうへ消えた。

昼まえに三吉がきた。柴田喜平次が夕七ツ（四時）すぎに笹竹《ささたけ》へきてほしいという。覚山は、承知してよねに告げた。

夕七ツの鐘を聴き、覚山はよねにてつだってもらってきがえた。

幼子ではあるまいし、きがえくらいできる。村で暮らしていたころは、叔父である庄屋が年寄の女をてつだいによこしていた。それでも、洗濯と縫い物のほか、できることはおのれでするようにしていた。

所帯をもったはじめのうちは、わずらわしく思うこともあった。しかし、やりたいようにやらせないと、つむじをまげ、寝床で背をむけられる。あれは、わるいことをしておあずけされたようで、みじめな気分になる。それなら、機嫌よくやらせ、寝床で枕をならべてもらったほうがはるかによい。

妻帯し、波風をたてずに暮らすとは、つまりはそのようなことどもを学べるか否かにある。

女人《にょにん》と女体《にょたい》。この摩訶不思議《まかふしぎ》、奇怪至極《きっかいしごく》、無体理不尽《むたいりふじん》、悦楽極楽《えつらくごくらく》の混沌《こんとん》をきわめねばならぬ。これもまた学問である。

そう思う。そのはずだ。そうであらねばならぬ。心底《しんてい》にうずくやましさに蓋をする。

よねの見送りをうけ、覚山は住まいをでた。

羽織袴の腰に大小と八角棒をさしている。

路地から裏通り、湯屋のかどをおれて大通りにでた。

大工、左官、屋根職、鳶《とび》などの仕事は夕七ツまでだ。いそぎ普請でも半刻（一時間）ほどである。暮六ツ（日の入）がちかづくほどに薄暗くなっていく。つまりは、怪我につながりかねない。

だから、夕七ツすぎは家路をいそぐ出職の者らがゆきかっている。店者《たなもの》もおおい。主、番頭、手代、丁稚《でっち》だ。食の見世のほかは、暮六ツまでに暖簾をしまう。奉公人に夕餉《ゆうげ》を食べさせねばならず、灯りももったいない。夕餉のしたくでたりないものを買いにでた裏店の女房らの姿もある。

覚山は、大通りから正源寺《しょうげんじ》参道におれ、笹竹の暖簾をわけて土間へはいった。

奥の六畳間の障子はあけてあり、柴田喜平次と弥助がいた。

厨とのあいだで笑みをうかべている女将《おかみ》のきよにうなずき、覚山は草履をぬいで六畳間にあがった。

膝をおると、きよが食膳をもってきて酌をした。

はんぶんほど飲んで杯をおく。

喜平次が言った。

「寺町の身投げを話そうと思ってきてもらったんだが、耳にへえってるんだろう」

覚山は首肯した。

「昨日《さくじつ》の昼、よねの弟子が身投げがあったことを話したそうにございまする。今朝、松吉がまいり、但馬屋の娘と上総屋の若旦那が離れないように手拭でたがいの腕をむすんでいたのが、橋桁にひっかかったと話しておりました。相対死にまちがいあるまいと」

喜平次がにやりとする。

「おめえさんはちがうかもしれねえって考《かんげ》えたわけか」

「相対死にみせかけて殺す。ありえまする。ですが、だとしますと、ふたりを呼びださねばなりませぬ」

「たしかにな。順をおって話そう」

二日の明六ツ（日の出、六時）より小半刻（三十分）ほどまえに、但馬屋と上総屋で騒ぎがおこった。

但馬屋のきくは十五歳。二十五歳だった嫡男の晋吉《しんきち》のしたに、嫁いだ長女と、五歳のおりに亡くなった次男がある。

上総屋の栄吉《えいきち》は二十二歳。嫁いだ姉がひとりある。

表店の奉公人は、夜がしらむ暁七ツ半（五時）じぶんに床を離れる。雨戸をあけ、顔を洗い、きがえる。そして、下働きは朝餉のしたくにかかる。

裏店でも、たいがいはその刻限に起きる。

雨戸があけられて小半刻ほどたっても起きてこないと、女中が声をかけにいく。

但馬屋の女中が、きくの部屋へ行った。廊下で呼びかけてもこたえないのでことわって障子をあけた。

姿がない。厠《かわや》にもいなかった。いまいちど、部屋へもどると、床に寝たようすがない。女中は、あわてて内儀のもとへいった。

上総屋でも似たようなことがあった。ただ、上総屋は男であり、但馬屋は娘である。但馬屋のほうが騒動になった。

寝たようすがない。昨夜《ゆうべ》からいないということではないか。すわ、勾引《かどわかし》か。いや、寝ないでおきていて、未明の寺に願かけにいったのかもしれない。大騒ぎして、無事であったら評判に傷がつく。

寺の山門があくのは町木戸とおなじく明六ツからだ。しかし、寺は火急にそなえてくぐり戸の閂《かんぬき》をかけてない。

見にいかせるべきか、しかし騒ぎたてるのもどうかと迷っているうちに、明六ツ(六時)の鐘が鳴った。

主の晋右衛門《しんえもん》は手代ふたりをさがしにいかせた。

海辺《うみべ》橋よりの正覚寺《しょうかくじ》は山門が町木戸のそとにある。しかし、昨夜からなら帰りそびれて世話になっているのかもしれない。

それなら、住職が僧をつけ、町木戸をあけさせて送ってくれたはずだ。そうは思うものの藁《わら》にもすがる気持ちだった。

正覚寺、恵然寺《えねんじ》、増林寺《ぞうりんじ》、海福寺《かいふくじ》と行かせたが徒労であった。

朝っぱらから通りを手代らが右往左往すれば、自身番屋にやってきた町役人《ちょうやくにん》の眼にとまる。

そこへ、仙台堀河口の上之橋で見つかった相対死の報せがもたらされた。ふたりとも若く、着衣からして表店の者ではあるまいかという。こころあたりはないかとの町役人の問合せに、但馬屋では番頭と手代を上之橋へ行かせた。

「……おいらのとこに報せがあったのも、明六ツめえだった。年寄は朝が早《はえ》え。だから、寝てる者《もん》のじゃまにならねえように、裏木戸をあけてでてくる。川ばたや土手、町内《ちょうねえ》の稲荷《いなり》、そんなんがねえとこは自身番の囲いんとこあたりだ。煙草盆《たばこぼん》なんかをもってな。ほかの長屋の年寄もやってくる」

上之橋の北岸は、仙台堀の名の由来である奥州《おうしゅう》仙台藩六十二万五千六百石松平(伊達《だて》)家の約五千四百坪の蔵屋敷がある。

南岸は佐賀町《さがちょう》だ。北岸かどに伊達家の辻番所があるので、佐賀町の自身番屋は中之橋をこえたところにある。

上之橋の南岸たもとには栈橋がある。佐賀町の裏店から煙草盆をさげてでてきた年寄が、栈橋へおりる石段に腰かけて煙草を一服し、空から橋、川へと眼をおとし、橋桁に男女《なんにょ》の背が浮いているのに気づいた。

腰をぬかさんばかりに驚いた年寄は、裏木戸よこの大家（家主）へ報せにいった。家主から当番の町役人へ。町役人が書役を起こす。しまっている町木戸をあけさせながら、書役が月番である喜平次の組屋敷まで走った。

「……で、書役を笹竹へ行かせ、おいらはいそぎしたくをして駆けつけた」

猪牙舟《ちょき》と町内の鳶の者を呼ばせていると、弥助が手先らときた。

弥助はこころえている。命じるまでもなく、手先のひとりを御番所へ走らせていた。それでも、かってなまねをしてすいやせん、と詫《わ》びた。

褒《ほ》める口調であった。

てれた弥助が、諸白を注いで飲み、杯をおいた。

覚山は、そんな弥助に内心でほほえんだ。

ちらっと弥助に眼をやった喜平次がつづけた。

「……鳶も死骸《しげえ》をさわるんは縁起でもねえっていやがる。だから、傷つけねえよう、流されねえよう、鳶口で舟によせるだけでいいって言って、猪牙舟の一艘《そう》にのせた。

もう一艘には戸板と手先らだ」

そのいっぽうで、上之橋の橋桁で相対死らしいのが見つかったがこころあたりはないか、手先のひとりを二十間川上流南岸の大和町と北岸の東平野町《ひがしひらのちょう》までの自身番屋へ報せにやった。

戸板にのせられた男女の死骸が猪牙舟から桟橋に移された。

身なりから、表店の娘と倅《せがれ》のようであった。男の左手首と女の右手首に手拭がまかれてむすばれていた。たがいの腕をにぎっていたであろうてのひらは離れていた。

おだやかな死に顔で、覚悟の身投げでまちがいなさそうであった。

喜平次は、心で手を合わせておのれにつぶやいた。

――若《わけ》え者《もん》ほど死にたがる。なんでだろうな。

べつべつにされるのは悲しかろう。

喜平次は、重いだろうが四名でこのまま自身番まではこぶよう命じた。

岸にあがると、大勢の野次馬があつまっていた。

役人風を吹かせて威張りちらして追っぱらうと、あることないこと噂にされる。そのあたりの機微《きび》をこころえないと定町廻りはつとまらない。

傲慢《ごうまん》ではなく威厳《いげん》で接する。それが理解できないから、火《か》盗改《とうあらため》は嫌われる。

道をあけさせ、自身番屋へ行く。玉砂利に戸板をおき、目隠しに手先らを立たせて弥助にふたりの懐と帯、袂《たもと》をさぐらせた。

身を証すものはもっていなかった。男は巾着さえなかった。女の帯に匂い袋と紙入れがはさんであった。

片膝をつき、手拭のむすびめをたしかめる。細工もありうる。しかし、死に顔からして、しんそこ惚《ほ》れあった仲のように思えた。

喜平次は立ちあがった。

死出の旅に匂い袋を帯にはさむ娘心がいっそ哀れであった。

そんなことを思案していると、店者ふたりが囲いのなかにはいってきて、ひとりが寺町通り万年町二丁目但馬屋の番頭だと名のった。そして、眼をおとし、お嬢さまと言ったきり絶句してしまった。

喜平次は、男のほうを知っているかと訊いた。

番頭が首をふり、ぞんじませんとこたえた。

――娘の名は。

――い、きくにございます。

――年齢《とし》は。

――十五歳にございます。

そこへ、やはり番頭と手代が息を切らして駆けつけた。

低頭して、寺町通り平野町上総屋まで口にしたとたんに、但馬屋の番頭が眼をみはり、きびしい表情になった。

喜平次は、死骸《ほとけ》の顔が見えるよう一歩よこにうごいた。

上総屋の番頭が、茫然《ぼうぜん》となり、つぶやいた。

――若旦那。

但馬屋の番頭が口をひらきかける。

喜平次はさえぎるように言った。

――あいては、但馬屋の娘きくだ。

――まさか。

但馬屋番頭の顔が怒気に染まる。

喜平次は睨みつけた。

――ここで揉《も》めるんじゃねえッ。

上総屋番頭に顔をむける。

――若旦那の名は。

——栄吉にございます。

——年齢は。

——二十二にございます。

——双方とも、主《あるじ》に報せに帰《けえ》れ。おいらが話を聞きにいくまでかってなふるまいは許さねえ。……弥助。

——へい。

——手先をひとりずつつけな。但馬屋は仙台堀ぞい。上総屋は中之堀から油堀だ。おいらが行くまで見張らせてろ。

——わかりやした。

一礼した双方の番頭と手代が、たがいに憎々しげな眼をむけ、囲いをでていった。

喜平次はため息をつきたい気分だった。

囲いのそとで手先ふたりに指図した弥助がもどってきた。

——死骸《ほとけ》に筵《むしろ》をかけさせ、吟味方がくるまで見張らせな。おいらとおめえは御番所だ。

弥助が手先を呼んだ。

相対死でまちがいなければ、そのむねを御番所に報せ、死骸をひきとらせてもよい。しかし、やっかいなことになりそうなので吟味方にもあらためてもらうことにした。

途中で検使（検屍）へむかう吟味方同心二名に会った。手短に説明して、北御番所へいそいだ。

この時代の北町奉行所は御堀（外堀）の常盤橋《ときわ》御門内にある。

南北町奉行所とも、表門の右に門番所があり、同心詰所がある。南と北とではすこしちがうが、北は門番所と同心詰所のあいだに、小者控所がある。土間に、湯を沸かすための竈《かまど》があって、腰掛台がおかれ、板間もある。

そこに弥助を待たせ、喜平次は詰所で年番方に但馬屋と上総屋とが犬猿の仲であることをふくめて報告した。そして、騒ぎにならぬよう寺町通りへまいり、ことしだいによっては昼も臨時廻りにお願いしたいむねを述べ、許しをえた。

弥助をともなって道をいそぎながら、双方の番頭と手代の顔を想いだした。

何代もまえから仲が悪い。仲が悪いからかかわりあいをもたない。番頭でさえたがいの顔を知らなかった。

これまでは、たがいに無視しあうことですんでいた。しかし、きくは但馬屋のひとり娘で婿を迎える立場だ。栄吉は上総屋の跡継である。

――よりによって。

喜平次は内心で独語した。

「……わきへそれるが、晋吉の女遊びについて話しておこう」

霊巌寺表門前町宵月《れいがんじおもてもんぜんちょうよいづき》にかよいつめている客のおおくが、やえと晋吉との仲をうたがってるようであった。それでこなくなった客もいる。

かたっぱしからあたらせたが、怪しい者はうかばなかった。

要津寺《ようしんじ》の出茶屋のなをについては、客だけにかぎらす、境内《けいだい》でよく見る顔の奴もさがさせている。客になって言いよるより、遠くで見つめている奴のほうが恋路ではあぶない。ちかよって声をかけきれないだけ鬱屈《うっくつ》するからだ。

「……それらしいのがいねえとわかるまでつづけさせるつもりだ。だがな、ただの強盗だったんじゃねえかって思いはじめたところにこれだ。但馬屋だけじゃなく、上総屋も親類から暖簾を継ぐ者《もん》をさがさなきゃあならねえ。若《わけ》えの相対死では、てえげえ男より女の親のほうがわれを失ってる」

喜平次は、但馬屋をさきにした。

吟味方も相対死でまちがいないと判断したようであった。見張りの手先が、いましがた娘の亡骸《なきがら》がはこばれてきたと報告した。

番頭がでてきて両手をついた。主も内儀もとり乱していてとてもお話しできそうにもありませんという。

上体をもどしても顔をふせかげんの番頭に、喜平次は言った。

――こころあたりはねえか。

番頭の顔がこわばるのがわかった。

胸をふくらませて息をはきだし、顔をあげた。

――お役人さま、おきくさまは十五歳にございます。世間のなにがわかりましょう。だまされ、道連れにされたに相違ございません。

喜平次は語気をつよめた。

――まだなんもわかっちゃいねえ。調べるのはおいらで、これからだ。めったなことを口にするんじゃねえ。

番頭が両手をついてふかく低頭する。

――申しわけございません。お許しください。

――主にも店の者《もん》にもよく言っておけ。たしかじゃねえことを口にしたり、騒ぎたてたりするんじゃねえとな。主には、あらためて話を聞きにくる。そう伝《つた》えておきな。

喜平次は、低頭したままの番頭に背をむけて但馬屋をでた。

上総屋では主の栄左衛門《えいざえもん》がでてきた。顔には悲しみよりも怒りや憎しみがあった。

膝をおり、低頭して上体をもどした栄左衛門に、喜平次はおだやかに訊いた。

――なんでおめえんとこの倅と但馬屋の娘なんだ。

栄左衛門が唇をひきむすぶ。

喜平次はかさねて訊いた。

――思いあたることがあるのかい。

ややあった。

――噂をぞんじております。

――なんの噂だ。

――手前どもが但馬屋の若旦那を殺《あや》めさせたとの噂にございます。

――そうなのか。

栄左衛門が顔をあげた。

眼に怒りがある。

――めっそうもございません。よからぬ噂を信じ、娘をつかって倅を道連れにしたに相違ございません。

喜平次は首をふった。

――但馬屋でも番頭がおんなしことを言ってたよ。おめえんとこの倅が、だまして道連れにしたにちげえねえそうだ。ひとつ教《おせ》えてくんな。栄吉は、十五の娘にさそわれたらいっしょに死ぬような考《かんげ》えなしかい。

栄左衛門が黙った。

――但馬屋にも言っておいたが、めったなことを言いふらしたり、騒いだりするんじゃねえぞ。こいつは、きつく言っておく。頭に血がのぼってるようだから日をあらためて聞きにくる。なあ……。

栄左衛門が顔をあげた。

――さっきも言ったが、なんで但馬屋の娘と上総屋の倅がいっしょに身投げしたんだ。もういちど言う。なんでおめえんとこの倅と但馬屋の娘なんだ。

栄左衛門は黙ったままであった。

「……というしでえなんだ。あのようすじゃあ、なんかのひょうしで手代どうしのいざこざってことになりかねねえんで、寺町通りのまんなかあたりで手先に蕎麦屋台をおかせている。二、三日したら話を聞きに行くつもりだ。吟味方にもあらためてもらった。おいらも、相対死でまちげえねえと思う。なら、ふたりは惚れあってたことになる。いってえどういうことだか、おめえさんも知恵をかしてくれねえか。そろそろ暮六ツ（六時）だな。もういいぜ」

覚山は、喜平次に一礼して、かたわらの刀と八角棒をとった。

三

参道から大通りにでた。

歩きながらの物思いは不覚につながる。だが、考えてしまう。

四町（約四三六メートル）たらずの寺町通りで、おなじ商いをしているにもかかわらず、番頭どうしが顔さえ知らない。それほどの不仲である。しかも、先々代のころからだ。そこの娘と倅が恋仲だった。

けっしてむすばれることはない。だから死をえらんだ。それはわかる。しかし、どこで、どうやって知りあったのか。たがいに一目惚れというのもありえはする。それでも、どこかで口をきき、あの世でむすばれようとの思いをひとつにしなければならない。

考えるほどに不可解なできごとだ。なにゆえふたりは死をえらんだか。推測はある。だが、さらに熟慮せねばならない。浅慮は思いこみにつながる。

八幡橋《はちまん》を背にして一町（約一〇九メートル）ほどで暮六ツ（六時）の捨て鐘が鳴りだした。

捨て鐘三度につづいて時の数だけ鐘が撞《つ》かれる。

覚山は、いそぎ足になった。

はるか下総の空から江戸の空へ、夜が駆けてくる。大通りの表店は戸締りがされ、あいているのは食の見世だけだ。

一ノ鳥居から堀留までは一町たらず。

覚山は歩調をゆるめた。

堀留をすぎ、門前山本町の入堀通りにはいる。夜の色が濃くなるにつれ、常夜灯が通りにほのかな輪をうきあがらせていく。

地廻りらしき三人連れが山本町の裏通りに消えた。

名無し橋てまえの川岸にいた駕籠舁ふたりがすすみでた。

覚山は、立ちどまり、躰をむけた。

ふたりがぺこりと低頭する。

「先生《せんせえ》、仲間が辻斬に遭ったんはごぞんじと思いやす」

「知っておる。気の毒に思う」

「ありがとうございやす。ふたりとも女房と子があったんもごぞんじでやしょうか」

覚山はうなずいた。

「後棒の女房はお腹の子を流してしまったそうだな」

「そうなんで。源次《げんじ》の女房は名をすまといいやす。昨日《きのう》の朝……」

ふたりの眼から涙がこぼれた。

「……声をかけてもこてえがねえんで、大家を呼び、おなし長屋の大工《でえく》が雨戸をはずしたら、冷たくなってたそうでやす。先生《せんせえ》、くやしくてなりやせん。あっしらがなにを言ったってあいてにしてもらえやせんが、先生《せんせえ》のおっしゃることでしたら、八丁堀の旦那も聞いてくださると思いやす。どうかお願《ねげ》えしやす、斬った奴をつかめえておくんなさい」

「かならずつたえよう。源次にはたしか四歳の男の子があったな」

「あっしらも、与吉《よきち》や源次とおなし小津屋《おづや》でございやす。みな、その日暮らしでやす。小津屋の旦那が、しばらくはあずかって貰《もら》い子をしてくれるところをさがし、なければお寺にお願《ねげ》えするとおっしゃっておられやす」

「そうか。おまえたちの名を聞いておこうか」

「へい。あっしは先棒の平助《へいすけ》と申しやす」

「後棒の久次《ひさじ》でやす。よろしくお願《ねげ》えしやす」

覚山は、ふたりにうなずいた。

住まいにもどった覚山は、浅井駿介宛の書状をしたためて封をした。よねには、子を流した女房が亡くなったことは黙っていた。

夜五ツ（八時）の見まわりで、平助と久次の姿はなかった。客がついたということだ。

ふたりのかわりに、剣呑《けんのん》な輩《やから》が待ちうけていた。

覚山は、足をとめて山本町裏通りを睨みつけた。羽織の紐をほどく。

影がでてきた。二本差し。四名。

殺伐とした気配に、通りをゆきかっていた者らが逃げだす。二名がゆくてをはばみ、二名が大小を左手でおさえて足早に背後にむかう。

敵の狙いは挟み撃ち。通りの幅は四間（約七・二メートル）。まんなかにいる。はばむならいまだ。が、敵は表店ぞいにすすんでいる。抜いた刀があいている見世の暖簾を裂くかもしれない。

覚山は、川岸へすすみ、入堀を背にした。左よこに羽織を落とす。

四名が抜刀。

覚山は、脇差の鯉口《こいぐち》を切って刃引の多摩《たま》を鞘《さや》走らせ、左手で八角棒も抜いた。

多摩は一尺七寸（約五一センチメートル）余。刀にすべきではと迷った。しかし、できうれば血を流したくない。

四名が青眼に構え、詰めてくる。

両足を肩幅の自然体《じねんたい》にひらき、両腕をたらす。眼は敵を見ずに伏せる。

――水形流不動の構え。

見るのではなく、感取する。

敵が迫る。青眼から上段にもっていく。

覚山は微動だにしない。ゆっくりと息を吸い、しずかにはく。

敵四名の腰が沈む。

くる。

敵がいっせいにのびあがって跳びこんできた。四振りの白刃が夜空を突き刺す。左からふたりめが足裏一つ半ほどまえにでている。

右にさっと顔をむけて殺気を放ち、左端とふたりめのあいだに跳びこむ。多摩の柄頭を腕の内側にあてて刀身をやや左にかたむけ、斜めうえに突きあげる。

ふたりめの白刃が多摩の鎬《しのぎ》を滑る。八角棒で右鬢《びん》を打つ。ふたりめが左によろける。

撥ねた八角棒を勢いよく左端の薪《まき》割り一撃にぶつけ払う。

右足を踏みこんで反転。弧を描かせた八角棒でふたりめの右脾腹《ひばら》を、多摩で左端の項《うなじ》したを痛打。

三歩しりぞく。

八相《はっそう》に構えた右ふたりめが、おおきく踏みこんで間合を割った。白刃が袈裟《けさ》に奔《はし》る。

左足をおおきく斜めまえへ。

上体が沈む。

多摩を右斜めうえに振りあげながら右肩をひらく。

右爪先で地面を蹴り、左足に躰をのせ、上体をのばす。八角棒で右頸つけ根を撃つ。

敵が右眼をしかめる。多摩で右手首に振りおろす。多摩を返し、柄頭《つかがしら》を握る左手の親指と人差し指へ。敵の両手が柄を離す。

四人めの右端が、右ふたりめの右をまわり、大上段から振りおろしてきた。

多摩を寝かせ、頭上に突きあげる。渾身の一撃に、柄が奪われそうになる。八角棒を敵の水月に突きいれる。

敵が眼を見ひらき、口をあける。

白刃から力が抜ける。

覚山は、とびすさった。

白刃を落とした四人めが、両手で水月をおさえて両膝をつき、うずくまる。

八角棒を腰にもどし、左肘をおって多摩の刀身をぬぐい、鞘におさめる。

左手を刀の鯉口にあて、四人を睨む。

「これ以上は無益」

さらに二歩さがる。

立っている敵三名がためらう。

覚山は、右手を刀の柄にもっていった。

敵が、刀を拾い、うずくまっている仲間を助け、裏通りへ去る。

姿が消えるまで待ち、羽織を拾いに行く。埃《ほこり》をはらって腕をとおし、猪《い》ノ口《くち》橋へむかう。

心底にむなしさがある。四人ともすさんだ臭気があった。用心棒稼業の者であろう。金子《きんす》で斬るのをひきうけた。

おのれも用心棒を生業《なりわい》としている。花街に住むを命じたは、書物しか知らぬおのれに生きた世間を学ばせんとの殿がご高配である。頭ではわかっていてもなお、忸怩《じくじ》たるものがある。それもまた、殿がご深慮であろう。

万松亭のまえで長兵衛が小田原提灯を手に待っていた。

「安堵《あんど》いたしました。表が騒がしいので長吉を見にやりました。四名もいるのに、先生は脇差と棒で戦われたとか」

入堀の幅は四間半（約八・一メートル）。対岸にも人だかりがしていた。

脇差が刃引なのは長兵衛も知っている。通りで血を流せばその後始末がある。商いにさしさわりがあろうゆえできうるかぎり血は流したくないと話してある。

案じて待っていてくれた長兵衛に礼を述べ、覚山は小田原提灯をうけとって住まいにもどった。

翌四日朝、昨晩夜五ツ（八時）の見まわりで、門前山本町の入堀通りにて浪人四名に襲われたむねを、柴田喜平次宛の書状にしたためた。

たきを呼び、柴田喜平次宛の書状は笹竹に、昨夜しるした浅井駿介宛の書状は霊岸島南新堀町《じまみなみしんぼりちょう》の川風《かわかぜ》へとどけさせた。

翌々日の六日、昼まえに三吉がきた。夕七ツ（四時）すぎに笹竹へきてほしいとのことであった。覚山は承知し、よねに告げた。

覚山は、夕七ツの鐘が鳴り終わってからしたくをして住まいをでた。

笹竹の腰高障子をあけて土間にはいると、奥の六畳間に柴田喜平次と弥助が見えた。

ふたりも、もどってきたばかりのようであった。壁を背にして膝をおると、女将のきよが喜平次から順に食膳をおき、順に酌をした。

弥助にも酌をしたきよが、土間におりて障子をしめた。

喜平次が言った。

「浪人四名に襲われ、棒と刃引脇差でおっぱらったそうだな。駿介には、文で報せたんだろう」

覚山はうなずいた。

「奴はいま、ほかの一件でとびまわってる。なんでおいらが知ってるのか、おめえさん、訊いたことないな」

「いぶかしくは思うておりました。ですが、お訊きしてもよいことなのかわかりかねましたので」

喜平次が口端《こうたん》をほころばせる。

「ここだけの話にしてくんな。およねにもしゃべっちゃあならねえ。いいかい」

「承知つかまつりました」

「八方庵《はっぽうあん》の親爺《おやじ》は富造《とみぞう》って名で、昔は屋台の蕎麦売りをしながら探索にあたる手先だった。世間じゃ下っ引って呼んでる。こいつは万松亭の長兵衛あたりも知らねえはずだ。所帯《しょてえ》をもったのをしおに、横町のちっちゃな見世からはじめ、あそこにだせるまでになった。ところどころにそういうのがいて、手の者《もん》がまわってる」

「ようやく得心がまいりました」

「きてもらったんは相対死についてなんだが、はかばかしくねえんだ。昨日《きのう》、朝の見まわりを臨時廻りどのにお願《ねげ》えして、上総屋と但馬屋へ行って主に会った。だからどうってことじゃねえかもしれねえんだが、但馬屋晋右衛門も上総屋栄左衛門もともに五十三歳だ」

まずは、道順である油堀の富岡橋をわたった平野町の上総屋をたずねた。暖簾はなく、一枚だけひかれた雨戸に〝忌中〟の張り紙があった。

土間にはいると手代がいそぎ足で奥へ消え、でてきた栄左衛門が、両手をついてふかぶかと低頭し、先日の無礼を詫びた。そして、みずから奥の客間へ案内した。

栄左衛門は、困惑げであった。

あれこれ考え、想いだし、内儀や番頭などにも訊いた。しかし、誰も心あたりがないという。

――嫁取りの話は。

――倅はまだ二十二にございました。まずは商いを憶えるのがさきで、嫁は二十四、五になってからと考えておりました。

――相対死をしたってことは、たげえに知ってたってことだ。殺された但馬屋の晋吉はあっちこちで女遊びをしていたが、栄吉はどうだい。二十二にもなってまるっきり女を知らねえってこともあるめえ。

但馬屋と口にしたさいに、栄左衛門は眼をふせた。瞳にうかんだ憎悪を、喜平次は見逃さなかった。

眼をふせたままで栄左衛門がこたえた。

――あちらさまのことはぞんじませんが、手前どもはきびしく育てました。

――それがなんで相対死なんだ。

栄左衛門が首をふった。

――わかりません。いったいどういうことなのか、どうしてこうなってしまったのか、見当がつきません。

——また聞きにくるかもしれねえ。なんか想いだしたら報せてくんな。

喜平次は但馬屋へ行った。

但馬屋晋右衛門は気の毒になるほど憔悴《しょうすい》していた。

初秋七月三日に跡継の嫡男を亡くし、閏《うるう》七月をはさんで仲秋八月朔日に末娘が身投げして果てた。しかも相対死で、あろうことかあいてが上総屋の嫡男である。

客間で対した喜平次は、さっそくにもきりだした。

——上総屋からだ。

ややうつむきかげんな晋右衛門の表情がゆがむ。

喜平次は、かまわずつづけた。

——道順よ。それだけだ。なんでふたりが相対死をしたのか、上総屋は見当がつかねえそうだ。おめえはどうだい。

——手前もでございます。よりによって上総屋の倅なんぞと。

——娘がかわいいんならそういう言いかたはやめな。惚れあってたからいっしょに死んだんじゃねえか。あの世で泣くぜ。

うつむいた晋右衛門が、懐から手拭をだして顔にあてた。

肩が、小刻みにふるえる。

喜平次は黙って待った。

ほどなく、晋右衛門が手拭を懐にしまった。

――お許しください。手前もさっぱりでございます。家内《かない》に訊き、女中らにも訊いてもらい、手前もじかに訊きました。誰も心あたりがないと申しております。

――晋吉が亡くなったあと、婿を迎えねばならねえことを娘に話したかい。

――いいえ。娘のきくは十五歳にございます。嫁がせるのは来年に晋吉が嫁を迎えてからと考えておりました。仰せのごとく、いずれきくには婿をとってもらわねばなりませんでした。ですが、それは手前や家内が申さずともわかっていたはずにございます。

――そうだ、わかってた。酷《こく》な言いようだが、だから死をえらんだ。

晋右衛門がふたたび手拭をだした。

さきほどよりもながく肩をふるわせていた。

手拭を鼻のしたにもあててから懐にしまった。

――お見苦しいところを、申しわけございません。

――いいんだ。たしかめさせてくんな。娘は、上総屋との仲を知ってたよな。

晋右衛門が小首をかしげる。

――話したことはございません。あとで家内にもたしかめておきます。ですが、奉公人も承知しておりますれば、きくもぞんじておったろうと思います。

――すると、こういうことは考《かんげ》えられねえかい。おめえんとこの娘も、上総屋の倅も、あいてがどこの誰とも知らずに惚れてしまった。で、たげえに何者かを知り、添い遂げるにはあの世しかねえって思った。

晋右衛門の眼がうるむ。

喜平次は言った。

――もうすこし我慢して聞いてくんな。おいらが知るかぎり、娘ってのは、ほの字になると、誰かにしゃべるか、におわせる。おきくもそうだったんじゃねえかと思う。ひとつは、それを内儀や女中らにたしかめてもらいてえ。もうひとつ。上総屋は倅だからあちこち出かける。娘はそうはいかねえ。おきくがどういったところへ出かけていたのか、調べておいてもらいてえ。おめえができねえんなら、こっちで訊くことになるが、どうだい。

――わかりましてございます。たしかめておきます。

「……というしでえなんだ。但馬屋の娘と上総屋の倅が惚れあってた。どう考《かんげ》えても釈然としねえ。おいらには、あいてがどこの誰か知らずに一目惚れしたとしか思えねえんだ」

「ふたりの身投げを知り、考えたことがござりまする」

「聞かせてくんな」

「晋吉の四十九日が先月の二十二日にござりました」

「だから月がかわった八月朔日にした。そいつは、おいらも気づいた。たぶん、それでまちげえあるめえよ」

「晋吉が二十五歳で、妹のきくが十五歳。十歳も離れておりまする。ふたりの仲はどうだったのでしょうか。晋吉が嫁を迎えれば、きくは嫁ぐことがかなう。きくは十六歳か十七歳。上総屋の栄吉は二十三歳か二十四歳」

「なるほどな。晋吉の死がふたりに死をえらばせた。そこまではおいらも考えた。兄妹《きょうでえ》の仲はどうだったのか。きくは母親や女中ではなく、歳が離れた兄の晋吉に相談《かんげ》してたかもしれねえわけか」

覚山は首肯した。

「女好きだった。つまり、堅物ではないということではありますまいか。霊巌寺表門前町の居酒屋や境内の出茶屋に気軽にかよっている。気さくなところがあったように思いまする」

「そうだな。もうすこしさぐったほうがよさそうだ。栄吉の為人《ひととなり》もな。ありがとよ。もういいぜ」

「失礼いたしまする」

覚山は、喜平次にかるく低頭して脇の刀と八角棒をとった。

笹竹から参道にでると、ながくのびた影が日暮れを告げていた。

四

五日後の十一日朝、いつもの刻限に松吉がきたが、九日の夜にまた夜鷹斬りがあり、駕籠舁がそれらしいのを尾《つ》けて見失ったらしいと、沓脱石のまえで告げてあわただしく帰った。

昼まえに三吉がおとないをいれた。

暮六ツ（六時）の見まわりがすんだら、八方庵で柴田喜平次と浅井駿介が待っているのできてほしいとのことであった。

覚山は承知し、よねに告げた。

しばらく雨がふっていなかったが、昼すぎあたりから陽が翳《かげ》り、昼八ツ（二時）の鐘のあと、小半刻（三十分）ばかり小雨になった。

雨はやんだが、空は灰色におおわれたままであった。

暮六ツの見まわりで堀留をまわって門前山本町の入堀通りにはいっていくと、名無し橋のてまえにいた駕籠舁ふたりがぺこりと辞儀をしてよってきた。

覚山は立ちどまった。四名の浪人に襲われた夜の見まわりで話しかけてきた駕籠舁だ。

「平助と久次であったな」

先棒の平助がこたえた。

「へい。先生《せんせえ》、ついさっき、南と北の旦那がそろって八方庵にへえっていきやした。あっしらのお願《ねげ》えは……」

「ちゃんと文にして南の浅井どのにとどけさせた」

「ありがとうございやす」

「呼ばれているゆえ、見まわりをすませたらわしも行かねばならぬが、なにか用か」

「おひきとめして申しわけございやせん。一昨日《おとつい》の夜鷹斬りはお耳にへえってると思いやす。仲間から聞いたことをお話ししようと思ったもんで」

覚山は、聞きながら思案した。

「いまも申したように八方庵へまいらねばならぬ。わしの住まいはぞんじておるか」

「へい」

「明日《あす》の朝五ツ（八時）に迎えにこれるなら、どこぞ、話が聞けるところへ案内《あない》してくれ。むろん、駕籠賃は払う。どうだ」

「わかりやした。ありがとうございやす。朝五ツにめえりやす」

覚山は、うなずき、見まわりにもどった。

見まわりを終えて名無し橋で入堀をわたると、ふたりが低頭した。

ふたりに顎をひき、覚山は八方庵へ行った。

客はまばらであった。小上がりにかけていた弥助と仙次がちいさく辞儀をした。

弥助が腰をあげて階《きざはし》の上り口へ行き、お見えになりやした、と二階に声をかけた。

二階へあがって座につくとすぐに、女房のとくが食膳をはこんできて酌をした。

とくが去るのを待って喜平次が言った。

「また夜鷹が殺《や》られたんは聞いてるだろう」

覚山は首肯した。

「今朝、松吉がまいっておりました。ですが、聞いたのは、九日の晩に夜鷹斬りがあったことと、駕籠舁が怪しい者を尾けて見失ったらしいということのみにございまする」

「月番は北だが、夜鷹斬りは南の駿介の掛だってのを自身番の者《もん》は知ってる。こんだけの騒ぎになってるしな。で、まっすぐ駿介のもとへ走ってる。駿介」

駿介が、喜平次にむけていた顔をもどした。

「斬られたんは三十三間堂の土手でだ。おめえさん行ったことは」

「ござりまする」

駿介がうなずく。

「まずは刻限だが、八丁堀まで半里（約二キロメートル）あまり。汐見橋《しおみ》のめえにある自身番の書役が駆け足で報せにきてくれた。だから、夜鷹が斬られたんは夜五ツ（八時）から小半刻（三十分）たらずくれえだ」

三十三間堂は掘割にかこまれ、その内側の東西と北に土手がある。南に表門、西に裏門、東の横門への参道は町家とのあいだに土手と掘割がある。

土手へのぼって木陰にしのべば、ちちくりあえる。銭がないか気おくれで出合茶屋へ行けない若い男女《なんにょ》の密会の場であり、夜鷹の稼ぎ場であった。

「……三十三間堂の土手がそういうとこだってことは、おめえさんのような堅物のほかはみな知ってる。むろん、おいらたちもな。そういう顔をしなさんな、こいつは大事《でえじ》なことなんだ。だから、そんなとこで女をてごめにしようなんて奴はいねえ。大声をだせば、そこらで大騒ぎだ」

東の参道は二十間（約三六メートル）ほど。南へおれてすぐのところで女の悲鳴が夜を裂いた。

六間（約一〇・八メートル）ほど南の柳の陰に裏店の男女《なんにょ》がいた。男はたまげ、あわてて女から離れた。

首をのばすと、侍が境内へ駆けおりていくところであった。

ふたりは身繕いをして、こわがる女の手をひいておそるおそる見に行った。

濃い化粧をした女が仰向けになっていた。夜空の月と星のあかりを浴び、左胸から右腰にかけてどす黒く染まり、帯も斬られて左右に割れていた。

背に隠れるようにしていた女がつないでいる手をつよくにぎりしめた。顔をむけると、眼をみひらいて口をひらき、叫び声をあげようとしていた。

男は、とっさにあいているほうの手で女の口をらんぼうにふさいだ。

――黙れッ。声をだすんじゃねえッ。聞かれたらもどってくるかもしれねえぞ。

女が、眼をまるくして、がくがくとうなずいた。

逃げた侍が、ほんとうにそこいらに隠れているかもしれない。

参道ぞいの土手を表通りへむかいながら男は迷った。

女に口止めをして長屋に帰る。だが、夜鷹斬りのことは知っている。斬られた女は、たぶん夜鷹だ。よこにまるめた筵があったような気がする。逃げた侍は水色っぽい羽織であった。痩浪人なら、真冬でも羽織はきない。しらんぷりしていたほうがよくはないか。だけど、そんなことをしたら卑怯者《ひきょうもの》だと女に嫌われるかもしれない。

土手から通りへおりて右の橋をわたる。すこしさきの裏店への木戸で女を帰し、自身番屋へ報せにむかった。

「……よく報せたってほめてやったよ。あいてはおんなし長屋の娘だそうだ。褒美として、娘に訊くのはやめるし、親にも黙っててやるって言ったらよろこんでた。斬られた夜鷹のめえに、駕籠舁のことを話しておこう」

夜鷹が斬られた土手のかどから大通りまではおおよそ一町（約一〇九メートル）ばかりある。

駕籠舁は木場《きば》で客をおろし、富岡八幡宮《とみがおかはちまんぐう》まえの船入にもどるところだった。

離れているので夜鷹の悲鳴は聞いていない。

永代寺門前東仲町《えいたいじもんぜんひがしなかちょう》の横道に顔をむけた先棒がふいに立ちどまった。

後棒が訊いた。

――どうしたい。

先棒が顎をしゃくる。

見ると、羽織袴の侍が提灯をもたずにいそぎ足で去っていくところであった。

先棒が言った。

――三十三間堂の裏門がある路地からでてきやがった。こんな刻限に、立派な身なりの侍《さむれえ》が、提灯ももたず、供もいねえ。みょうだと思わねえか。

――ちげえねえ。あそこの土手は、夜鷹が客をつれこむところだ。仲間を殺《や》った奴かもしれねえ。相棒、あとを追うとしようぜ。

――がってんだ。

横道のながさは三町（約三二七メートル）。一町半（約一六四メートル）ほどで町家はとぎれ、左が富岡八幡宮東の掘割になる。

ふたりは、侍が横道のはんぶんあまり行ってから横道にはいった。

道なりにすすめば、十五間川ぞいを東へおれることになる。侍が通りを東へ消えた。ふたりはいそぎ、角でとまって覗いた。

永居橋をわたった侍が、大和町の通りへはいった。

ふたりは、永居橋のてまえで大和町の通りを覗き、侍が二十間川のかどを西へおれるのを待った。

二十間川のかどまで行って覗くと、亀久橋《かめひさ》をわたったであろう侍が北岸をすすんでいた。

ここでもふたりは待った。二十間川の北岸は二町（約二一八メートル）たらず、南岸は海辺橋まで途中の橋をのぞいて土手がつづく。

寺町通りの正覚寺よこの土手は、幅が狭く低い。正覚寺の対岸から海辺橋までの北岸は土手になっている。

先棒が、土手がきれたところで海辺橋のほうを見ると、白壁の土蔵を背に、侍が舟を待っているかのごとく立っていた。

海辺橋をわたるわけにはいかない。

先棒は、そのまままっすぐすすんだ。

海辺橋からさきは仙台堀と呼び名がかわる。そして、河口の上之橋まで行かないと対岸にわたれない。

先棒は万年町二丁目の裏通りにおれた。

駆け足になり、平野町との横道をおれて寺町通りのかどでとまった。海辺橋の対岸まで一町半あまり。土蔵の白壁はわかるが、そこに人影があるかまではわからない。先棒は後棒にことわり、軒したを看板や天水桶《てんすいおけ》に隠れながらすすんだ。

対岸に人影はなかった。

「……知ってのように、夜は駕籠のさきっぽに小田原提灯がぶらさげてある。消せばあやしまれるし、消さねえと眼につく。素人《しろうと》にしてはよくやったほうだが、気づかれたんじゃねえかと思う。尾けるのをあきらめ、なにかあったんじゃねえかってもどってきたら、夜鷹がまた斬られたって大騒ぎになっていたってわけよ。侍《さむれえ》の背丈は五尺五寸（約一六五センチメートル）くれえ。駕籠舁らを斬った奴とおんなし躰つきだ。水色っぽい羽織に、袴はたぶん黒の縦縞。ふたりも稼がなくちゃあならねえ。仲間が斬られたんじゃなければ尾けたりしなかったと話してる。ふたりがきたのは、夜鷹の死骸《しげえ》を自身番にはこばせたあとだ」

駿介は、手先に戸板をもたせ、見つけた裏店の若いのに案内させて土手をのぼった。あそこでやす、と指さした若いのはちかづきたくないふうであった。駿介は、若いのを帰した。

夜鷹は、柳のうえやしたではなく、よこで仰向けになっていた。袈裟懸けだが、これまでのように左肩からではなく、胸乳《むなぢ》から腰骨のよこまで斬りさげている。別人のしわざかと思うほどであった。

辻斬はしくじったのだ。

おそらく、夜鷹がふいにふり向いた。左手で鞘の鯉口を握り、柄に右手をあてている侍に悲鳴をあげた。怪しんでいたからであろう。辻斬は、おおきく踏みこみながら抜刀して袈裟に斬った。だが、踏みこみがじゅうぶんではなく、左胸から帯、右腰よこへ切っ先が奔った。

夜鷹は身動きしたようすがない。気を失ったのであろう。

辻斬は、土手をひきかえすのではなく、境内へおりて裏門へ走った。三十三間堂の境内を知っているということだ。

駿介は、仙次に袂と懐をあらためさせた。

巾着も紙入れも斬り裂かれていた。紙入れのすみに、おりたたんだ紙があった。手先に弓張提灯《ゆみはりぢょうちん》をちかづけさせてひろげた。

〝入船町《いりふねちょう》、八右衛門店《やえもんだな》、のぶ〟とあった。

駿介は、たたみなおしてみずからの紙入れにしまい、死骸《ほとけ》を戸板にのせて自身番へはこぶよう命じた。

自身番屋の囲いのなかの玉砂利に戸板をおかせて筵をかぶせるように言い、町役人に八右衛門店を訊いた。

汐見橋まえは入船町の自身番屋だ。家主は、新参者でなければ町役人として交代で自身番屋につめる。

八右衛門店は、汐見橋をわたり、北どなりの島田町《しまだちょう》とは掘割をはさんだ入船橋のちかくだという。自身番屋からは二町（約二一八メートル）余である。

駿介は、手先をむかえに行かせた。

やってきた八右衛門に筵の顔のところだけめくってあらためさせた。

――店子《たなこ》ののぶに相違ございません。このようなことにならねばよいがと思っておりました。

――年齢《とし》は。

――三十なかばをすぎているはずにございます。あとでたしかめておきます。

――明日《あす》の朝いちばんで吟味方が検使にくる。おめえは、ここで待ってな。できれば、おいらもくる。

――かしこまりました。

──帰《けえ》っていい。

──失礼いたします。

そこへ駕籠舁ふたりがやってきたのだった。

「……のぶは三十七歳。越してきたのは四年めえだ。気づいたことはあるかい」

「はじめの夜鷹斬りが大和町東北かどの土手。ふたりめが二十間川を東へ行った吉永《よしなが》町《ちょう》うらの材木置き場。三人めがさらに東へ行った石島町《いしじまちょう》かどの土手。四人めが永居橋にちかい大和町の土手。四人めはうしろからの袈裟懸けにござりました。不安になり、断りをいれてふり返ったところを斬られた。五人めも、断ろうとしてふり向いたのではあるまいか。拙者も、そのように思いまする」

「いちいち場所をあげたのはなんでだ」

「離れていき、またもどった。夜鷹が見つけやすいからでありましょう。もうひとつ。あのあたりなら知り人に見られずにすむ。駕籠舁に尾《つ》けられ、ふり返るようすがなかったにもかかわらず、海辺橋のたもとではたたずんでたしかめた。辻斬の屋敷は海辺橋から北へ行ったどこかではありますまいか」

駿介がうなずき、喜平次が口をひらいた。

「おいらたちの考《かんげ》えもそんなところだ。おめえさんが言ったように、四人めはうしろからで、逃げるさいに駕籠舁と客の商人《あきんど》を斬ってる。それが先月の十二日だ。懲《こ》りてもうあらわれねえんじゃねえかって思ってたが、でてきやがった。斬るのにとり憑《つ》かれてる。そうとしか思えねえ」

覚山はうなずいた。

「斬るだけではあきたらず、おのが身を危険にさらすことに喜びをおぼえているように思えまする」

覚山はためらった。

喜平次がうながした。

「かまわねえよ。ここにはおいらたちだけだ」

「お教えねがいまする。ご身分のあるおかたでしたら、いかがあいなりましょうや」

「ご直参はお目付の領分だ。まさに夜鷹を斬らんとしてるとこにでくわしたとしよう。もしくは、斬ったばかりのところにだ。名のらねえんなら、どれほど立派な恰好《なり》であろうが浪人か大名家の家臣としてとりおさえる。身なりは古着でととのえられるからな。暴れたら縄も打つ。だが、名のられたらやっけえだ。おとどまり願ってお目付に報せる。帰《けえ》るんなら、ついていき、お目付のご到着を屋敷のめえで待つ。町方じゃあ、めったな手出しができねえのをわかってやってる。腹がたつが世のなかそういうもんだ」

「こたびのことで夜鷹についていささか学ばせていただきました。雨の夜は稼ぎにならず、斬られるやもしれぬとわかっていても生きるためには稼ぎにでねばならない。はじめのきっかけはどうあれ、いまではそれを承知で夜鷹を狙いつづけておるように思えまする」

「ああ。だから、なんとかその場をおさえてえ。このままじゃあ、夜鷹だから手をぬいてるんじゃねえかって疑われ、怨嗟《えんさ》があつまりかねねえ。とくに掛の駿介にな。おめえさんも力をかしてくんな」

「拙者にできることがござりますれば、なんなりとお申しつけください」

「ありがとよ。おいらのほうも、まだてえしたことはわかってねえんだが、話しておこう。ちょいと意外だった。殺された但馬屋の晋吉だが、評判は悪くねえ。出入りの担売りなんかにあたらせているんだけどな、女中や下女の口ぶりから心のなかでどう思ってるかがわかる。よく思ってねえんなら、口をにごす。わかるだろう」

覚山はうなずいた。

喜平次がつづける。

「女好きなら、女中に手ぇだす。但馬屋には若《わけ》え女中が何名《めえ》かいるし、そこそこの縹《き》緻《りょう》もいるらしい。ところが、手をつけたって噂は聞いたことがねえそうだ。いま、辞めた女中をさがさせてる。そしたら、もうすこしくわしくわかるはずだ。それと、主の晋右衛門が内儀にたしかめてくれたんだが、晋吉は妹のきくをかわいがってたようだ。嫁にいけば気ままはできねえからって、旨《うめ》え汁粉屋なんかや寺社見物につれてってたってことだ」

「女遊びがすぎる者は、女には嫌われそうなものですが」

喜平次が笑みをこぼす。

「かならずしもそうとはかぎらねえ。うめえ遊びかたをする者《もん》もいる。宵月のやえにはいくたびか会って話を聞いてる。想いだしてみたんだが、晋吉を悪く言ってねえ。ほかでもそうだった。強盗か、さもなくば上総屋がらみじゃねえかって思いこんじまったようだ。ひとりじゃねえときは、誰と宵月へ行ってたのか。そういったことから調べなおさせてる。だいぶたっちまったな、今宵はこれまでにしとこうぜ」

「失礼いたしまする」

覚山は、八方庵をでて名無し橋をわたった。万松亭で小田原提灯をうけとって住まいにもどった。

翌十二日も秋晴れであった。

陽射しがあれば、影の向きと長さでおおよその刻限がわかる。覚山は、よねにてつだってもらって羽織袴にきがえた。

三度の捨て鐘につづいて朝五ツ（八時）の鐘が撞かれ、戸口の格子戸があけられた。

「ごめんくださいやし」

覚山は、左手で刀をさげて居間から戸口へむかった。よねがついてきた。

先棒の平助と後棒の久次が、土間にはいらずに表に立っていた。

沓脱石で草履をはいて土間におりた覚山は、横顔でよねにうなずいた。敷居をまたいでうしろ手に格子戸をしめる。

平助が言った。

「先生《せんせえ》、洲崎《すさき》の弁財天《べんざいてん》にしようと思いやすがいかがでやしょうか」

「それでかまわぬ」

「へい。では、のっておくんなさい」

門前仲町の堀留から洲崎弁財天までは十三町（約一・四キロメートル）ほどだ。

二十間川は、汐見橋から大島川になる。汐見橋のすぐさきで平野《ひらの》川と合流して、大川河口にいたる。その合流する三方が入船町だ。

平野川を上流へ行くと、木場のそとをめぐり、二十間川とまじわっている。北南の流れが西東になるかどの南に弁財天がある。

弁財天まで五町（約五四五メートル）ほどの平野川ぞいには町家があった。

寛政《かんせい》三年（一七九一）晩秋九月四日、夜半からの大雨、南風、高潮がこの地を襲った。〝……町家、住居の人数と共に一時に海へ流れて、行方を知らず〟と『武江年表《ぶこうねんぴょう》』（斎藤月岑《さいとうげっしん》著、今井金吾《いまいきんご》校訂）は記している。現代《いま》ふうに表現すれば〝颱風《たいふう》〟である。幕府は、弁財天の再建は認めたが、町家は更地にして江戸が終わるまで再建を認めなかった。

したがって、海風が吹きつけるので、参詣は夏のあいだくらいであった。

駕籠がとまり、おろされた。

簾がまくられる。

平助が、かがんで草履をそろえた。

「先生《せんせえ》、つきやした」

「うむ」

覚山は、駕籠からでた。駕籠にのるのは、はじめてであった。なかなかに窮屈なものだと思う。

立ちあがって刀を腰にさし、あたりに眼をやる。

弁財天もはじめてだ。境内は松がおおく、すぐそこが海で、はるか品川宿《しながわじゅく》あたりまで、幾艘もの樽廻船や菱垣《ひがき》廻船が帆をやすめていた。

境内には出茶屋もない。

覚山は、平助がしめした石垣に腰かけた。駕籠を背にしてふたりが膝をおる。

ふたりの話は昨夜《さくや》喜平次から聞いたことがほとんどであった。それでも、覚山は熱心に耳をかたむけた。

久次が言った。

「先生《せんせえ》、合点《がてん》がいかねえことがありやす」

「なにかな」

「へい。逃げるんなら、走らなくとも、せめていそぎ足になると思いやす。ですが、ごくあたりめえに夜道を歩いてたそうで」

「だからではないのか」

「どういうことでやしょう」

辻斬は土手を駆けおりている。境内も駆け足であったろう。だが、ふたりよりもくわしく知っているのを告げることになる。

「いま申したではないか、逃げるなら、と。いそげばいそぐほど、あやしまれてしまう」

　平助が久次を見た。

「な、先生《せんせえ》にご相談してよかったろう」

　平助が顔をもどした。

「もうひとつわからねえことがございやす。それまでいちどとしてふり返《けえ》らなかったのに、海辺橋の岸に立ってたんはなんででやしょうか」

「三十三間堂からじゅうぶんに離れた。ついてくる者がいないかたしかめ、そこからさきは尾けさせないためであろう。駕籠舁は、それがために万年町二丁目をひとめぐりして見失った。そうだな」

「おっしゃるとおりで。それと、これはお願《ねげ》えでやすが、八丁堀の旦那がたにこんなことを申しあげたら怒鳴られるにちげえありやせん。辻斬がうろついててはあっしらも安心して商売《しょうべえ》ができやせん。そんで、本所深川で稼いでる仲間に話して、二本差しの怪しい奴を見かけたら、入堀通りまで駆けてきてもらい、そこにいる誰かが先生《せんせえ》にお報せしたらどうだってことになりやした。先生《せんせえ》がおっしゃるんでしたら、八丁堀の旦那がたもすぐにうごいてくださるんじゃねえかと思いやす」

「かまわぬが、むりをして命を粗末にするでないぞ。夜四ツ（十時）までは起きておるし、雨戸も閉めずにいる。いつでもまいるがよい」

ふたりが頭をさげた。

「ありがとうございやす」

「では、もどるとしようか」

「へい」

住まいのまえで駕籠をおりた覚山は、言われた駕籠代のほかに心づけをくわえた。

ふたりが、笑顔で礼を述べ、駕籠をかついで路地を去っていった。

第五章　月明徘徊

一

仲秋八月十五日は名月である。

この日は朝から団子づくりをする。米を臼《うす》で挽《ひ》いた団子粉は万松亭《ばんしょうてい》にわけてもらった。

朝のうちは雲ひとつない澄んだ青空であった。昼まえあたりから遠くに筋雲や鱗雲《うろこぐも》がかかったが、観月のさまたげになるほどではなさそうであった。

居間は南にめんしている。陽がかたむくまえに、覚山はよねに言われて文机《ふづくえ》のうえをかたづけて濡れ縁ちかくにおいた。よねが、たきにてつだわせて、三方《さんぼう》に盛った団子、瓶子《へいし》、芒《すすき》を挿《さ》した花瓶で文机をかざった。

あまった団子は長屋の子らに食べさせるようにと言って、よねがたきにもたせた。

暮六ツ（六時）の入堀通りは、いつもよりはなやいだ雰囲気であった。東の空に眼をやるたびに、名月が明るさと美しさをましていった。

夜五ツ（八時）の見まわりを終えてもどった覚山は、よねによこにくるように言ってふたりで文机をまえにして名月を愛でた。

そして、夜四ツ（十時）の鐘のあとは、いそいで戸締りをし、いそいそと二階の寝所へ行き、期待たがわずならべられた枕に、顔はさりげなく、内心は欣喜《きんき》、胯間にはくれぐれもはやまるでないぞと言いきかせ、おのが天女のやわ肌を愛でた。

翌十六日の朝、よねが湯屋《ゆうや》からもどってほどなく、庭のくぐり戸がけたたましくあいた。

「無口をあきらめずにがんばってる松吉でやす。おじゃまさせていただいてもよろしいでやしょうか」

にこやかな顔があらわれた。

「おはようございやす。昨夜《ゆうべ》は十五夜でやした。およねさんは若《わけ》えんでやすが、十五歳ってわけにはめえりやせんので、八月の八をたして二十三ってことでよろしくお願《ねげ》えしやす」

「おまえもいろいろ考えるねえ。おあがりなさい」

「ありがとうございやす。有川《ありかわ》からこちらへおうかがいするまでに、なんとご挨拶《あいさつ》するかいつもねえ知恵をしぼっておりやす」

松吉が手拭《てぬぐい》で足の埃《ほこり》をはらってあがってきた。

覚山は言った。

「なあ、松吉」

「おたぁきちゃぁぁぁん」

たきがはいってきて、松吉のまえに茶をおいた。

「こうしてすぐにお茶をもってきてくれる。おたきちゃんは、気がきくし、やさしいし、昨夜《ゆうべ》のお月さまより綺麗《きれえ》だ、うん」

たきが頬《ほお》を染める。

よねが睨《にら》む。

「松吉ッ。ほんとうにもう。おたき、あいてしなくていいから、おさがりなさい」

「はい」

たきが盆をもって居間をでていった。

覚山は、肩で息をした。

「松吉」

「なんでやしょう」

「あきらめろ。おまえに無口はむりだ。棺桶のなかまでしゃべっていそうな気がする」

「いきなり殺さねえでおくんなさい。あっしは、まだ嫁をもらっておりやせん。無口な松。いい響きでやしょう。この通り名なら、きっともてやす」

「そうか。〝無駄口、鯰《なまず》〟って勘違いされるだけではないか」

「やめておくんなさい。鯰ッ。自信をなくしちまいやす」

「鯰だから地震にひっかけてるのか。まるでおかしくないぞ」

よねが顔をふせた。

鯰が地震をおこすとの俗信があり、大地震のあとの読売（かわら版）には大鯰が描かれたりした。

「先生《せんせえ》、考《かんげ》えておかしがるもんじゃありやせん。〝屁《へ》をこいちまった、へぇ〟てなもんで、かるぅくながしておくんなさい」

よねの肩がふるえだす。

「へぇ」

よねが噴きだした。

ちらっと眼をやってから、覚山は言った。

「想いだしたが、おまえ、船を漕《こ》ぐおりは黙っておったではないか」

「おかしなことおっしゃらねえでおくんなさい。船漕ぎながらぶつぶつしゃべってたら、危《あぶ》ねえ奴だと思われて誰ものってくれやせん。それよか、駕籠舁《かごかき》らがあやしい奴を見かけたら先生《せんせえ》にお報せするって聞きやした。あっしらもくわえてもらえねえでやしょうか。夜鷹斬りがあらわれてるんは二十間川ぞいでやす。あっしらもみょうな奴を見かけたらお報せしてえんでやすが、お許しいただけやすでしょうか」

「かまわぬ。だが、駕籠舁のふたりにも申したが、報せるだけでよい。あとを追ったりするでないぞ」

「へい。ありがとうございやす。さっそく、みなに話しやす」

顔がでれぇっとなる。

「……先生《せんせえ》、聞いておくんなさい、昨夜《ゆうべ》、うれしいことがありやした」

「友助《ともすけ》、玉次《たまじ》、どっちだ。ふたりとも、か」

「なんでわかったんでやす」

「顔を見ればわかる」

「びっくりさせようと思ってたんでやすから、ずばりあてねえでおくんなさい」

「ああびっくりした。これでよかろう。申すがよい」

「そんなふうに言われると話しづれえんでやすが」

「なら、やめればよかろう」

「話しやす、話しやすとも。薄情な奴ばっかで、ちゃんと聞いてくれるんは先生《せんせえ》だけでやす。夜五ツ半（九時）ごろ、お客を送りに桟橋におりてきた玉次が、いつもお客が座敷にへえったあとで、艫《とも》にきて、袂《たもと》から紙包みをだしやした。そんで、いつもお世話になってるから、って。あっしが、なんでやしょう、と訊《き》くと、お団子、ないしょよ、って。こんなこたあ生まれてはじめてで。天にものぼる気分でやした」

「玉次が団子を。ふむ、やさしい妓《こ》だな」

「そりゃあ、もう。ないしょよ、ですぜ。やさしいだけでなく、もしかしたらですよ、もしかしたら、ひょっとして、夢のようでやすが、あっしに気があるのかもしれやせん」

「玉次によけいなことを申すでないぞ。嫌われるぞ」

「わかっておりやす。わかっておりやすとも」

いよねが言った。

「昨夜《ゆうべ》の団子がのこってるけど、食べるかい」

「ありがとうございやす。ですが、あっしもじゅうぶんにいただきやしたんで」

「そうかい。おたきとふたりでつくったんだけどね」

「おたきちゃんが。いただきやす。五個でも十個でも、のこらずいただきやす」

「そんなにのこってないわよ」

よねが、松吉の茶碗をとって厨《くりや》へ行った。

覚山は声をひそめた。

「松吉」

「どうなすったんです」

「あのな、よねとたきのふたりでつくったんだからな。忘れるでないぞ」

「すいやせん。およねさん、おっかねえでやすから」

「わしも、幼きころは、おばけより怖いものはこの世にあるまいと思うておった。だから、夜は後架《こうか》へ行くのが怖くてな、泣かぬようがまんしておった」

「それで厠《かわや》で泣くんでやすね」

「父より、男は両親《ふたおや》の死のほか涙を流してはならぬときびしく教えられたでな。くやしいおりは涙を見られぬように後架で泣いておった」

口をひらきかけた松吉に、覚山は首をふった。

襖《ふすま》があけられ、よねが盆に茶碗と菓子皿をのせてきた。

団子を食べ、茶を喫した松吉が、よねに礼を述べて帰った。

昼まえに三吉がきた。柴田喜平次が夕七ツ（四時）すぎにおとずれたいという。覚山は承知してよねに告げた。

夕七ツの鐘から小半刻（三十分）ほどになろうとするころ、戸口の格子戸があけられ、弥助がおとないをいれた。

覚山は、迎えにでて、たきに足を洗ってもらったふたりを客間に招じいれた。

よねとたきが食膳をはこんできて、よねが喜平次から酌をするあいだに、たきが弥助の食膳をもってきた。よねが、弥助にも酌をし、襖をしめて去った。

喜平次が笑みをむけた。

「まずは駿介の言付けからだ。駕籠舁が怪しいのを見つけたって報せがあったら、そのまま仙次《せんじ》のとこに走らせてほしいそうだ。手間賃はちゃんと払うし、無駄足になってもかまわねえって言ってた」

「今朝、松吉がまいり、船頭仲間もくわわらせてほしいと申しますので、あとを追わぬならよいとこたえましたが」

喜平次がうなずく。

「つてえておく。先月末、本所《ほんじょ》で家主を出刃庖丁《でばぼうちょう》で刺して逃げた奴がいる。家主は助からなかった。半月あまりたつのに、そいつがいまだに見つからねえ。身投げして海に流されちまったってのもありえなくはねえんだが、駿介もさすがに焦ってる。手先をその一件につぎこんでるんで、駕籠舁や船頭が力をかしてくれるんなら大助かりだ。おいらのほうも、但馬《たじま》屋の晋吉《しんきち》殺しがふた月あまりになる。思いこみがすぎたのかもしれねえ。まあ、聞いてくんな」

懐《ふところ》めあての強盗と、強盗にみせかけての殺し。巾着《きんちゃく》には銀と銭とで二十数匁《もんめ》くらいしかなかった。銀六十数匁で一両。一両が十五万円として五万円あまり。大工の手当が月に二両ほど。殺しまでして奪ったにしてはたいした額ではない。

水月《みぞおち》を一突きだった。慣れた奴のしわざだ。ならば、またやる。強盗は何件かあったが、おなじ手口と思えるものはおきていない。

だから、はじめは強盗とみせかけとの両方であたっていたが、いまはみせかけにしぼっている。

強盗にみせかけての殺し。怨恨《えんこん》である。若旦那の晋吉が、商いの悶着《もんじゃく》で命を奪われるほど客の恨みをかったとは考えにくい。

但馬屋への憤懣《ふんまん》を、跡継の嫡男を喪わせることではらさんとした。すぐにうかんだのが仲違いをしている上総屋だ。しかし、調べてみると、宿怨《しゅくえん》というほどのものではない。ここしばらくのあいだに、とうてい許すことはできぬと上総屋を激昂《げっこう》させるできごとがあったはずだ。

念いりにあたらせたが、顔をあわせることさえないあいだがらである。聞こえてきたのは、通りでなにごとかを決めるさいの苦労話ばかりであった。

商売がらみのほかに、色恋沙汰《ざた》もありえる。

晋吉は、霊巌寺表門前町《れいがんじおもてもんぜんちょう》にある居酒屋宵月《よいづき》からの帰路であった。身もとは、海辺橋をわたった万年町自身番屋の町役人が知っていた。

但馬屋の者を呼ばせた。やってきた番頭が、宵月へ行っていたという。

話を聞きに行き、晋吉の死を告げたとたんに、美人姉妹の姉やえが気を失ってしまった。

居酒屋の娘と表店の若旦那。やえの片思いか。それともわりない仲か。

十五歳の妹はひらきかけた蕾《つぼみ》だが、十六歳のやえはいまを盛りと咲きほこっている。

どちらかに思いをよせてかよう客はおおいであろう。だが、やえは晋吉と亀戸天神《かめいどてんじん》ちかくの出合茶屋《であいぢゃや》でひそかに逢引《あいびき》をかさねる仲であった。

やえに恋慕《れんぼ》する客のひとりが、ふたりの仲を、あやしむ、気づく、知る、そのいずれかで正気を失った。

嫉妬、恋敵《こいがたき》。しかし、頭に血がのぼったいきおいで、前後の見境なく刺したのではない。疑われぬために巾着を奪った。

三日の夜、晋吉のすぐあとで宵月をでた客はいない。まえに帰った客はのこらず調べさせた。疑うにたる者はいなかった。

晋吉は、暮六ツ(春分秋分時間、六時)から小半刻(三十分)じぶんにきて、夜五ツ(八時)の鐘で銭を払って帰る。たいがいそうであったというから、常連はそれを知っている。

「……晋吉の女遊びはやえだけじゃなかった。おめえさんのおかげで、松吉にも教《おせ》えてもらった。そこからうかんできた者《もん》も、のこらずあたらせた。けど、それらしい奴がいねえ。で、あらためて考《かんげ》えてみた。晋吉は誰と宵月へ行っていたのか。ひとりのおりはどうしていたのか。姉妹めあてで見世《みせ》は繁盛してる。やえは晋吉とひとめをしのぶ仲だけに、なおさらほかの客のてまえもある」

寺町通り表店の倅《せがれ》たちを、晋吉は飲みに誘っている。歳うえ、歳した、長男だけでなく次男、三男らもだ。

おのれが店《たな》を継いだあとの付合いがあるゆえ、長男を誘うのはわかる。しかし、次男、三男らは、分家か婿養子の声がかからないかぎり厄介《やっかい》の身である。小遣にもことかく。ひとりで行くこともあるのだから、飲み仲間が欲しいだけとも思えない。

しばしばかよえば、おのずとほかの常連と顔見知りになる。ひとりのおりは、気さくに声をかけ、かけられ、みずから飲んでいる諸白《もろはく》をすすめ、すすめられれば片白《かたはく》や濁酒《だくしゅ》も飲む。裏店《うらだな》の者にはそれがうれしい。

晋吉は奢《おご》られるだけでなく、片白や濁酒の銚釐《ちろり》を注文し、そのぶんもくわえて飲み代をはらった。

「……なかには、だから晋吉が嫌《きれ》えだったって者《もん》もいる。日本橋や深川の大通りの店にくらべればそこそこにすぎねえが、寺町通りでは大店だ。そこの若旦那が裏店の職人らと気さくに酒を酌《く》みかわしてる。やえが惚れるのもむりはねえって思わねえかい」

覚山はうなずいた。

「思いまする。晋吉は女好き。これはまちがいあるまいとぞんじまする。ただの酒好き、もしくは居酒屋のふんいきを好んでいただけでござりましょうか。なんらかの意若旦那だけでいいはずだ。宵月で裏店の連中と気さくにつきあったんも、やえに惚れさせるためだったと勘ぐることもできる。だが、おめえさんも言うようにすっきりしねえ」

「おいらもよ。いずれ店を継ぐ。だから通りの者《もん》と誼《よしみ》をつうじておく。それなら、

図があったのではという気もいたしまする」

「晋吉と妹のきくとの仲はいかがでしたでしょうか」

「よすぎるくれえだったらしい。但馬屋だけでなく上総屋も内儀に会った。あれから半月になる。もうではなくまだなんだろうが、相対死《あいたいじに》したってことがのみこめずにいるふうに見えた。娘の恋心を母親が知らずにいた。晋吉に相談していたかもしれねえ。上総屋の栄吉《えいきち》はまじめいっぽうの堅物だった。もうすこしつかめたら、また話す。馳走になった」

喜平次がかたわらの刀をとった。

覚山は、ふたりを上り口で膝《ひざ》をおって見送った。

下総《しもうさ》の空から日暮れが迫りつつあった。客間のかたづけを終えたよねとたきが、夕《ゆう》餉《げ》の食膳を居間にととのえた。

覚山は、よねとともにうすれゆく陽射しにおわれながら夕餉を食し、てつだっても

らってきがえた。

待つほどもなく、暮六ツ（六時）の鐘が鳴った。

二

二十日の昼まえに三吉がきた。柴田喜平次が夕七ツ（四時）すぎに笹竹《ささたけ》にきてほしいとのことであった。覚山は、承知してよねに告げた。

夕七ツの鐘を聞き終えてからきがえ、住まいをでた。

笹竹の暖簾《のれん》をわけて腰高障子をあけると、女将《おかみ》のきよが恐縮した表情で低頭し、遅れるとの使いがないのでもうすぐもどるはずですと言った。覚山は、笑顔でうなずき、六畳間にあがって待った。

ほどなく、腰高障子があけられて手先が声をかけ、柴田喜平次と弥助が土間にはいってきた。

きよが、いまさっきおみえになりました、と喜平次に告げた。

喜平次が、六畳間の敷居に腰をおろし、女中が足を洗った。あがってきた喜平次がほほえんだ。

「待たせたな」

「拙者もまいったばかりにござります」

喜平次が奥を背にして膝をおり、弥助が厨との壁を背にした。

きよが、喜平次から順に食膳をおき、順に酌をした。そして、土間におりてふり返り、かるく会釈をして障子をしめた。

喜平次が顔をむけた。

「但馬屋の晋吉だが、なかなかの男だったんじゃねえかって気がしてきた。去年春の出《で》代《がわ》りに、嫁入りで但馬屋をやめたこまってのがいる。仙台《せんだい》堀から枝川をへえった西《にし》永代町《えいたいちょう》裏通りの豆腐屋に嫁いだ。いま、二十一で、乳飲み子がある。おぶってたんで、かわいいなって言ったら、男の子ですってうれしげな顔でこてえた」

しかし、すぐに表情をくもらせた。

――お役人さま、若旦那さまを殺《あや》めた悪い奴はまだお縄になってないんでしょうか。

主には〝旦那さま〟と〝さま〟をつける。暇《ひま》をもらってからもそうだ。しかし、若旦那に〝さま〟をつけることはあまりない。

まだお縄にできないのか。とりようによっては御番所をなじっていることになる。

喜平次はおだやかにこたえた。

——そうなんだ。そのことでちょいと話が聞きてえんだがな。

うしろにいた亭主が、頭をさげながらまえにでてきた。

——お役人さま、ご覧のように狭い店《たな》でございます。おあがりいただけるところもございません。どこか余所《よそ》でというわけにはまいりませんでしょうか。

——かまわねえよ。……そうだな、中之橋の左どなりに正直庵《しょうじきあん》って蕎麦屋がある。

喜平次はこまを見た。

こまがうなずく。

——ぞんじております。

——二階《にけえ》に座敷がある。すこししたら、きてくんな。

——はい。

朝の飯どきはすぎている。喜平次は、正直庵の親爺《おやじ》に、女がくるまでいいからとさげていた暖簾をかけさせ、酒肴《しゅこう》をたのんで二階の座敷にあがった。

四十すぎの女房が食膳をはこんできた。銚子と杯《さかずき》、香の物の小鉢があった。女房が、廊下にもどり、弥助の食膳をもってきた。

喜平次は、手酌で諸白を注ぎ、飲んだ。女房が襖をしめて階《きざはし》をおりていった。

二杯めを飲んだところで、階がきしみ、声をかけてこまがはいってきた。きがえてはいなかったが、身づくろいをし、ほつれ毛をととのえ、唇《くちびる》にうすく紅をひいていた。しかし表情がかたい。四畳半の小部屋に男ふたりといる。このようなことは、はじめてであろう。

喜平次は、ほほえんだ。

――ちょい待ってくんな。すぐに蕎麦がくる。

――あたしは……。

喜平次はさえぎった。

――座敷の借り賃みてえなもんだから食ってくんねえか。おいらたちも、朝っぱらから、飲みたくもねえ酒を飲んでる。

こまが笑みをこぼした。

――いただきます。

――それでいい。

女房がざる蕎麦をもってきた。

こまが遠慮がちに食べ終えるまで、喜平次は弥助に顔をむけてたがいの子の話をしていた。

八丁堀《はっちょうぼり》の旦那とその御用聞きがうれしげに子のことを語りあっている。母親であるこまは安心する。

箸《はし》をおいたこまがちいさく低頭した。

——ご馳走さまにございます。

喜平次は、こまに顔をむけた。

——但馬屋末娘のきくが相対死したんは知ってるな。

こまが表情をくもらせる。

——旦那さまとお内儀さまがお気の毒です。若旦那さまばかりでなく、おきくさままで。でも、どうして上総屋の若旦那と。

——それが知りたくて調べてる。きくと晋吉との仲はどうだった。

——はい。若旦那さまはおきくさまをとてもかわいがっておられました。おきくさまがおっしゃることはなんでもお聞きになるんです。ですから、お汁粉なんかを食べに行きたくなると、おきくさまは若旦那さまにおねだりしておられました。

——そうかい。あの夜、晋吉はいい仲の娘がいる居酒屋の帰《けえ》りだった。ほかにも出茶屋の看板娘とよろしくやっていた。女癖がいいとは言えねえ。店《たな》ではどうだったか知りてえんだ。

こまがきっとなった。

――若旦那さまはおやさしいから、あわよくばと思ってそういった娘たちのほうが言いよったにちがいありません。

喜平次は眉根《まゆね》をよせた。

――なんでそんなに肩をもつ。おめえ、晋吉にほの字だったのか。

――そ、そんな、あたしなんか。……うちのひとに黙っててもらえます、知ったら気をわるくすると思うので。

喜平次は、顎《あご》をひいた。

――言わねえよ。いくたびも面《つら》をだして商《あきね》えのじゃまをしたくねえ。だから、これっきりですむようにほんとうのところを話してくんな。

――手代の幸吉《こうきち》さんに、手をにぎられたり……。

頬が染まる。

――お尻をさわられたりしてました。お内儀さまに言ったら、あたしのほうがふしだらだとお暇をだされるかもしれないので我慢してました。蔵にひっぱりこまれそうになったこともあります。

そんなある日、廊下で幸吉にうしろから声をかけられた。またなにかされるのかと身をかたくしたら、これまでのことを許してほしいと頭をさげられた。

若旦那さまに怒られたのだという。

その日のうちに、若旦那さまにお礼を申しあげた。そのおり、幸吉さんにどのようにおっしゃったのかお話ししてくださった。

きちんと詫《わ》びをいれて二度とちょっかいをださないと約束するなら、これまでのことはなかったことにしよう。ことわっておくが、こまに言われたのではない。さらによからぬふるまいにおよぶことがあれば、父に言っておまえに暇をだす。

そして、なにかあったら言いにきなさいとおっしゃってくださった。

「……というしでえなんだ。こまの話はつづきがあるんだが、蕎麦屋をでたあと、但馬屋へよって手代の幸吉を呼びだした」

通りをはさんだ恵然寺《えねんじ》の境内《けいだい》へ行った。

恵然寺は海福寺《かいふくじ》についで広く、本堂うらに池がある。喜平次は、池の畔《ほとり》まで黙って歩いた。

立ちどまってふり返ると、幸吉は不安げな表情であった。幸吉のうしろを、逃げようとしたさいにそなえて弥助と手先らがかためている。

喜平次は言った。

――おめえがちょっかいをだしてたこまに会ってきた。主の晋右衛門《しんえもん》やほかの者《もん》に聞かれたら具合《ぐええ》がわるかろうとここにした。こまは、若旦那の晋吉からてえげえのことは聞いたそうだ。すんじまったことをあらだてる気はねえから、おめえも正直に話しな。そうすれば、たげえにめんどうがねえ。

――申しあげます。

晋吉がこまに話してないことがあった。

ある日、幸吉は夕餉をすませたら供をするよう晋吉に言いつかった。屋号入りのぶら提灯《ちょうちん》を手にした幸吉は、晋吉の斜めまえをすすんだ。寺町通りから富岡《とみおか》橋で油《あぶら》堀をわたり、門前仲町のきらびやかな入堀通りを行き、大通りを東にむかって横道から大島《おおしま》川ぞいにでた。蓬莱《ほうらい》橋のほうへ一町（約一〇九メートル）ほど行った小綺麗な居酒屋のまえで、晋吉が立ちどまり、懐から巾着をだした。

――このあたりの裏通りは岡場所だそうな。これをもってすっきりしてきなさい。

巾着をさしだした。

思いもかけないことに、幸吉は、驚き、遠慮した。

――めっそうもございません。

——いいから。その提灯をよこしなさい。店《たな》の名をだしてはいけないよ。それと、あまり待たせるんじゃない。

巾着をおしつけ、ぶら提灯の柄《え》をつかむと、さっさと行きなさいと言って、背をむけ、居酒屋の暖簾をわけた。

どういうことなのかさっぱりだが、若旦那のお言いつけだとおのれを納得させ、裏通りを歩いてよさそうな女を抱いた。

居酒屋へ行くと、若旦那に一杯すすめられた。

勘定をすませた帰り道で、こまのことを言われた。

いいおかたでした、と幸吉は涙を流した。

「……晋吉の女遊びについて訊かれたって店には言いわけさせるつもりでいたんだが、岡場所のことを耳にしたんでほんとうかどうかたしかめるためだと言わせた。一昨年《おととし》の秋口ごろっていうから、晋吉は二十三歳だ。幸吉は二十四。てめえも女遊びをしてるからっていえばそれまでだが、歳を考《かんげ》えるとてえしたもんだ」

覚山は首肯《しゅこう》した。

「おのがありようをかえりみるなら、ただ叱《しか》るだけでは面従腹背《めんじゅうふくはい》をまねきかねませぬ。機微《きび》をこころえておりまする」

「てめえが二十三のころどうだったのかを考《かんげ》えちまったぜ。巾着ごとわたすなんてそうできることじゃねえ。で、こまにもどるんだが、もうひとつおもしれえことが聞けた」

寺町通りには、汁粉屋や水茶屋、蕎麦屋が何軒かずつある。水茶屋には団子があり、水茶屋と汁粉屋には甘酒《あまざけ》もある。広い寺の境内にも出茶屋がある。汁粉を食べるなら汁粉屋であろう。だが、団子は通りの見世ではなく、境内の出茶屋に行きそうであった。

それを訊くと、海福寺の団子がおいしいとおっしゃっておられましたとこたえた。あと、お墓がある浄心寺《じょうしんじ》へよくお参りしておられました。五歳で亡くなった弟さんの命日にはふたりで欠かさずに。

喜平次は脳裡《のうり》にひらめくものがあった。

――命日はいつだい。

――十一月の九日だったように思いますが、たしかではありません。申しわけございません。

――詫びることはねえ。ありがとよ、もういいぜ。

――失礼します。

こまが見世をでたころをみはからって腰をあげた喜平次は、一階にいた手先たちの蕎麦代もあわせて払った。

但馬屋へより、次男の命日をたしかめてから手代の幸吉を呼びだして話を聞き、上総屋へむかった。

上総屋の菩提《ぼだい》寺は浄心寺で、先代の命日が仲冬十一月九日だった。若旦那の栄吉は、祖父である先代に幼いころからかわいがられていたので命日の墓参りは欠かしたことがないとのことであった。

「……つまり、十一月九日の浄心寺で、きくと栄吉がむすびつくってわけよ。だが、寺社方の領分だ。しかも、一件は相対死だしな。晋吉殺しにからむかもしれねえんで、なんとか話が聞けるように、お奉行から月番の寺社奉行さまにお願《ねげ》えしてもらってる」

暮六ツ（六時）の捨て鐘が鳴りはじめた。

「……だいぶ遅くなっちまったな、浄心寺がうまくいったら報せる」

「失礼いたしまする」

覚山は、左脇の刀と八角棒を手にした。

笹竹から参道にでると、落日の残照が相模《さがみ》の空を荘厳《そうごん》に染めていた。参道から大通りを右におれ、下総からおしよせる夕闇にむかって道をいそいだ。

入堀の堀留につくころには、空は青さをうしなって星がまたたきだした。朱塗りの常夜灯はあかるさを増し、堀ばたの柳はひっそりと夜にとけこもうとしていた。

門前山本町の入堀通りをはいったすぐのところで、地廻りとおぼしき三人が、ぶら提灯と三味線《しゃみせん》箱をかかえた置屋の若い衆《しゅ》と芸者を通せんぼしていた。

覚山は、腰の八角棒を抜いて、堀留をまがった。気づいた若い衆と芸者が安堵《あんど》の表情をうかべた。

ふり返ったまんなかと左の額に八角棒をみまう。

――ポカッ、ポカッ。

「痛《いて》ぇッ。いきなりなにしやがる」

ふたたびみまう。

――ポカッ、ポカッ。

ふたりが、眼をとじて額をおさえる。

「往来の邪魔をいたすでない。たわけめが」

「よくもやりやがったなッ」

右が懐から匕首《あいくち》を抜き、両手で握って突っこんできた。

さっと右へ跳び、匕首を握る右手首に一撃。八角棒を撥《は》ねあげさせ、眉のうえを横殴りに打つ。

——ポカッ。

頭がうしろへ傾く。

左足を踏みこみ、右足で足払いをかける。

「あわ、わっ、わっ」

両腕をばたばたさせた地廻りが尻から落ちた。

匕首を手が届かぬところへ蹴り、若い衆と芸者に顔をむけた。

「はやくゆくがよい」

芸者は扱《しご》き帯で裾《すそ》をあげていた。ちかくの座敷ではないということだ。

やってきて足をそろえ、低頭した。

「先生、ありがとうございます。いそいでおりますので、お礼はあらためて」

「無用にいたせ」

「あい。ごめんくださいませ」

足早になった芸者と斜めうしろにしたがう若い衆が、大通りを左へ消えた。

覚山は、顔をもどした。

尻餅《しりもち》をついた者が四つん這いになって匕首に手をのばしていた。

「瘤《こぶ》をもらいたりぬようだな」

「ひぇっ」

手をひっこめる。

覚山は、よって匕首を草履《ぞうり》うらでおさえてすべらせた。

「物騒なものをもって早々に立ち去れ。あとを追って悪さをすれば、腕を斬り落とす」

匕首をひろった者と、額をおさえたふたりがあとずさる。

そのまま二間（約三・六メートル）ほど離れた。

「野郎、憶えてやがれッ」

ふり返り、猪《い》ノ口《くち》橋のほうへ駆けていった。

見まわりをつづけた覚山は、万松亭で小田原提灯をうけとって住まいにもどり、よねと食膳をはさんだ。

夕刻にすませるから夕餉であり、陽が沈んでからは夜食である。

痛めつけた地廻りどもが大勢で仕返しにくるかと用心していたが、夜五ツ（八時）の見まわりはなにごともなかった。

住まいにもどってほどなく、戸口の格子戸が音をたててあけられた。

「先生《せんせえ》ッ」

聞きおぼえのない声だ。

覚山は、戸口へいそいだ。

駕籠舁ふたりが土間に立っていた。表に駕籠がある。

「先生《せんせえ》、夜鷹斬りらしい奴があらわれやした」

「場所はどこだ」

「二十間川の大和町《やまとちょう》でやす。あっしらは、木場《きば》の扇町《おうぎちょう》までお客をのっけて入堀通りへもどるところでやした。吉岡《よしおか》橋をすぎてすぐに侍《さむれえ》が亀久《かめひさ》橋へまがるのが見えやした。二本差しが、ひとりで、提灯をもたずに歩いておりやす。あっしら、すぐに、ひょっとしてって思いやした」

ふたりは駆け足になった。

亀久橋のいただきで、侍が大和町のかどをまがるのが見えた。

用心しておれば、かどで後背をたしかめる。駕籠舁ふたりに見えたのなら、侍からも見える。

覚山は言った。

「よく報せてくれた。ごくろうだが、霊岸島南《れいがんじまみなみ》　新堀町《しんぼりちょう》二丁目の川風《かわかぜ》まで大急ぎで行って、いまのことを報せてくれぬか」

「仙次親分のとこでやすね。わかりやした。ごめんなすって」

辞儀をしたふたりが表にでて格子戸をしめた。

駕籠をかつぎ、大通りのほうへ去っていく。

覚山は、居間へもどりながらすばやく思案した。

「およね、聞いておったな」

「あい」

「でかける」

うなずいて立ちあがったよねが、衣桁《いこう》から袴《はかま》をとった。覚山は、うけとってはき、紐《ひも》をむすんだ。よねが肩にかけた羽織に腕をとおす。

迷い、疵《きず》をおったことを想いだし、刃引でない脇差と刀を腰にさして、八角棒を手にした。

よねが、戸口までついてきた。

沓脱石《くつぬぎいし》からおりてふり返り、膝をおっているよねにうなずいた。

格子戸をあけて、うしろ手にしめる。

八角棒を腰にさして、北へ足をむける。

路地をおれて入堀通りへでる。猪ノ口橋をすぎて油堀ぞいをすすむ。富岡橋をわたり、寺町通りを行く。

海辺橋をわたった。

川しもは両岸とも河岸で白壁の土蔵がならんでいる。

覚山は、土蔵の壁に背をあずけた。

駕籠舁に疑いの眼をむけたのであれば、いそぎひきかえす。いや、だからこそなにげなくふるまう。大和町からひきかえしたのなら、すでにとおりすぎている。はたしてそうか。

辻斬《つじぎり》をかさねるほどに身を危うくする。それを承知しているであろうことは身なりがしめしている。

身分ありげな恰好《かっこう》は眼につく。しかし、たとえ誰何《すいか》されることがあっても、町方はうかつな手出しをひかえる。

それに、と覚山は思う。

獲物をもとめて徘徊《はいかい》するたびに斬っているとはかぎらぬ。不首尾《ふしゅび》の夜もあるはずだ。

月がでるのは夜四ツ（十時）じぶんである。

それでも、雲はわずかで、蒼穹《そうきゅう》にちりばめられた星が夜の底をほのかにうきあがらせていた。

夜が更けるほどに夜風が冷たくなる。

小半刻（三十分）ほどがすぎただろうか、通りに白っぽい人影がうかんだ。

二十間川ぞいは上流の吉岡橋までの六町（約六五四メートル）余が、細長い深川西《にし》平野町《ひらのちょう》と東《ひがし》平野町である。

通りには食の見世がある。その腰高障子からの灯りに、白っぽい人影が浮かんだり沈んだりしながらちかづいてくる。

二本差しだ。羽織は白ではなく、淡い青か水色。背丈はおおよそ五尺五寸（約一六五センチメートル）。

こちらも白壁に背をもたせかけているのでめだつ。気づいたはずだが、そのようすをうかがわせない。

心得がある者は道のまんなかを歩く。夜道はとくにだ。不意打ちにそなえてそうする。身分ありげな武士も通りのまんなかをまっすぐにやってくる。

ほどなく、かどにさしかかる。

覚山は、白壁から離れた。

それでも顔をむけようとしない。二十六、七歳あたり。やや細面。淡い水色の羽織は無紋であった。貴人が身分を隠すさいにもちいる。町方は、なおさらひかえる。あとでいかなる難儀《なんぎ》にみまわれるかわからないからだ。

覚山は声をかけた。

「卒爾《そつじ》ながら」

武士が、立ちどまり、躰《からだ》をむけた。

「何者ッ」

「入堀通り門前仲町に住まいする九頭竜覚山と申しまする」

「何用だ」

「拙者は名のりましたゆえ、ご貴殿のご姓名をお聞かせ願いまする」

「怪しげな風体《ふうてい》の者に名のる名はもたぬ」

武士が行こうとした。

「お待ちくだされ」

「無礼であろう」

「今宵のご首尾はいかがでござりました」

武士が眉をひそめた。眼をおとす。

眼をあげた。口もとを皮肉にゆがめる。

「怒らせ、ひきとめんが狙いか。笑止」

肩をそびやかせて背をむけ、悠然と去っていく。

たしかにそれが狙いであった。浅井駿介が駆けつけてくるまでひきとめることができればと帰路で待ちうけていた。

あとを追えば辻番所へ行くであろう。

覚山は、夜四ツ（十時）の鐘で町木戸がしめられるまえにひきあげることにした。

三

翌日の朝五ツ半（九時）ごろ、居間でよねとくつろいでいると、戸口の格子戸があけられて女の声がおとないをいれた。

よねが戸口に行き、すぐにもどってきた。

「先生、寿《ことぶき》屋の女将さんと梅助《うめすけ》が昨夜《ゆうべ》のお礼にまいっております。客間におとおししてもよろしいですか」

「無用と申したに」

「あい。それはあとで」

よねがもどっていく。

ともに暮らしはじめたころは、もっとたててくれたような気がする。だが、思うようにやらせないと、寝床で背をむけられてしまう。あれは、みじめな気分になり、しみじみこたえる。

幼いころはおばけや幽霊であった。それが父親になり、いまではよね。年齢《とし》におうじて怖いものができる。

それでよい。恐れを知らぬは、つまるところ無謀にすぎぬ。強さとは、おのが弱さを悟ることである。

ころあいをみはからい、覚山は客間へ行った。

上座につくと、女将と斜めうしろにひかえている梅助が畳に両手をついてふかぶかと低頭し、女将がおかげさまにてお座敷にまにあいましたと礼を述べた。

覚山は、入堀通りの用心棒として勤めをはたしただけなので気にしないように言った。

女将がほほえみ、梅助に横顔を見せた。

梅助が袱紗《ふくさ》包みをさしだす。女将が、膝のまえにおき、右手でまえへすべらせた。

「菓子にございます。先生、今後ともよろしくお願いいたします」

「ありがたくちょうだいしよう」

「おそれいります。朝早くに申しわけございませんでした。失礼させていただきます」

ふたりがふたたび両手をついて低頭し、腰をあげた。

よねが送っていった。

覚山は、ふと思った。

料理茶屋や置屋などがいくたびも礼にきているが、持参するのはきまって菓子だ。両国《りょうごく》橋南本所元町《みなみほんじょもとまち》の薬種屋伏見《ふしみ》屋が万松亭の長兵衛にたくして角樽《つのだる》をとどけたが、伏見屋は花街《かがい》の者ではない。

考えてみると、よねが嫁にきたのではなく、覚山がよねの住まいにころがりこんだ。

してみると、おのれは、居《い》候《そうろう》のごときものだと思われているのかもしれぬ。

――ふむ、おもしろい。

「なにがおかしいんですか」

「ん。なんでもない。梅助は友助とおなじくらいの歳かな」

「あい。二十二か三。それがどうかしたんですか」

「ここに松吉がいたらどうなったことかと思ったのだ」

「まあ。友助もそうですが、梅助も売れっ子です」

「松吉ふうに申せば、今日は二十一日ゆえ、およねは二十一歳にしか見えぬ。嘘ではない。およねは、なにげないしぐさですこぶる若やぐことがある。思うに、心のありようが若いのであろうな」

頬を染めて眼をふせたよねが、膝をおって袱紗包みをとった。

覚山は居間にもどった。

よねが茶をもってきた。

「先生」

「なにかな」

「きちんとお礼をしないと恩知らずだと思われてしまいます。こういうことは、どこからかつたわるものです。お礼の品をださなくともそう。お客商売は評判を気にします。ですから、めんどうだと思わないでください」

「わかった」

覚山は茶を喫した。

しばらくして、また格子戸があけられ、若い声がおとないをいれた。よねの弟子だ。

客間で稽古がはじまってすぐに朝四ツ（十時）の捨て鐘が鳴りはじめた。

半刻（一時間）で稽古が終わり、弟子が帰った。

それから小半刻（三十分）ほどして、三度《みたび》格子戸があけられた。こんどは男の声だった。

覚山は、戸口へ行った。

戸口のむこうに見知らぬ二十歳《はたち》くらいの若い男が立っていた。

ぺこりと辞儀をする。

「仙次親分とこの次郎太《じろうた》と申しやす。おじゃましてもよろしいでやしょうか」

「かまわぬ。はいるがよい」

「ありがとうございやす」

敷居をまたぎ、ふたたび辞儀をした。

「浅井の旦那が夕七ツ（四時）すぎにおたずねしてえそうで。いかがでやしょう」

「お待ちしているとおつたえしてくれ」

「承知いたしやした。失礼《しつれえ》しやす」

一礼すると、ちらっとうしろの敷居に眼をやってまたぎ、ふたたび礼をして格子戸をしめ、去った。

夕七ツの鐘から小半刻あまりして、格子戸があけられ仙次の声がした。

覚山は、迎えにでた。

たきがすすぎをもってきてふたりの足を洗って手拭でふいた。

ふたりを客間へ招じいれ、浅井駿介に上座をしめしたが遠慮するので、上座をよこにして対座した。仙次が、駿介から二歩ぶんほどあけて一歩しりぞいたところに膝をおった。

よねとたきが食膳をはこんできた。よねがのこって駿介に酌をし、たきは仙次の食膳をとりに厨へもどった。

仙次まで酌をしたよねが廊下にでて襖をしめた。

駿介が口をひらいた。

「昨夜《さくや》のことだが、駕籠舁を報せに走らせてくれてありがとよ。まずは、こっちの話から聞いてくんな」

夜鷹斬りについて覚山からの報せがあったさいの手配りを決めてあった。足の速い手先を報せによこす。駿介が川風につくまでに、仙次はできるだけ手先をあつめておく。

川風に行くと、仙次が呼びあつめた手先らと待っていた。

大和町の通りを南へむかったという。ならば、土手があるところだ。二十間川ぞい、汐見橋《しおみ》をわたった入船町《いりふねちょう》と島田町《しまだちょう》、三十三間堂のまわり、油堀さきの十五間川北岸。

——いいか。大事《でえじ》なのは、夜鷹を斬らさねえようにすることだ。わかったな。

駿介は、居並ぶ手先らに命じ、裾をつかんで尻紮《しりから》げにした。

川風から表にでて駆けだす。

ふたり一組でうごく。誰と誰が組になるかをふくめ、仙次が手先らに達してある。

永代橋《えいたい》をわたり、福島橋《ふくしま》をこえ、八幡橋《はちまん》のてまえで一組が左へおれた。

奥川橋《おくかわ》から富岡橋をわたり、十五間川ぞいを永居橋《ながい》まで行く。途中で見つけたら、ひとりが報せに走る。

一ノ鳥居をすぎ、富岡八幡宮《とみがおかはちまんぐう》の参道まえも走りすぎる。

二組が三十三間堂の参道へはいった。

汐見橋まえの自身番屋についた。変わったことはおきてなかった。

尻紮げをなおした駿介は、二組に汐見橋をわたらせた。そしてのこった三組に、一組は木場対岸の吉永町《よしながちょう》の土手を、もう一組は浄心寺うらの山本町《やまもとちょう》の土手を見てまわるよう申しつけ、走らせた。

駿介は、仙次を供に二十間川ぞいを大和町へむかった。のこっていた手先ひとりは土手のうえをすすませた。

途中で、三十三間堂へ行かせた二組が追いついた。大和橋のてまえで、十五間川ぞいを見てまわった一組も駆け足でやってきた。

駿介は、一組に海辺橋へいたる二十間川の南岸を行かせ、ほかの者をひきいて亀久橋をわたった。

南岸は海辺橋まで土手がつづく。北岸も二町（約二一八メートル）たらずは土手がある。

海辺橋につくまで駆けつけてくる手先はいなかった。

夜鷹斬りは見つからず、死骸を見つけたとの騒ぎもおきていないということだ。見つかっていないだけというのもありうる。

旗本のしわざなら、斬るところをおさえないかぎり手出しできない。めだつ身なりでいるのはそのためだ。したがって、身を隠すはずもない。

手先らは今宵の帰路を知っている。

そろそろ夜四ツ（十時）で、町木戸がしめられる。いちいちあけさせるのもめんどうである。

とりあえず、ひきあげることにした。

「……で、海辺橋をわたって自身番に声をかけたら、羽織袴姿の総髪がとおりすぎ、しばらくしてもどってきて去っていったと言うじゃねえか。このあたりで総髪の二本差しはおめえさんだけだ。おめえさんも無駄足だったのかい」

覚山は、首をふって、あらましを語った。

「……お役にたてず、申しわけございませぬ」

「いや、いいんだ」

駿介が眉根をよせた。

「……そういうことかい。それで今朝は文をよこさなかったわけだな。おいらも、海辺橋からまわることを考《かんげ》えはした。だが、汐見橋かいわいなら遠まわりになっちまう。さっきも言ったが、また夜鷹が斬られるのをふせぎたかった。しくじったとは思わねえ。たとえ、おめえさんといっしょに出くわしたとしても、ひきとめることはできなかった。今朝は夜鷹斬りの報せはへえってねえ。とりあえずはよかったと思ってる。おめえさん、昨夜《ゆうべ》の夜鷹斬りのうごき、どう思う」

「ひとつは、駕籠舁が亀久橋のうえで大和町のかどをまがる夜鷹斬りを見たのであれば、夜鷹斬りからも駕籠舁らが見えたはずにござりまする。辻斬をなさんと夜道を徘徊する。おのが後背に気をくばったのではありますまいか。ふたつめが、海辺橋にあらわれた刻限から考えますに、汐見橋ちかくまで行ったが夜鷹を見つけることができず、駕籠舁のこともあるゆえひきあげることにした」

「話してなかったが、夜鷹にも稼ぎどころがある。地廻りの縄張みてえなもんだ。ふつうなら、余所《よそ》の夜鷹がやってきたら揉《も》める。だが、夜鷹斬りのことはあまねく知れわたってるんで、まるっきりいなくなったわけじゃねえんだが、あのかいわいの夜鷹はほかへ出稼ぎに行ってる。これで、海辺橋から小名木《おなき》川のほうへ行ったどこかに屋敷があるってのがはっきりした。あとでもっとこまかく手配りをする。それとな、気持ちはうれしいんだが、遠慮しねえで報せてくんねえか」

「浅慮《せんりよ》にござりました。お許し願いまする」

「そんなにかしこまらねえでくんな。料理をのこしてすまねえが、失礼させてもらうぜ」

駿介が刀をとった。

覚山は、上り口に膝をおり、格子戸を開閉して路地を去っていくふたりを見送った。

三日後の二十四日は、しばらくぶりの雨もようの朝であった。

昼まえ、小雨のなかを三吉がきた。夕七ツ（四時）すぎに柴田喜平次がたずねたいとのことであった。覚山は、承知してよねに告げた。

夕七ツの鐘からすこしして、喜平次と弥助がきた。雨はやんだが、空は雲におおわれたままであった。

たきが足を洗うのを待ち、覚山はふたりを客間に招じいれた。

よねとたきが食膳をはこんできて、よねが酌をした。

廊下にでて辞儀をしたよねが、襖をしめて去った。

喜平次がほほえんだ。

「駿介がさすがに学者先生《せんせえ》だって感心してたよ。追うのでなく、帰路で待ちうける。とっさに思いいたるのだからな、なかなかできるもんじゃねえ」

覚山は、ちいさく一礼した。

「おそれいりまする」

「雨だし、明日《あした》にしようかとも考《かんげ》えたんだが、まあ、はやめに報せたほうがよかろうと思ってな。但馬屋おきくと上総屋栄吉の相対死の件、なんでそうなったのかわかった。おいらの推測もまじるが、聞いてくんな」

一昨日《いっさくじつ》、喜平次は下城した小田切土佐守《おだぎりとさのかみ》より使いをもらった。見まわりを終えて北御番所へいそぎ、土佐守の御用部屋へうかがった。月番の寺社奉行より浄心寺へ出向く件の許しをえたとのことであった。

詰所にもどった喜平次は、年番方に理由《わけ》を述べ、翌日の見まわりを臨時廻りにかわってもらいたいと願った。

昨日《さくじつ》の朝、弥助と手先ふたりを供に浄心寺へむかった。

庫裡《くり》で用向きをつたえると、喜平次のみ客殿へ案内された。茶がだされ、しばらくして住職があらわれた。

檀家《だんか》の但馬屋と上総屋とに確執があるのを、住職は承知していた。葬儀をとりおこなったゆえ、但馬屋若旦那が強盗に殺されたのも、但馬屋の末娘きくと上総屋の若旦那栄吉が相対死したこともだ。

庫裡でのおとないから、喜平次は侍言葉にあらためていた。

浄心寺も、隣接する霊巌寺も、掘割をはさんだ雲光院《うんこういん》も、ひろい境内といくつもの支院を擁している。ことに雲光院は、東照神君《とうしょうしんくん》の側室阿茶局《あちゃのつぼね》の菩提寺であり、局の法《ほう》號《ごう》を寺の名にしている。あいてによって言葉遣いをあらためないとかろんじられてしまう。

喜平次は来意を述べた。

仲違いしている但馬屋の娘と上総屋の倅が会うとしたら、ここ浄心寺しか考えられない。というのも、但馬屋次男と上総屋先代の命日がともに仲冬十一月九日で、きくと栄吉は墓参りを欠かしたことがないと聞いたからだ。

住職が怪訝《けげん》な表情をうかべた。

——但馬屋の娘御と上総屋のご子息の死にお疑いがあるのでございましょうや。

——そうではありませぬ。相対死に相違あるまいとぞんじまする。ただ、但馬屋若旦那晋吉の死が、ふたりの相対死につながったのではあるまいかと愚考いたしておりまする。きくの墓参りには晋吉が同道いたしていたとのこと。晋吉の死がはたして強盗によるものなのかも、いまだに判然といたしませぬ。ごぞんじのことがあればお教えいただきたくぞんじまする。

——はて。

住職が首をかしげた。

ややあった。

——ご命日がおなじでございましたか。但馬屋の晋吉どのと妹御のきくどのが愚僧のもとへ挨拶におみえになるは例年のことゆえ憶えております。上総屋の栄吉どのも。たしかに毎年のようにおいででした。しかしながら、境内のすみずみまではぞんじませぬが、すくなくともここで顔をあわせたことはございません。あれば憶えておりましょう。なにしろ、たがいに口さえきかぬ仲にございますれば。

喜平次は、思わず知らず吐息をもらしていた。

住職が、ふたたび首をかしげた。

眉根をよせる。ながくはなかった。

——支院の唱元《しょうげん》が、但馬屋の兄妹《きょうだい》が墓参りのあとに休憩によると申しておったような気がいたします。たしかめ、相違なければよこしますので、しばしお待ちを願います。

すこしして二十八、九の僧侶がはいってきた。膝をおって低頭し、唱元にございます、と名のった。

喜平次は、ふたたび来意を語った。

唱元が肩で息をした。

——迷いました。但馬屋と上総屋が昔から不仲な間柄でなければ、双方をおたずねして、なにゆえあのような仕儀《しぎ》にいたったかをお話ししたでありましょう。ですが、ありのままを申しあげれば、かえってこれまでよりさらに仲を悪くするだけではあるまいか。そればかりか、ご住職にもご迷惑をおかけしてしまいます。晋吉どのが亡くなったあと、まちがいがおきなければよいがと案じ、願っておりました。

——はじめから、順をおってお話し願いたい。

——申しあげます。

唱元は晋吉より三歳うえの二十八歳。栄吉は二十二歳。晋吉とは四年まえからのつきあいだ。栄吉とは一昨年からである。

晋吉は、戦国乱世《せんごくらんせ》であれば一国一城の主になれたのではないかと思える懐の深さがあった。たまたま墓参りの世話をしていて、その人柄に惹《ひ》かれて休憩に招いた。いっぽうの栄吉はきまじめそのものであった。一昨年の墓参りのおりに申しつかってお世話をした。母御をいたわるようすがこのましかったので支院でひと休みしてはと誘ったのだった。

晋吉ときくの墓参りは昼で、栄吉の墓参りは朝であった。だから、顔をあわせることはなかった。

ところが、昨年は朝のうちに晋吉ときくがたずねてきた。ちょうど帰る栄吉を玄関まで送りにでたところであった。

眼をあわせたきくと栄吉が、眼をふせ、頬を染めたのに唱元は気づいた。晋吉も気づいたようであった。

客間へ案内すると、晋吉がいまのお人はと訊いた。

考えていた。嘘をつかぬかぎりごまかしようがない。そして嘘は、信頼を失う。

上総屋の若旦那栄吉どのです、と正直にこたえた。なにゆえ上総屋が浄心寺にと言った晋吉の顔にあるのは疑念のみであった。

——お墓がございます。本日はお亡くなりになられたご先代のご命日にございます。

——今日が、先代の、命日。

驚いたようであった。

その日はそれだけであった。晋吉はしばらく休んだあと、きくをともなって帰った。

三日後だったように思う。

昼すぎに晋吉がたずねてきた。

力をかしてほしいという。唱元は、どういうことなのかたずねた。

たまたま朝きたおかげで上総屋の跡継に会えた。ともに寺町通りで商いをしていながら菩提寺が浄心寺。しかも、弟と上総屋先代の命日がおなじ日。奇縁であり、神仏のおぼしめしのような気がする。

但馬屋と上総屋とが三代にわたって仲違いしていることで、町役人《ちょうやくにん》はもとより通りの店《たな》は多かれ少なかれ難渋《なんじゅう》している。おのれの代になったらなんとかしなければと考えていた。

もしもだが、妹のきくを上総屋へ嫁がせることがかなえば、これまでのことは水に流し、親しいまじわりができるように思う。

それで、さりげなくふたりを会わせるくふうをしたい。いちどだけでなく、いくたびか。たがいに惹《ひ》かれるようであれば、栄吉とじっくり語りあう。

きくは余所《よそ》へ嫁にやらぬようまもる。栄吉も嫁取りの話があればこばんでもらう。そうしながら、おりをみて、たがいに親を説得する。怒るであろうが、あきらめずにつづける。きくが、十六から十七、十八と歳をかさねていけば、父もおれざるをえまい。かならず、そうする。そしたら、上総屋へ頭をさげてたのみにいく。

——そのようなことをおっしゃっておられました。よいご思案に思えました。

二十日すぎだったと思う。仲冬とは思えない陽射しの暖かな朝だった。澄んだ青空には雲ひとつなかった。

まさに晋吉が望んでいたよき日和《ひより》であり、さいわいにもこの日は用がなかった。唱元は、但馬屋と上総屋へでむいた。茶の誘いに、晋吉は笑顔でおうじ、栄吉は怪訝そうではあったが承知した。

昼になり、晋吉ときくがきた。唱元は、ふたりを庭をとおって南の縁側に案内した。

ほどなくおとないをいれた栄吉も、おなじように南の縁側へつれていった。こちらに顔をむけたきくが頬を染めて眼をふせた。斜め後ろをついてくる栄吉も驚いたであろうことが息をのむけはいでわかった。

晋吉から躰ふたつぶんほどあけたところをすすめたが、栄吉は縁側の隅に腰をおろした。

上体をむけた晋吉が、寺町通り但馬屋の晋吉と申しますと名のった。ほんのわずかなまがあった。腰をあげた栄吉が、晋吉をむいて両足をそろえ、寺町通り上総屋の栄吉にございますとかえし、一礼してすわりなおした。

さきに晋吉ときくが帰った。送ってもどると、栄吉がどういうことでございましょうと訊いた。

唱元は、経緯《いきさつ》を語った。

命日に玄関で顔をあわせた。晋吉に訊かれたので誰だかお教えすると、数日後にたずねてきて会わせてもらいたいとたのまれた。

栄吉は思案げな顔で帰っていった。

翌朝、晋吉がたずねてきて、栄吉のようすを訊いた。なにやら考えこんでいるふうであったと告げると、晋吉が笑みをうかべ、いまいちどおなじように誘っていただきたいと言った。

父親に相談したのであればことわられるであろう。こちらもおなじだ。だから、きくには誰にも話してはならぬと口止めしてある。

こちらの意図がはっきりするまでおのれの腹にとどめているなら見込みがある。親をたよるような者なら、苦労するだけだからきくを嫁にやるわけにはいかない。

そのあと、二度おなじことがあった。

縁側に離れて腰かけ、茶を喫して帰る。晋吉によれば、きくはあいてが上総屋の若旦那とわかってもいやがるそぶりはないとのことであった。唱元が見るところ、栄吉もおなじであった。帰るきくのうしろ姿を眼で追っていた。

きくは十四歳だが、それでも見つめられているのはわかるようであった。

昨年はそれっきりであった。

年が明け、松の内がすぎたころに晋吉がきて、栄吉とふたりっきりで会いたいと言った。

数日後の昼、晋吉と栄吉は支院の客間でながいこと話していた。帰りがけに、晋吉がうまくいったというふうにうなずいた。

「……つづけざまに会わせておいて、しばらく会わせない。女遊びしてるだけあって、色恋の機微をこころえてる。それからも縁側で会っている。だが、口をきいたりはしない。晋吉をはさんで、たがいにちらちら見あうだけだ。きくが海福寺の団子がおいしいって女中に言ってたのを憶えてるかい」

覚山はうなずいた。

「なるほど」

「なにが」

「ふたりは、浄心寺だけでなく、海福寺でも会っていた」

喜平次が笑みをこぼした。

「さきまわりしなさんな。まあ、そういうことよ。きくにとって、海福寺の団子より旨《うめ》え団子はなかったろうよ。もっとも、味がわかったとは思えねえがな。で、花見やなんかで、晋吉はせっせとふたりを会わせてたってわけよ。もうひとつ、唱元から聞いたことがある」

ふたりっきりで相談してからは、栄吉へのつなぎをたのまれることがなくなった。どうやっているのか訊くと、海福寺境内に文の隠し処《どころ》をつくったとのことであった。

「……晋吉が殺されたあと、きくと栄吉はそこをつかって文をやりとりし、ひそかに会っていたんじゃねえかって思う。そのめえに、晋吉のたくらみを上総屋の主栄左衛《えいざえ》門《もん》が知ったとする。晋吉が妹をつかって栄吉をたぶらかしている。ふたりを会えなくするには晋吉を亡きものにするしかねえって考《かんげ》えた。てめえでも、どうかと思うんだが、身代《しんでえ》がかかってる。さて、薄暗くなってきた。すっかり長居しちまったな」

喜平次が左横の刀をとった。

四

この年の仲秋八月は三十日が晦日《みそか》である。

昼まえに仙次手先の次郎太がきた。

暮六ツ（六時）の見まわりを終えたら、山本町入堀通りの蕎麦屋八方庵《はっぽうあん》で浅井の旦那がお待ちしているのでおこしいただけないかとのことであった。

覚山は、うかがいますとこたえ、よねに告げた。

入堀通りで地廻りを見かけるようになった。こちらの姿を見ると、踵《きびす》を返して去っていく。

見まわりの刻限はわかっている。あえてということだ。

万松亭の長兵衛によれば、門前町の為助《ためすけ》一家ばかりでなく、三十三間堂まえ入船町の権造《ごんぞう》一家、寺町うら蛤町《はまぐりちょう》の三五郎《さんごろう》一家の者もいるという。
二、三人で歩くだけで因縁をつけたりはしていない。たぶんに、地廻りどうしの誇示と牽制《けんせい》であろう。
きっかけを待っているか、先生がいずれかの一家と諍《いさか》いをおこすのを待っているのかもしれません、と長兵衛が言った。

――漁夫の利か。

――さようにございます。

長兵衛は茶の湯をたしなみ、そこそこに学もある。

見まわりを終えた覚山は、長兵衛に八方庵で浅井駿介に会っているとつたえた。

名無し橋をわたって八方庵へむかう。

見世はあいかわらずわずかな客がいるだけであった。階《きざはし》したの小上がりに次郎太といつぞや駿介の書状をとどけにきた勇助《ゆうすけ》が腰かけていた。ふたりのあいだに、それぞれの食膳がある。

立ちあがってぺこりと辞儀をした次郎太が、上り口から、お見えになりやしたと二階に声をかけ、わきによった。

覚山は、草履をぬいだ。

二階座敷で、窓をよこにして浅井駿介が、廊下がわで駿介から半歩ほどさがって仙次がいた。ふたりのまえにも食膳があった。

覚山は、駿介と対座した。

女房のとくが、声をかけて襖をあけ、食膳をもってはいってきた。

覚山は、酌をうけてはんぶんほど飲み、杯をおいた。

とくが襖をしめて去った。

駿介が言った。

「夜鷹斬りが何者《なにもん》かわかった。たぶん、まちげえねえ」

覚山は眼をみはった。

「いや、ちっとばかし理由《わけ》がある。本所林町《はやしちょう》、といってもわからねえかな、竪川《たて》の南だ。二ツ目之橋から東へ一丁目から五丁目まであり、三丁目の横道に〝ひょうたん〟って屋号の居酒屋がある」

火附盗賊改《ひつけとうぞくあらため》は先手組《さきてぐみ》の者が加役としておおせつかるので、捕物にかんしては素人《しろうと》である。

そこで、蛇《じゃ》の道は蛇《へび》とばかりに、掏摸《すり》や盗人《ぬすっと》の手下、ごろつきなどを罪を問わぬかわりに手先としてつかう。そういった者らを見つけてくるのが、火附盗賊改方に二代、三代と出入りしている古手の御用聞きである。

ひょうたんの鉄五郎《てつごろう》もそんな御用聞きのひとりだ。

年齢《とし》は四十なかばで、当人は壁に思いきり鼻をぶつけた猪《いのしし》のようなひどい面構えだが、出茶屋の看板娘だったという三十三、四の女房が色っぽく、今年十六歳の娘は鉄五郎の子だというのが信じられないくらいの縹緻《きりょう》よしである。

女房と娘のおかげでひょうたんは繁盛している。しかし、なにしろ〝猪の鉄〟と怖れられている鉄五郎の見世なので、客は酔っても借りてきた猫のごとくおとなしい。

それでも佳《い》い女がいればかよう。男の性《さが》である。

去年の秋、暮六ツ（六時）から半刻（一時間）ばかりがすぎたころ、駿介は仙次と手先二名を供に本所相生町一丁目《あいおいちょう》から大徳院門前《だいとくいんもんぜん》の裏通りをとおって両国橋へむかっていた。

大徳院は回向院《えこういん》の南どなりにあるちいさな寺だ。にもかかわらず、南と西に門前町《ちょう》がある。町奉行所の支配地だから〝ちょう〟と呼ぶが、〝正式名称は〝南本所大徳院門前〟で〝町〟はつかない。

裏通りなかほどにある縄暖簾の腰高障子が乱暴にあけられて、人影がとびだしてきた。

四名。三名は股引《ももひき》に印半纏《しるしばんてん》姿の出職である。もうひとりは、股引に尻紮げ、羽織姿であった。旅商いの担売りあたりの恰好だが、御用聞きもおなじである。

怒鳴り、こづきあっている。

駿介はいそいだ。

羽織姿が、胸もとに手をだしたひとりの腕をつかんでひっぱり、バシッとおおきな音がたつほどつよく頰をはりとばし、突き放した。

よろけた半纏姿が、縄暖簾戸口の柱に頭からつっこんでいった。

柱に頭をぶつけて尻餅をついた半纏姿が、額に手をあてて叫んだ。

——血だッ。やりやがったなッ。

――この野郎ッ。

――勘弁ならねえッ。

仲間ふたりも叫ぶ。

駆けよった駿介は双方のあいだにはいった。

羽織姿は鉄五郎であった。まずいという顔をしていた。

駿介は、双方をにらみつけた。

――喧嘩《けんか》はならねえ。どっちも縄打ってしょっぴくぞ。

鉄五郎の襟首《えりくび》をつかんでひきよせ、小声で言った。

――いい年して若《わけ》えのあいてに喧嘩するんじゃねえ。おめえ、疵をおわせちまった。縄を打って大番屋へぶちこんでみろ。火盗改《かとうあらため》が身請けにくるめえにあの世だぜ。それがわからねえわけじゃあるめえ。女房と娘を泣かせるんじゃねえ。

――旦那、申しわけございやせん。なんでもいたしやす、この場をなんとか、お願《ねげ》えしやす。

――巾着をだしな。

鉄五郎が、懐から巾着をだした。

――銭のほかになんかへえってるか。

――いいえ。

――よこしな。

――へい。

駿介は、巾着をうけとって半纏姿三名に躰をむけた。

――そこの。疵を見せてみな。

手先を呼んで弓張提灯をかかげさせて疵をあらためた。

――てえした疵じゃねえ。手えだしな。

だされた手に巾着をのせる。

――おいら、南の浅井だ。見世の者《もん》に、おいらに言われたって手当してもらいな。焼酎《しょうちゅう》で洗い、膏薬《こうやく》を塗って、きれえな手拭でしばっておけば、明日《あす》の朝には疵口はふさがってる。……こいつがすまなかったって詫びてる。こいつの銭で飲みなおすがいい。巾着もやる。それでおしめえだ。あとになってつべこべぬかし、おいらの顔に泥を塗るんじゃねえぞ。そんときは、大家ともども御番所へ呼びだすからな。わかったか。

――へい、わかりやした。

両町奉行所とも表門をはいった右に同心詰所が、左に仮牢がある。御堀（外堀）の御門は暮六ツ（日没）にしめられる。その後は脇のくぐり戸からの出入りになる。重き罪なら深更でも奉行の裁可をあおがねばならなず、翌朝まで仮牢にいれる。しかし、軽き罪なら、八丁堀南茅場町《みなみかやばちょう》か、楓川《かえで》にめんした本材木町《ほんざいもくちょう》三丁目と四丁目の横道正面の川岸にある大番屋にいれる。本材木町の大番屋は三四《さんし》の番屋と呼ばれていた。

御用聞きや手先は、正体がばれたとたんになぶり殺しにあう。鉄五郎のように顔が知られている者は翌朝まで生きていない。

「……翌日の晩、鉄五郎が角樽もって礼にきた。恩を忘れねえって言ってたが、ほんとうだった」

夜鷹斬りは、海辺橋北岸を霊巌寺のほうへ消えている。

駿介は、海辺橋から亀久橋にいたる二十間川北岸の西平野町と東平野町の食の見世数箇所の二階に暮六ツ（六時）から夜五ツ半（九時）まで手先を配した。それと、霊巌寺表門前町宵月の二階と、通りのさきの小名木川てまえ海辺大工町《だいくまち》にある蕎麦屋の二階にもだ。

手先を配したのを鉄五郎がかぎつけた。

南御番所定町廻りの浅井駿介が宵のあいだだけ手先を配して見張らせている。夜鷹斬りの件に相違ない。

本所林町のうらは武家地である。大名屋敷もあるが、ほとんどが幕臣の屋敷だ。幕臣はどこも生活《たずき》に窮している。登城のおりだけ人宿《ひとやど》から渡り中間《ちゆうげん》をやとう。渡り中間に忠義などない。

旗本屋敷の中間長屋は、しばしば賭場《とば》とかしていた。黙許して所場代をとる屋敷もあった。

ひょうたんには、渡り中間の客がくる。火附盗賊改の御用聞き鉄五郎が女房にやらせている見世だと知っていてくる。いや、知っているからこそ顔をだす。顔見知りであれば、なにかのおりに助けてくれるのではないかとあてこんでだ。

渡り中間らはおのれにかかわりのない屋敷の内輪なんかをもっともらしく話す。鉄五郎も、どこそこの中間長屋をお目付のご配下がさぐっているようだともらす。

そんな渡り中間から耳にしたことと駿介のてくばりとが、鉄五郎の脳裡でむすびついた。

「……鉄五郎はさぐりをいれ、夜分にひっそりとおいらのとこにきた。ほんらいなら火盗改へ報せるべきだ。これでご恩がお返しできればって言ってた。おいらも恩にきるのはめんどうだからな、遠慮する鉄五郎にいくばくかにぎらせた」

ひょうたんがある三丁目から南へ二町（約二一八メートル）ほどに、一千二百石の旗本土屋《つちや》家の屋敷がある。

当主は彦四郎《ひこしろう》、二十八歳。三年まえ、二十五歳のおりに土屋家の婿養子となった。妻女の名は佐恵《さえ》、十九歳。彦四郎は、市谷御門《いちがや》そと浄瑠璃《じょうるり》坂の七百五十石間宮《まみや》家の四男。土屋家も間宮家も無役の小普請組だ。

彦四郎にとって岳父にあたる先代の十左衛門《じゅうざえもん》は昨年の仲夏五月に他界している。もともと丈夫ではなく、子は佐恵のみ。

「……女中あたりからもれたことだろうし、どこまでほんとうかわからねえんだが、家つき娘にありがちで、佐恵ってご妻女もえらく気がつええらしい」

閨事《ねやごと》は子宝をえるためにやむをえずである。けっして帯をほどかぬし、ほどかせない。胸乳《むなぢ》にふれるのは、無体であり、あさましくけがらわしいふるまいなのだ。寝所を薄暗くして、寝巻の裾《すそ》と湯文字とをめくり、天井をむいてじっとして耐える。ことがすむとさっさと離れる。

月の障《さわ》りがあれば、懐妊しなかったということであり、またいちどだけ許す。

それがずっとつづいていた。

女中らは、お殿さまがお気の毒と言っている。

「……その話は、いくたびか耳にしていたそうだ。佐恵ってご妻女はあまやかされて育ったんだろうな、気がつええうえに、狐眼のおたふくらしい。それでも、千二百石だからな。婿養子にはそんな話がころがってる。だから、鉄五郎も気にとめてなかったが、おいらが手先らを配したんで想いだしたってわけよ。どうかしたかい」

覚山は、思わず知らず、眉根をよせていた。

「頭にうかびはしましたが、よもやまさかそれはあるまいと、浅井どのにも柴田どのにも申しあげなんだことがござりまする」

「話してくんねえか」

「晋吉殺し」

駿介が眼をみひらく。

「おめえ、武士なら刀だろうが。晋吉殺しは匕首……待てよ、懐剣《かいけん》……妻女の懐剣か。海辺橋、妻女の仕打ち、ありえなくはねえな。……すまねえ、八丁堀の柴田さんとこによってから御番所に顔をだし、あとで会うことにする。てえげえのところは話した。しかし、晋吉殺しとはな、考《かん》え《げ》もしなかったぜ」

駿介が脇の刀をとった。

覚山は、つづいて座敷をでた。

一階の土間で懐から巾着をだした駿介に一礼し、覚山は表にでて待った。

次郎太が小田原提灯を手にでてきた。駿介、仙次とつづき、勇助が腰高障子をしめた。

顎をひいた駿介が、足早に去っていった。

翌々日の晩秋九月二日。

夕七ツ（四時）の鐘が鳴ってほどなく、戸口の格子戸があけられた。

「ごめん」

侍言葉だ。

覚山は、小脇差を刀掛けにおいて脇差を腰にさし、襖をあけて戸口へむかった。

海辺橋の武士がいた。

「通りで訊いたらすぐに教えてくれた。名のらねばならぬか」

覚山は、立ったままでこたえた。

「土屋彦四郎、どの」

「そのほう、遣《つか》えるとみた。立ち合いたい。したくしてまいれ」

覚山は見つめた。

彦四郎が睨みかえす。

「臆したか」

「お待ちを」

一揖《いちゆう》して踵を返す。

居間にもどると、よねが不安げに見あげた。

「立合を挑まれた。応ずるしかない。よいか、誰にも報せてはならぬ。およねは武士の妻。卑怯《ひきょう》、未練のふるまいはすまいぞ。したくをたのむ」

「あい」

刀掛けに脇差をおく。

帯をほどき、木綿の長着をぬぐ。よねが絹の長着を肩にかけた。腕をとおして帯をうけとってむすぶ。

袴をはき、羽織をはおる。

脇差は、近江《おうみ》をふたたび腰にした。刀身一尺七寸五分（約五二・五センチメートル）。刀も近江を手にする。刀身二尺二寸五分（約六七・五センチメートル）。

ふり返り、よねを見つめ、くりかえす。

「およねは武士の妻ぞ。ついてこずともよい」

彦四郎は表にでて待っていた。

覚山は、沓脱石の草履をはいた。彦四郎が北に躰をむけて、消えた。立合を望んだからには不意打ちはあるまい。それでも、鯉口《こいぐち》をにぎって敷居をまたぎ、うしろ手に格子戸をしめた。

二間（約三・六メートル）ほど離れていた彦四郎が背をむけた。

覚山は、二間のあいだをおいてついていった。

入堀通りから油堀にでて富岡橋をわたる。海辺橋てまえ正覚寺《しょうかくじ》のかどをおれた。二十間川ぞいを東へむかう。

亀久橋をすぎ、大和町かどの土手にのぼる。ひとりめの夜鷹が斬られたところだ。

通りから隠れるまで土手をおりる。

よこに離れていった彦四郎が、立ちどまってふり返った。

彦四郎が、羽織の紐をほどく。

おなじく紐をほどきながら、覚山は言った。

「七月三日の夜、海辺橋のたもとで寺町通り但馬屋の若旦那晋吉が刺し殺され、懐中のものを奪われた。町方では、はじめ、匕首で刺したと。ただいまは、懐剣によるものと考えておられる。千二百石のお旗本が、なにゆえ」

「目付の犬とおぼしき者どもが嗅《か》ぎまわっておる。早晩、腹を切らずばなるまい。ならば、命を賭け、立ち合ってみたくなった。けがれた女どもを、幾人斬っても、鬱憤《うっぷん》はつのるいっぽうであったわ。女はしょせん女。夜鷹も、あれも、股さえひらけばよいと男を嘲《あざけ》っておる。あれの懐剣で、誰でもよいゆえ刺し、鞘《さや》をおとして去るつもりであった。したが、刺したとたん、あのような女のために、そこまでおのれを貶《おとし》めることはあるまいと思いいたった。ゆえに、巾着を奪った。懐剣と巾着は橋のたもとから川に投げすてた」

彦四郎が、刀を鞘走らせる。

覚山は、鯉口を切り、近江を抜いた。左手を柄頭にもっていき、青眼から下段におとしていく。

土手はさほど急な勾配《こうばい》ではない。左したが二十間川である。斜め右のはるかかなた相模の空に、夕陽がある。

両足を肩幅の自然体《じねんたい》よりややせばめる。

近江の切っ先を左に返し、ちいさく弧を描かせながら右へ移していく。そして、おなじように右から左へ。

彦四郎が、眼を細め、青眼から上段へ、さらに八相にとった。

じりっ、じりっと迫ってくる。

二間（約三・六メートル）を割った。

覚山はうごかない。

彦四郎も止まった。

気《け》どられぬように息を吸い、ゆっくりとはく。さらに、吸う。臍下《せいか》丹田《たんでん》に気を溜め、待つ。

彦四郎が、近江の切っ先に眼を落とす。

くる。

跳びこんできた。

後《ご》の先《せん》。

彦四郎の刀が袈裟《けさ》懸《が》けに奔《はし》る。

左足を斜めまえに足裏二つぶん踏みこみ、左に返した近江で鎬《しのぎ》を弾きあげる。予期していたかのごとく、彦四郎が刀を空に突き刺す。

覚山は、右足をよこにひらき、右腕を突きあげ、左手を棟にあてた。

――キーン。

まっ向上段からの一撃。

左肘をわずかにおる。彦四郎の刀が滑る。

たがいに睨みあう。

右足をおおきく踏みこむ。彦四郎が薙《な》ぎにくる。左足を振って反転。左足を軸にさらに反転。剣風を曳《ひ》き、唸《うな》る近江が、彦四郎の背から左脇したを断って奔る。

近江が抜ける。

そのまま残心の構え。

心の臓を断たれた彦四郎が、右肩からくずおれていく。

「水形《すいぎょう》流奥義、漣《さざなみ》」

口をすぼめてゆっくりと息をはく。

近江に血振りをくれ、懐紙をだした。ていねいに刀身をぬぐい、鞘にもどす。

羽織をひろって、はたき、腕をとおす。

土手をのぼって通りにおりて自身番屋へ行った。

立合を挑まれたこと。南町奉行所定町廻り浅井駿介どのがぞんじおりの件なのでいそぎ報せを願いたいと告げると、町役人に命じられた書役が駆けていった。

やがて、やってきた駿介を、覚山はめくばせして自身番屋の囲いのそとへでた。

なにがあったかを語った。

駿介が言った。

「わかった。おめえさんは帰《けえ》ってくれ。この始末がどうなるか、約束はできねえが、おいらが報せにいく」

「お願いいたしまする」

覚山は、低頭して帰路についた。

二日後の四日。

明六ツ半（七時）じぶんに、戸口の格子戸があけられ仙次がおとないをいれた。

覚山は、よねにうなずき、戸口へ行った。

駿介の表情を見て、内心で安堵した。

「おめえさんが斬ったんは旗本にばけた浪人。そいつが夜鷹斬りと但馬屋の晋吉も殺《や》った。晋吉は金子《きんす》狙いだ。土屋彦四郎の死骸《しげえ》は塩漬けにしてある。ほとぼりがさめたころ土屋家にわたす。土屋家は養子をむかえ、彦四郎は病で他界。そういうことになった。ひとつには、おめえさんがめったなことで刀を抜かねえのを南北ともお奉行がご承知なさっておられる。もうひとつは、こっちのほうが肝腎なんだが、千二百石のお旗本が夜鷹斬りや強盗ってわけにはいかねえからだ。そういうことだ」

「わざわざおはこびいただき、おそれいりまする」

「なあに。かかえてた殺しの一件に目処《めど》がつきそうで、そこへ行くついでよ。柴田さんも、いまほかの件でいそがしいがそのうち三名《めえ》で一杯《いっぺえ》やろうって言ってた」

「よしなにおつたえください」

駿介と仙次が去った。

居間にもどると、よねが涙をうかべていた。抱きしめてやりたいと思ったが、厨にたきがいる。

夕七ツ（四時）の鐘が鳴ってほどなく、戸口の格子戸があけられ、長兵衛の声がした。

土間に、長兵衛と見知らぬ商人《あきんど》ふたりがいて、それぞれ手に角樽をさげていた。

客間に招じいれると、但馬屋晋右衛門と上総屋栄左衛門であった。長兵衛はふたりに案内を懇願されたのだという。

但馬屋が、北御番所の柴田さまよりすべてうかがいました、倅の仇《あだ》を討《う》ってくださり、お礼を申します、と低頭した。

つぎに、上総屋が述べた。

倅栄吉と但馬屋さんの娘御おきくさんのこともうかがいました。手前どもがいつまでも古い因縁《いんねん》にとらわれていたせいだと悔やんでおります。おきくさんのご遺骨は、四十九日の法要をともにおこない、手前どものお墓で栄吉と添い遂げさせることにいたしました。向後は親戚としておつきあいいたします。

ふたりそろって畳に両手をついた。

三名が帰ったあと、覚山は角樽二本を厨へもっていった。

菓子折ではなく角樽だというのが、たわけめと思いながら、それでも、なんとなくうれしかった。

本書は文庫書下ろし作品です。

|著者| 荒崎一海　1950年沖縄県生まれ。出版社勤務を経て、2005年に時代小説作家としてデビュー。著書に「闇を斬る」「宗元寺隼人密命帖」シリーズなど。たしかな考証に裏打ちされたこまやかな江戸の描写に定評がある。

寺町哀感《てらまちあいかん》　九頭竜覚山《くずりゅうかくざん》　浮世綴《うきよつづり》㈢

荒崎一海《あらさきかずみ》

© Kazumi Arasaki 2019

講談社文庫

定価はカバーに
表示してあります

2019年1月16日第1刷発行

発行者――渡瀬昌彦

発行所――株式会社　講談社

東京都文京区音羽2-12-21　〒112-8001

電話　出版（03）5395-3510
　　　販売（03）5395-5817
　　　業務（03）5395-3615

Printed in Japan

デザイン―菊地信義

本文データ制作―講談社デジタル製作

印刷―――豊国印刷株式会社

製本―――株式会社国宝社

落丁本・乱丁本は購入書店名を明記のうえ、小社業務あてにお送りください。送料は小社負担にてお取替えします。なお、この本の内容についてのお問い合わせは講談社文庫あてにお願いいたします。

本書のコピー、スキャン、デジタル化等の無断複製は著作権法上での例外を除き禁じられています。本書を代行業者等の第三者に依頼してスキャンやデジタル化することはたとえ個人や家庭内の利用でも著作権法違反です。

ISBN978-4-06-514036-9

講談社文庫刊行の辞

二十一世紀の到来を目睫に望みながら、われわれはいま、人類史上かつて例を見ない巨大な転換期をむかえようとしている。

世界も、日本も、激動の予兆に対する期待とおののきを内に蔵して、未知の時代に歩み入ろうとしている。このときにあたり、創業の人野間清治の「ナショナル・エデュケイター」への志を現代に甦らせようと意図して、われわれはここに古今の文芸作品はいうまでもなく、ひろく人文・社会・自然の諸科学から東西の名著を網羅する、新しい綜合文庫の発刊を決意した。

激動の転換期はまた断絶の時代である。われわれは戦後二十五年間の出版文化のありかたへの深い反省をこめて、この断絶の時代にあえて人間的な持続を求めようとする。いたずらに浮薄な商業主義のあだ花を追い求めることなく、長期にわたって良書に生命をあたえようとつとめるところにしか、今後の出版文化の真の繁栄はあり得ないと信じるからである。

同時にわれわれはこの綜合文庫の刊行を通じて、人文・社会・自然の諸科学が、結局人間の学にほかならないことを立証しようと願っている。かつて知識とは、「汝自身を知る」ことにつきていた。現代社会の瑣末な情報の氾濫のなかから、力強い知識の源泉を掘り起し、技術文明のただなかに、生きた人間の姿を復活させること。それこそわれわれの切なる希求である。

われわれは権威に盲従せず、俗流に媚びることなく、渾然一体となって日本の「草の根」をかたちづくる若く新しい世代の人々に、心をこめてこの新しい綜合文庫をおくり届けたい。それは知識の泉であるとともに感受性のふるさとであり、もっとも有機的に組織され、社会に開かれた万人のための大学をめざしている。大方の支援と協力を衷心より切望してやまない。

一九七一年七月

野間省一

講談社文庫 最新刊

千野隆司
分家の始末
〈下り酒一番(二)〉
またも危うし卯吉《うきち》。新酒「稲飛《いなとび》」を売り出すが、次兄の借金を背負わされ!? 〈文庫書下ろし〉

荒崎一海
寺町哀感
〈九頭竜覚山 浮世綴(三)〉
花街《かがい》の用心棒九頭竜覚山《くずりゅうかくざん》、初めて疵《きず》を負う。夜のちまたに辻斬《つじぎり》が出没。〈文庫書下ろし〉

塩田武士
盤上に散る
亡き母の手紙から、娘の冒険が始まった。昭和を生きた男女の切なさと強さを描いた傑作。

山本周五郎
幕末物語 **失蝶記**
〈山本周五郎コレクション〉
安政の大獄から維新へ。動乱の幕末に変わらず在り続けるものとは。傑作幕末短篇小説集。

瀬戸内寂聴
新装版 **祇園女御《ぎおんにょうご》(上)(下)**
白河上皇の寵愛《ちょうあい》を受け「祇園女御」と呼ばれる女性がいた——王朝ロマンを描く長編歴史小説!

平岩弓枝
新装版 **はやぶさ新八御用帳(十)**
〈幽霊屋敷の女〉
北町御番所を狙う者とは? 幕府を揺るがす事件に新八郎の快刀が光る。シリーズ完結!

皆川博子
クロコダイル路地
フランス革命下での「傷」が復讐へと向かわせる。小説の女王による壮大な歴史ミステリー。

森 達也
すべての戦争は自衛から始まる
20世紀以降の大きな戦争は、すべて「自衛」から発動した。この国が再び戦争を選ばないために。

講談社文庫 最新刊

富樫倫太郎
スカーフェイスII デッドリミット〈警視庁特別捜査第三係・淵神律子〉
被害者の窒息死まで48時間。型破り刑事、律子は犯人にたどりつけるのか？〈文庫オリジナル〉

麻見和史
雨色の仔羊〈警視庁殺人分析班〉
血染めのタオルを交番近くに置いた愛らしい子供。首錠をされた惨殺死体との関係は？

西尾維新
掟上今日子《おきてがみきょうこ》の推薦文
眠ればすべて忘れる名探偵VS.天才芸術家？ドラマ化の大人気シリーズ、文庫化！

藤井邦夫
大江戸閻魔帳《えんまちょう》
悪を追いつめ、人を救う。若い戯作者《げさくしゃ》が江戸の事件の裏を探る新シリーズ。〈文庫書下ろし〉

江波戸哲夫
新装版 **銀行支店長**
周囲は敵だらけ！ 闘う支店長・片岡史郎が命じられた赴任先は、最難関の支店だった。

江波戸哲夫
集団左遷
社内で無能の烙印を押され、ひとつの部署に集められた50人。絶望的な闘いが始まった。

大門剛明
完全無罪
若き女性弁護士が死のトラウマに立ち向かう。冤罪の闇に斬る問題作！〈文庫書下ろし〉

高杉良
リベンジ〈巨大外資銀行〉
傍若無人の元上司。その馘首《くび》を取れ！「マネー敗戦」からの復讐劇。〈文庫オリジナル〉

講談社文芸文庫

中村真一郎
この百年の小説　人生と文学と
漱石から谷崎、庄司薫まで、百余りの作品からあぶり出される日本近現代文学史。博覧強記の詩人・小説家・批評家が描く、ユーモアとエスプリ、洞察に満ちた名著。
解説=紅野謙介
なJ3
978-4-06-514322-3

中村真一郎
死の影の下に
解説=加賀乙彦　作家案内・著書目録=鈴木貞美
なJ1
978-4-06-196349-X
敗戦直後、疲弊し荒廃した日本に突如登場し、「文学的事件」となった斬新な作品。ヨーロッパ文学の方法をみごとに生かした戦後文学を代表する記念碑的長篇小説。

講談社文庫　目録

朝井まかて　すかたん
朝井まかて　ぬけまいる
朝井まかて　恋歌
朝井まかて　阿《お》蘭《らん》陀《だ》西《さい》鶴《かく》
朝井まかて　藪医《やぶい》　ふらここ堂
歩《あゆみ》　りえこ　ブラを捨て旅に出よう〈貧乏乙女の"世界一周"旅行記〉
アダム徳永　スローセックスのすすめ
安藤祐介　営業零《ぜろ》課《か》接待班
安藤祐介　被取締役《とりしまられやく》新入社員
安藤祐介　おい！　山田〈大翔製菓広報宣伝部〉
安藤祐介　宝くじが当たったら
安藤祐介　一〇〇〇ヘクトパスカル
安藤祐介　テノヒラ幕府株式会社
青木　理　絞首刑
天祢《あまね》　涼　キョウカンカク　美しき夜に
天祢　涼　議員探偵・漆原翔太郎〈セシューズ・ハイ〉
天祢　涼　都知事探偵・漆原翔太郎〈セシューズ・ハイ〉
麻見和史　石の繭〈警視庁殺人分析班〉
麻見和史　蟻《あり》の階段〈警視庁殺人分析班〉

麻見和史　水晶の鼓動〈警視庁殺人分析班〉
麻見和史　虚空の糸〈警視庁殺人分析班〉
麻見和史　聖者の凶数〈警視庁殺人分析班〉
麻見和史　女神の骨格〈警視庁殺人分析班〉
麻見和史　蝶の力学〈警視庁殺人分析班〉
麻見和史　深紅の断片〈警防課救命チーム〉
赤坂憲雄　岡本太郎という思想
有川　浩　三匹のおっさん
有川　浩　三匹のおっさん　ふたたび
有川　浩　ヒア・カムズ・ザ・サン
有川　浩　旅猫リポート
青山七恵　わたしの彼氏
青山七恵　快楽
荒崎一海　無流心月剣〈宗元寺隼人密命帖㈠〉
荒崎一海　幽霊の足〈宗元寺隼人密命帖㈡〉
荒崎一海　名花散る〈宗元寺隼人密命帖㈢〉
荒崎一海　江都落涙〈宗元寺隼人密命帖㈣〉
荒崎一海　門前仲町〈九頭竜覚山　浮世綴㈠〉
荒崎一海　蓬莱橋雨景〈九頭竜覚山　浮世綴㈡〉

浅野里沙子　花篝《はなかがり》　御探し物請負屋
朱野帰子《かえるこ》　駅物語
朱野帰子　超聴覚者　七川小春〈真実への潜入〉
東　浩紀　一般意志2・0〈ルソー、フロイト、グーグル〉
朝倉宏景　白球アフロ
朝倉宏景　野球部ひとり
朝倉宏景　つよく結べ、ポニーテール
安達　瑶　奈落の花〈堕ちたエリート〉
朝井リョウ　スペードの3
朝井リョウ　世にも奇妙な君物語
足立　紳　弱虫日記
有沢ゆう希　ムサヲ　原作　恋と嘘〈映画ノベライズ〉
有沢ゆう希　末次由紀原作　ちはやふる　上の句〈小説〉
有沢ゆう希　末次由紀原作　ちはやふる　下の句〈小説〉
有沢ゆう希　末次由紀原作　ちはやふる　結び〈小説〉
有沢ゆう希　ろびこ　原作　となりの怪物くん〈小説〉
有沢ゆう希　小説　パーフェクトワールド〈君といる奇跡〉
蒼井凜花　女唇《ルージュ》の伝言
秋川滝美　幸腹《こうふく》な百貨店

2018年12月15日現在